ANKE CLAUSEN
Dinnerparty

UNTER VOLLDAMPF Klatschreporterin Sophie Sturm wird von ihrer Bekannten Laura Crown um einen Gefallen gebeten. Die Schauspielerin arbeitet mit mäßigem Erfolg in Hollywood und will zurück nach Deutschland. Für ein erfolgreiches Comeback braucht sie Publicity. Ein Auftritt in der beliebten Promi-Kochshow »Dinnerparty« ist bereits geplant und Sophie soll die passende Homestory für das Hamburger Hochglanzmagazin »Stars & Style« schreiben.

Während der Aufzeichnung der Show auf Fehmarn kommt es zur Katastrophe: Beim ersten Schluck Wein zur Hauptspeise bricht die Gastgeberin tot zusammen. Im Körper der Schauspielerin findet sich ein tödlicher Cocktail aus Medikamenten und Drogen. Die Polizei schließt ein Verbrechen aus. Doch als Sophie Sturm erfährt, dass Laura bedroht wurde, nimmt sie die anderen Dinnergäste genauer unter die Lupe. Schnell wird klar: Die scheinbar zufällig zusammengewürfelte Promi-Runde kennt sich schon lange, und jeder hatte einen Grund, Laura zu hassen …

Anke Clausen, Jahrgang 1970, lebt mit ihrer Familie in Hamburg. Seit vielen Jahren arbeitet sie als Kamerafrau, Bildmischerin und Regisseurin bei der Deutschen Fernsehnachrichten Agentur in Hamburg für Nachrichten, Magazine und Talkshows, für die Sender SAT 1 und HH1. »Dinnerparty« ist nach »Ostseegrab« ihr zweiter Kriminalroman um die ebenso hübsche wie neugierige Hamburger Klatschreporterin Sophie Sturm.

Bisherige Veröffentlichungen im Gmeiner-Verlag:
Ostseegrab (2007)

ANKE CLAUSEN

Dinnerparty

Sophie Sturms zweiter Fall

Original

GMEINER

Personen und Handlung sind frei erfunden.
Ähnlichkeiten mit lebenden oder toten Personen
sind rein zufällig und nicht beabsichtigt.

Besuchen Sie uns im Internet:
www.gmeiner-verlag.de

© 2009 – Gmeiner-Verlag GmbH
Im Ehnried 5, 88605 Meßkirch
Telefon 07575/2095-0
info@gmeiner-verlag.de
Alle Rechte vorbehalten
2. Auflage 2009

Lektorat: Claudia Senghaas, Kirchardt
Herstellung / Korrekturen: Katja Ernst /
Susanne Tachlinski, Doreen Fröhlich
Umschlaggestaltung: U.O.R.G. Lutz Eberle, Stuttgart
unter Verwendung eines Fotos von Anke Clausen
Druck: Fuldaer Verlagsanstalt, Fulda
Printed in Germany
ISBN 978-3-8392-1008-6

Für Liam

Prolog

»Miez, Miez.«

Das kleine, wenige Wochen alte Kätzchen schaute zu ihm auf. Es war ganz weiß und so puschelig wie Zuckerwatte. Seine beiden Geschwister hatten nicht überlebt. Das Kleine schien die anderen zu vermissen. Das traurige Maunzen nervte ihn schon den ganzen Tag. Er nahm das Katzenbaby auf den Arm und streichelte es gedankenverloren. Das erste Kätzchen hatte er mit Rattengift getötet. Dem zweiten hatte er pulverisierte Schlaftabletten in die Milch gemischt. Das war alles nicht spektakulär gewesen. Er hatte viel über Gifte gelesen. Arsen war das Gift im viktorianischen Zeitalter gewesen. Man hatte Buchseiten damit präpariert und so den Leser langsam, aber sicher vergiftet. Faszinierend, aber für seine Zwecke unbrauchbar. Zyankali war wundervoll. Es wurde im Körper zu Blausäure. Diese verhindert die Sauerstoffaufnahme des Blutes. Das Opfer würde trotz Atmung ersticken. Sein Lieblingsgift war aber Strychnin. Das Gift lähmte die Lungen. Er hatte gelesen, dass das Opfer so starke Krämpfe erleidet, dass ihm die Muskeln von den Sehnen reißen, bei vollem Bewusstsein. Das war wirklich eine Strafe. Leider stellte es sich als unmöglich heraus, an dieses Gift zu kommen.

»Deine Geschwister sind doch nicht umsonst gestorben!«

Das Kätzchen hatte sich beruhigt und schnurrte leise auf seinem Schoß. »Und außerdem muss ich jetzt wirklich los. Du dumme Mieze hast doch keine Ahnung. Ich hab hier echt was zu regeln. Es geht um Gerechtigkeit. Gerechtigkeit! Hast du das kapiert?«

In diesem Moment hasste er nichts mehr als dieses Katzenbaby. Er streichelte dem kleinen Kätzchen ein letztes Mal das Köpfchen, dann brach er ihm das Genick. Es knackte ein bisschen. Das Knallen der abreißenden Muskeln bei einer Strychninvergiftung hätte er spannender gefunden.

Zum Glück hatte er doch noch eine Möglichkeit gefunden, einen Menschen zu vergiften. Er musste es nur noch ausprobieren.

Er tastete nach der Flasche in seiner Jackentasche. Das Wodkagemisch war ein Todescocktail und er war gespannt, wie er wirken würde. Das tote Kätzchen stopfte er in die leere Schachtel vom China-Lieferservice und legte diese ins Eiswürfelfach. Er würde sich morgen darum kümmern. Jetzt musste er sich mental auf seinen ersten Menschenmord vorbereiten.

1

Sonntag

Sophie Sturm rührte in dem Eimer Ochsenblut. Sie starrte in das Rot und stellte sich vor, wie es an den Wänden ihrer neuen Küche wirken würde. Ein paar Fliegen schwirrten umher. Sie hatte die Fenster weit geöffnet. Nach drei heißen Sommertagen lag endlich ein Gewitter in der Luft. Dunkle Wolken türmten sich auf und ein böiger Wind wehte. Sophie fummelte ein Zopfgummi aus ihrer Hosentasche und band sich das lange Haar im Nacken zusammen. Der Farbton Ochsenblut war ein echter Hingucker. Sie hatte sich die Wandfarbe extra anmischen lassen. Der matte Edelstahl ihrer Kochutensilien würde vor dem dunklen Rot großartig wirken. Auch wenn sie jetzt schon vier Wochen in ihrer neuen Wohnung in Othmarschen wohnte, sah es bei ihr aus, als wäre sie gerade erst eingezogen. Überall standen Umzugskisten herum und einige Wände warteten noch auf ihren Anstrich. Sie hatte keine Eile. Wichtig war nur, dass am Ende alles so war, wie sie es sich vorgestellt hatte. Jeden Abend knipste sie die Bauscheinwerfer an und renovierte mit dem einen oder anderen Glas Rotwein in ihrem neuen Zuhause herum. Nach den Ereignissen auf Fehmarn im vergangenen Jahr, die sie um ein Haar das Leben gekostet hätten, hatte sie beschlossen, aus Eppendorf wegzuziehen. Es hatte sich damals so viel in ihrem Leben geändert, dass es für sie unmöglich war, weiter in ihrer alten Wohnung zu bleiben. Zu viel erinnerte sie an die Vergangenheit. Sie wollte einen persönlichen Neustart und dabei war ein neues Heim in einem anderen Stadtteil die logische Konsequenz. Auf Fehmarn hatte sie die Weite und die Nähe zum Wasser lieben gelernt. Sie hatte sogar einen Augenblick darüber nachgedacht, aufs Land zu ziehen. Eppendorf war ihr plötzlich eng und hektisch vorgekommen. Ohne ihren geliebten Hund hatte sie auch keinen Grund mehr gesehen, durch die Parks zu spazieren, und um die Alster war sie schon unzählige Male gejoggt. Als sie im matschig nassen Hamburger Winter die Elbchaussee entlangfuhr, um von einer Promiveranstaltung im Hotel Louis C. Jacob zu berichten, fasste sie den Entschluss, an die Elbe zu ziehen. Sie hatte in der Zeitung und im Internet nach einer neuen Unterkunft gesucht. Am Ende war es Zufall gewesen, dass sie die perfekte Wohnung gefunden hatte. Die Freundin ihrer Großmutter hatte eine Bekannte, die eine Mieterin für die Hochparterrewohnung ihrer Villa suchte. Mrs. Hamilton lebte in Malaysia und war nur wenige Wochen im Jahr in ihrem Geburtshaus in Hamburg. Sie hatte ihre Wohnung im ersten Stock und wünschte sich eine zuverlässige Person, die ein bisschen nach dem Rechten sah. Sophie hatte die hellgelbe Villa und den Garten nur von außen gesehen und sofort zugesagt. Die Wohnung war ein Traum. Das schnuckelige Schlafzimmer mit angrenzendem Bad war bereits fertig. Das Wohnzimmer war riesig, hatte herrlichen Stuck an der Decke und einen alten Kachelofen. Durch eine großzügige Schiebetür kam man ins Esszimmer und in die angrenzende Küche. Vom Esszimmer ging es durch einen fantastischen Wintergarten ein paar Stufen hinunter in den Garten hinaus. Jetzt blühten die Kletterrosen und die Hortensien. Ein alter Gärtner kümmerte sich liebevoll um die Pflanzen und den Rasen. Sophie genoss jede Sekunde, die sie draußen sitzen konnte. Endlich hatte sie einen Garten. Für Pelle, ihren geliebten Labrador, hatte sie sich immer einen Garten gewünscht. Pelle war im letzten Jahr brutal erschlagen worden. Den Garten widmete sie ihm post mortem.

Sophie hatte gerade die Farbrolle in den Eimer getaucht und war die Leiter hinaufgestiegen, als ihr Handy klingelte. Fluchend kletterte sie wieder hinunter und warf die Rolle zurück in den Eimer. Sie gönnte sich noch einen Schluck Wein, während sie das Telefon aus ihrer Handtasche fingerte.

»Hallo, Sophie Sturm!«

»Sophie! Wie schön, deine Stimme zu hören!«

»Mit wem spreche ich bitte?«

»Ich bin's, Laura Crown!«

Sophie riss die Augenbrauen hoch. Laura? Vor über zehn Jahren waren sie als Models für die gleichen Shows gebucht worden. Sie hatten sich auf eine oberflächliche Art gut verstanden und waren manchmal nach einer Modenschau zusammen noch etwas essen gegangen oder hatten einen Drink genommen und über Gott und die Welt geplaudert. Laura war außergewöhnlich gewesen mit ihrem langen, fast schwarzen Haar und den eisblauen Augen. Sie hatte später mit Erfolg ins Schauspielfach gewechselt und war vor ein paar Jahren tatsächlich nach Hollywood aufgebrochen. Seitdem waren sie sich nie wieder begegnet. Wenn überhaupt, hatten sie höchstens dreimal miteinander telefoniert.

»Laura.« Es kam nicht oft vor, dass Sophie die Worte fehlten, aber jetzt war sie wirklich baff. »Lange nichts von dir gehört.«

»Ich weiß, ich weiß! Sorry, Darling! Ich war echt schlimm busy. Aber stell dir vor, ich mache gerade eine kurze Pause von Hollywood.«

»Läuft es doch nicht so?«

»Ach, Quatsch! Es läuft super! Aber Deutschland hat mich anscheinend wiederentdeckt. Ich werde eine Serie machen. Stell dir vor, das Angebot kam vom alten Rubens! Immer noch der Erfolgsproduzent in Good Old Germany.«

Sophie staunte tatsächlich. An Victor Rubens kam man, was hochkarätige Fernsehproduktionen in Deutschland anging, nicht vorbei. Einer seiner unzähligen Filme hatte auch Laura vor sieben Jahren zum Publikumsliebling gemacht.

»Das freut mich für dich. Victor Rubens ist immer noch der Erfolgsgarant. Gratuliere! Wann kommst du nach Deutschland?«

»Süße, ich bin schon längst da! Und ich habe eine tolle Idee! Du wirst begeistert sein!«

»Ich wüsste nicht …«

»Na, ich habe zufällig erfahren, dass du jetzt bei diesem Magazin bist. ›Stars & Style‹. Ich habe mir gedacht, unserer alten Freundschaft wegen bin ich es dir ja schuldig, dass ich dir als Erste die Möglichkeit gebe, ein Interview mit mir zu machen.«

»Laura, wir …« Ein Blitz zuckte am Himmel. Fast zeitgleich donnerte es gewaltig.

»Ich dachte an eine Homestory«, erklärte Laura weiter. »Im Moment wohne ich zwar im Hotel Atlantic, aber ich habe ein Haus auf Fehmarn gemietet. Dort zeichnen sie mit mir die ›Dinnerparty‹ auf. Du weißt schon, diese Promikochsendung. Ihr könntet Fotos machen, wie ich meine Speisen zubereite und den Tisch dekoriere. Nebenbei gebe ich euch ein Interview und verrate euch meine neuen Pläne.«

Sophie lief es kalt den Rücken hinunter, als sie das Wort ›Fehmarn‹ hörte.

»Laura, jetzt halte bitte mal die Luft an! Ich weiß gar nicht, ob das für unser Magazin interessant ist. Wir haben A-Promis.«

»A-Promis? Na, dann wäre ein echter Hollywoodstar doch mal eine Abwechslung. Warum treffen wir uns nicht einfach zum Lunch und besprechen die Sache?«

Die ersten Regentropfen prasselten auf die Küchenfliesen. Sophie klemmte sich das Telefon unters Kinn und schloss die Fenster.

»Laura, das ist nicht so einfach. Ich muss den Chefredakteur von der Geschichte überzeugen und ehrlich gesagt …«

»Sophie, Darling, sei nicht sauer, aber ich muss los. Wir sehen uns ja bald. Ich freu mich.«

Laura hatte aufgelegt. Sophie fragte sich, wohin sie denn so plötzlich musste? Eine Promiveranstaltung mit Laura Crown auf der Gästeliste gab es heute nicht. Davon hätte sie erfahren. Was auch immer der Grund für das abrupte Ende des Telefonats war, egal. Es passte zu Laura. Sie war schon immer etwas seltsam gewesen.

Sophie entschied sich, die Küche heute nicht mehr zu streichen. Sie verschloss den Farbeimer gründlich, schenkte sich noch ein Glas Wein ein und ging in den Wintergarten. Der Regen prasselte heftig auf das Glasdach. Sie öffnete die Tür und setzte sich auf die Treppe unter das Vordach. Es war noch immer warm. Die Erde schien zu dampfen und roch wunderbar. Der Duft erinnerte sie an die schönen Stunden bei ihren Großeltern, als sie noch ein kleines Mädchen war. Ihr Großvater hatte sich immer über diese Sommergewitter gefreut und ihr erklärt, wie dringend die Pflanzen den Regen brauchten. Sophie lächelte, als sie an ihren Opa dachte. Er hatte ihr, dem Stadtkind, die Augen für die Natur geöffnet. Plötzlich kam ihr Laura wieder in den Sinn. Sie sah sie genau vor sich. Laura hatte eine unheimlich starke Präsenz. Wenn sie einen Raum betrat, bekam das jeder mit. Sie hatte eine tiefe, rauchige Stimme und ein Lachen, das fast schon verrucht klang. Ihre Bewegungen waren dagegen anmutig. Wäre Laura ein Tier, dann wäre sie ein Panther. Und diese Augen. Sophie musste plötzlich grinsen, als sie sich erinnerte. Tina hatte einmal behauptet, dass diese Augen unnormal seien und sie sich durchaus vorstellen könnte, dass Laura eine Außerirdische sei. Natürlich hatte Tina das nicht wirklich ernst gemeint, aber sie hatten herzlich darüber gelacht und Laura nur noch ›das Alien‹ genannt. Tina war damals und auch jetzt ihre allerbeste Freundin. Seit den Ereignissen auf Fehmarn hielten sie engen Kontakt. Laura hatte sie ›Darling‹ genannt. Wahrscheinlich hatte sie es sich angewöhnt, jeden Darling zu nennen. In Hollywood machte man das so. Aber hier? Lächerlich! Sie war nie mit Laura befreundet gewesen. Bestenfalls würde sie Laura als eine alte Bekannte einstufen. Und eigentlich hatte sie die letzten Jahre nicht einmal mehr an Laura gedacht. Lauras Schauspielkarriere hatte sich damals rasant entwickelt. Sophie erinnerte sich wieder. Sie hatte das Biest in einer Daily Soap so überzeugend gespielt, dass weitere Angebote folgten. In kurzer Zeit hatte sie sich zu einer beliebten Darstellerin entwickelt. Ihre Hauptrolle in ›Die mexikanische Nanny‹ hatte sie deutschlandweit über Nacht bekannt gemacht. Ihr stand eine glanzvolle Zukunft bevor. Sie hatte sich in die Herzen der deutschen Wohnzimmer gespielt. Niemand hatte damals verstanden, warum Laura nicht damit zufrieden gewesen war, zur ersten Garde der deutschen Schauspielerinnen zu gehören. Sie hätte in wunderbaren Produktionen mitspielen und gutes Geld verdienen können. Laura war anscheinend größenwahnsinnig geworden. Sie war Knall auf Fall nach Amerika gegangen, obwohl in Hollywood niemand auf sie gewartet hatte. Die große Hollywoodkarriere war ihr bis jetzt noch nicht gelungen. Hatte Laura ihre Zelte drüben abgebrochen? Vielleicht brauchte sie Geld? Sophie rieb sich die Augen und versuchte, das Nachdenken für heute einzustellen. Laura wird ihre Gründe haben. Und früher oder später würde sie wissen, welche.

*

Laura Crown saß in ihrer Superior Suite im Hotel Atlantic, die sie nun schon seit drei Tagen bewohnte. Es war wundervoll hier. Ihre Räume waren in einem dunklen Rot gehalten und mit viel Liebe zum Detail eingerichtet. Durch die französischen Fenster hatte sie einen unglaublichen Blick auf die Außenalster. Die hundertjährige Geschichte des Grandhotels stand im krassen Gegensatz zu der künstlichen Welt von Los Angeles. Sie hatte sich in Amerika nie richtig zu Hause gefühlt, aber sie hätte sich eher den rechten Arm abhacken lassen, als das öffentlich zu gestehen. Das hier passte viel besser zu ihr. Ihr drehte sich nur der Magen um, wenn sie an die Kosten dachte. Zumindest ihre erste Woche in der Stadt war günstig gewesen. Um Geld zu sparen, hatte sie in einem billigen Kasten nahe der Reeperbahn gehaust. Seit zwei Tagen war bekannt, dass sie sich in der Stadt aufhielt. Sie hatte sich mit Victor Rubens und seinen Leuten getroffen, um den endgültigen Vertrag zu unterschreiben. Es würde bald eine Pressekonferenz folgen. Sie brauchte eine luxuriöse Adresse. Schließlich war sie ein Hollywoodstar. Zumindest war das ihr offizielles Image. Um sich weiterhin glaubhaft verkaufen zu können, musste sie ihre letzten Reserven zusammenkratzen und einen Standard leben, den sie sich schon lange nicht mehr erlauben konnte. In ein paar Tagen würde sie sich eine möblierte Wohnung suchen und erklären, dass sie das Leben in Hotels zwar sehr genoss, es aber auf Dauer keine Alternative zu einem echten Heim mit persönlichen Sachen sei. Die Hotelrechnung würde sie einfach an die Produktionsfirma schicken. Vielleicht würde der alte Rubens sie als Spesen verbuchen. Sie musste ihn nur ein bisschen um den Finger wickeln. Laura ging an die Minibar und nahm sich die Eiswürfel heraus. Die verlockenden kleinen Fläschchen rührte sie nicht an. Es wäre ihr zu peinlich, wenn das Personal merken würde, wie viel sie trank. Im Kleiderschrank hatte sie ganz hinten drei Liter Wodka gebunkert, die sie heute Morgen in einem Supermarkt gekauft hatte. Sie hatte sich mit Kopftuch und Sonnenbrille getarnt, doch wahrscheinlich war das sogar überflüssig gewesen. Wer kannte sie denn noch? Ihr großer Erfolg in Deutschland lag sieben Jahre zurück. Laura nahm sich ein Wasserglas, füllte es mit dem billigen Wodka und warf zwei Eiswürfel hinein. Langsam trank sie das erste Glas, ohne einmal abzusetzen. Sie füllte es sofort wieder auf. Bevor sie trank, griff sie in ihre Tasche. Sie nahm den Brief und las ihn zum wiederholten Male. Sie fing an zu zittern. Wer hasste sie so sehr? Sie griff wieder in ihre Tasche. Das Röhrchen Valium. Nur ein oder zwei Pillen. Es würde sie beruhigen. Die Tabletten gingen runter wie Öl. Sie spülte mit Wodka nach. Als sie glaubte, wieder genug Kraft zu haben, ging sie ins Bad. Ihr Glas nahm sie mit. Sie musste sich abschminken und ihre teuren Cremes auftragen. Zumindest äußerlich musste sie einfach tipptopp in Form sein. Ihre innere Verfassung musste sie geheim halten. Als Schauspielerin durfte das für sie kein Problem darstellen. Alles hing davon ab, wie sie sich jetzt in Deutschland verkaufte. Wenn sie sich clever anstellte, würde sie ein grandioses Comeback feiern können. Sie trank noch einen Schluck und blickte in den Spiegel. Was sie sah, machte ihr Angst. Wie ein gehetztes Tier! Laura brach in Tränen aus. Genau so sah sie aus. Wie ein zu Tode gehetztes Tier.

*

Er checkte noch einmal sein Spiegelbild. Nicht einmal seine eigene Mutter hätte ihn in dieser Verkleidung erkannt. Er konzentrierte sich und schlüpfte in die Rolle, die er sich antrainiert hatte. Er zog die Schultern hoch und senkte den Kopf. Seine Mundwinkel wanderten nach unten. Er ließ den Blick hektisch zu den Seiten wandern. Perfekt. Er tastete nach der Flasche in seiner Manteltasche. Mit einem leicht schlurfenden Gang verließ er das Haus. Sein Ziel war nicht weit entfernt. Er hätte es schnell zu Fuß erreichen können, doch er wollte vermeiden, in

St. Georg gesehen zu werden. Er lief die kurze Strecke zum Taxistand und stieg in den nächstbesten Wagen.

»Reeperbahn. Ecke Königsstraße.«

Sein Fahrer nickte nur. Er hatte Glück. Ein geschwätziger Taxifahrer, der ihn in ein Gespräch hatte verwickeln wollen, wäre furchtbar gewesen, auch wenn er sich selbst für diesen Fall vorbereitet und sich einen Text überlegt hatte. An seinem Zwischenziel bezahlte er den Fahrer und winkte ein weiteres Taxi heran, das ihn zurück nach St. Georg bringen würde.

»Rostocker Straße!«, sagte er mit einer viel zu hohen leisen Stimme.

Er hatte lange recherchiert. Sein Opfer war nur ein menschliches Versuchskaninchen. Er hatte beschlossen, irgendeinen Stricher zu töten, den sowieso niemand vermissen würde. Die Sache war schwieriger, als er im ersten Moment gedacht hatte. Die Stricher in den Bars um den Hansaplatz tranken so gut wie keinen Alkohol. Die Droge würde aber nur bei einem Betrunkenen tödlich wirken. Die Schwulen in den Pornokinos waren nur an Sex vor Ort interessiert. Er würde sie nicht in ein billiges Stundenhotel locken können. Zu seinem Glück gab es in der Rostocker Straße die Kneipen, in denen er fündig werden konnte. Niemand war dort auch nur annähernd nüchtern. Die Stricher kamen aus Osteuropa. Für ein paar Euro würden sie alles machen. Und die Stundenhotels waren gleich um die Ecke.

Das Taxi hielt. Er reichte einen Schein nach vorne zum Fahrer und verließ den Wagen ohne Gruß. Sein

Herz schlug ihm vor Aufregung bis zum Hals. Er betrat die schäbige Bar und setzte sich an die Theke. Er bestellte einen billigen Weinbrand und hoffte, dass das Zeug ihn nicht blind machen würde. Dann blickte er sich um. In einer anderen Ecke standen ein paar Typen. Sie sahen zu ihm herüber. Schnell traf er seine Wahl. Ein junger Dünner schwankte bereits. Er nickte und deutete auf sein Glas. Der Stricher kam rüber und setzte sich neben ihn. Der Wirt stellte ein zweites Glas Fusel auf die Theke. Er zahlte sofort.

»Gehen wir ins Hotel?«, fragte er mit seiner neuen Stimme.

Der Dünne nickte und leerte sein Glas mit einem Zug.

»15 Euro.«

Sie mussten nicht weit gehen. Der verschwitzte Mann an der Rezeption kassierte, ohne den Blick von seinem Pornoheft zu wenden. Perfekt. Das Zimmer war schmuddelig. Es roch muffig und er wollte gar nicht wissen, was für widerliche Sachen hier stattgefunden hatten. Zum Glück konnten die Flecken an den Wänden nicht reden. Er zog die Flasche aus der Tasche und tat so, als würde er einen ordentlichen Schluck davon nehmen. Dann reichte er sie dem Stricher. Er trank.

»Woher kommst du?«

»Warschau«, antwortete er mit starkem Akzent. Als er ihm die Flasche zurückgeben wollte, schüttelte er den Kopf.

»Nimm nur, ich hatte schon zu viel.«

Der Dünne trank den tödlichen Mix gierig. Dass der Wodka leicht salzig schmeckte, schien er nicht zu bemerken. Oder es störte ihn nicht. Wahrscheinlich hatte er schon genug selbstgebrannte Scheußlichkeiten zu sich genommen.

»Hier sind 20. Auch 'ne Kippe?« Er reichte ihm die Schachtel HB. Im wirklichen Leben würde er nie diese Marke rauchen.

»Alle nennen mich Wladi«, sagte der Stricher und zog kräftig an der Zigarette, die er zwischen Daumen und Zeigefinger hielt. Das Geld hatte er in seine Hemdtasche gesteckt.

»Ach, ist das so?«

Schneller als erhofft, fiel sein neuer Freund Wladi ins Koma. Er würde ohne rasche Hilfe sterben. Und Hilfe gab es nun mal leider nicht.

Er fummelte den Geldschein wieder aus dem Hemd und steckte seine eigene Zigarettenkippe in die Hosentasche. Dann stand er auf, klopfte sich angewidert den Dreck von der Hose und verließ das Hotel ungesehen. Der Stricher tat ihm schon ein bisschen leid, aber dafür war zumindest die Generalprobe erfolgreich verlaufen. Wenn Laura doch nur ahnen könnte, was für eine Mühe er sich machte. Eigentlich hatte er sie nie wiedersehen wollen. Als er davon erfahren hatte, dass sie ein Comeback in Deutschland plante, war es ein Schock für ihn gewesen. Er hasste sie seit sieben Jahren. Er hatte mit den Briefen erreichen wollen, dass sie blieb, wo sie war, und ihm niemals wieder unter die Augen treten würde. Laura hatte sich nicht aufhalten lassen. Und da war ihm klar geworden, dass er eine Aufgabe hatte, die es zu erfüllen galt. Er würde nicht zulassen, dass diese Frau ein Leben führen würde, das sie nicht verdiente. Er gönnte ihr nicht das Schwarze unter den Nägeln. Wenn er darüber nachdachte, dass sie womöglich Fernsehpreise bekam und ein unbeschwertes Luxusleben führen durfte, wurde im übel. Er hatte keine Wahl. Er musste handeln. Und Laura musste mit ihrer Entscheidung leben, wenn auch nur für kurze Zeit. Sein Urteil hatte er gefällt und die einzig gerechte Strafe konnte nur der Tod sein. Es war Schicksal, dass er nun sogar eine großartige Chance bekam, sein Urteil zu vollstrecken. Es gab so viele Kochsendungen im Fernsehen. Langweilig eigentlich. Doch die ›Dinnerparty‹ mit Laura Crown als sterbender Gastgeberin würde etwas ganz Besonderes werden. Schade, dass sie wohl nie ausgestrahlt werden würde.

Montag

Sophie Sturm saß mit den anderen Redakteuren im Konferenzraum der ›Stars & Style‹. Die nächsten Ausgaben wurden besprochen. Sie konnte sich kaum konzentrieren. Gedankenverloren starrte sie durch die Glasfront auf die Elbe. Hafenbarkassen und Fähren steuerten Touristen durch den sonnigen Vormittag. Nach dem nächtlichen Gewitter war der Himmel nun wieder strahlend blau und die Luft angenehm frisch. Sollte sie Laura wirklich als Star der Woche vorschlagen? Sophie trank noch einen Schluck ihres mittlerweile lauwarm gewordenen Kaffees und wünschte sich in ihren Garten.

»Aus dem Interview mit der Makatsch wird leider nichts«, erklärte eine Kollegin gerade. »Ihr Management hat vorhin angerufen. Irgendein Nachdreh. Was jetzt?«

Sophie war wieder bei der Sache.

»So ein Mist!«, fluchte der Chefredakteur. »Dann schieben wir das. Ich will die unbedingt. Jetzt zu Plan B. Wen haben wir in zweiter Reihe?«

»Wir hätten da doch noch …«

Der Chefredakteur knallte sein Wasserglas auf den Tisch. »Jetzt komm mir nicht wieder mit der Tante aus dieser Dschungel-WG. Das ist nun wirklich unter unserem Niveau.«

Sophie überlegte kurz. Wenn sie eine Geschichte über Laura vorschlagen konnte, dann jetzt.

»Ich könnte die Crown spontan kriegen.«

»Laura Crown?« Ihr Chefredakteur sah sie erstaunt an. »Die ist doch seit Jahren weg. ›Erfolglos in Hollywood‹? Oder welchen Titel wolltest du deinem Artikel geben?«

Sophie musste schmunzeln. Wenn Laura das hören würde.

»So schlimm wird es nicht. Als Laura Krone war sie in Deutschland ziemlich top.«

»Das ist eine Ewigkeit her«, gab ein Kollege zu bedenken.

»Zugegeben, aber sie ist zurück. Laura Crown wird eine Hauptrolle in einem Fünfteiler in den Öffentlich-Rechtlichen spielen. Eine Victor-Rubens-Produktion. Und schon übermorgen findet bei ihr die ›Dinnerparty‹ statt. Dafür hat sie extra ein Haus auf Fehmarn gemietet.«

»Diese Promikochsendung?« Ihr Chefredakteur zeigte sich nun doch interessiert. »Wer ist denn eingeladen?«

»Das ist geheim!« Sie sah ihn mit gespieltem Erstaunen an. »Na, das ist doch der Gag! Ein Promi kocht für drei andere. Die Gäste sind prominente Menschen, die den Gastgeber persönlich kennen. Der Gastgeber, oder in diesem Fall eben Laura, hat jedoch keine Ahnung, wer an dem Abend vor der Tür stehen wird.«

»Was du nicht sagst!«, meinte ihr Chefredakteur wenig überzeugt.

»Wenn ich die Story machen soll, spiel ich natürlich Mäuschen bei der Produktionsgesellschaft.« Sophie setzte ein geheimnisvolles Lächeln auf. »Vielleicht ist die Mischung ganz explosiv. Laura war schließlich nicht wirklich beliebt unter den Schauspielkollegen.«

Dieses Argument schien auch die anderen zu überzeugen. Nach einer kurzen Diskussion stand die Sache fest.

»Also gut, Sophie. Vielleicht ist die Geschichte wirklich nicht so schlecht. Aber dann zieh die Story damit auf: Laura bei den Vorbereitungen zu der Show, Laura als Gastgeberin, ihre deutsche Fernsehvergangenheit bis Hollywood und schließlich das neue Projekt. Wir sollten ihr Menürezept mit abdrucken.«

Sophie nickte. Vielleicht war die Story wirklich interessanter, als sie gedacht hatte.

*

Tina ließ sich auf ihre Gartenliege plumpsen. Jetzt hatte sie endlich eine halbe Stunde Zeit, die Beine hochzulegen. Der kleine Finn machte seinen Mittagsschlaf, und Antonia und Paul spielten zufrieden im Planschbecken. Später würde sie mit den Kindern an den Strand fahren. So schön ihr Garten auch war, sie lebte schließlich auf der wunderbaren Insel Fehmarn. Und da war ein Bad in der Ostsee Pflicht bei so traumhaftem Wetter. Außerdem waren die Kinder immer herrlich müde nach einem Nachmittag am Strand und gingen ins Bett, ohne zu murren.

»Mama?«, brüllte Antonia plötzlich.

Tina knurrte leise.

»Mama hat jetzt 30 Minuten Pause! Ich habe euch das Planschbecken gefüllt und ihr lasst mich kurz in Ruhe. Hatten wir das so abgemacht?«

»Ist 30 Minuten lange?«, wollte Paul jetzt wissen.

»Das ist relativ.«

»Was ist denn ›relativ‹?«

Tina setzte sich auf und blickte ihre Tochter ernst an.

»Das erkläre ich dir ein anderes Mal. Also, was möchtest du?«

»Ich wollte nur wissen, ob Tante Sophie uns diesen Sommer wieder besuchen kommt?«

Tina zuckte mit den Achseln. »Keine Ahnung. Aber ich könnte sie mal anrufen. Das geht aber nur …«

»Wenn wir dich nicht stören. Abgemacht.«

Sofort spielten die Kinder erstaunlich friedlich weiter. Tina ergriff das Telefon, das sie vorsichtshalber mit in den Garten genommen hatte. Sie wollte verhindern, dass Finn durch einen Anruf geweckt wurde. Sie tippte Sophies Handynummer ein. Sophie meldete sich nach dem zweiten Klingeln.

»Tina. Schön, dass du anrufst.«

»Meine Kinder haben Sehnsucht nach dir. Ich soll dich fragen, wann du mal wieder zu Besuch kommst.«

»Echt? Das ist ja süß.«

»Liegst du in deinem schönen Garten?«

Tina hatte Sophies neue Bleibe bereits gesehen. Vor drei Wochen hatte sie Stefan mit den Kindern allein gelassen und hatte mit Sophie zwischen Umzugskisten und Farbeimern Wein getrunken und bis in die Nacht gequasselt. Es war fast wie früher gewesen. Nur ihre Kopfschmerzen am nächsten Morgen waren schlimmer.

»Ich sitze in der Redaktion. Du glaubst nicht, wer der Star der Woche sein wird: Laura.«

Tina schnappte nach Luft. »Unsere Laura? Aber die ist doch in Amerika.«

»Ne, jetzt nicht mehr. Sie dreht in Deutschland.«

»Ich fass es nicht. Wie sieht sie denn jetzt aus?«

»Ich habe sie noch nicht getroffen.« Im Hintergrund war plötzlich Gemurmel zu hören. »Tina, ich muss auflegen. Ich werde dir alles berichten. Und ich mach mir Gedanken, wann ich euch besuchen komme. Grüß alle.«

Tina ließ das Telefon sinken. Laura Crown, die Außerirdische. Sie hatte immer gedacht, dass Lauras Leben einen spannenden Verlauf nehmen würde. Dass sie am Ende doch noch einen Oscar gewinnt oder einen echten Filmstar heiratet. Aber Dreharbeiten in der alten Heimat? Das war nun wirklich nicht spektakulär.

*

Laura Crown lief in ihrer Suite auf und ab wie ein Tiger im Käfig. Es war bereits früher Nachmittag. Sie hatte den ganzen Morgen mit höllischen Kopfschmerzen im Bett verbracht. Nach einem starken Schmerzmittel und drei Tassen Kaffee war es ihr zumindest so gut gegangen, dass sie ein Bad nehmen konnte. Angezogen war sie noch immer nicht. Ihr langes Haar war feucht und ungekämmt. Sie sah aus wie eine Vogelscheuche. Ihre Nerven fingen wieder an zu flattern, als sie zum Schreibtisch sah. Dieser verdammte Brief. Wie in einem schlechten Krimi waren die Buchstaben aus einer Zeitschrift ausgeschnitten und aufgeklebt worden. Mit ein paar Metern Abstand sah er aus wie eine lustige Kinderbastelei. Doch der Text, den die bunten Buchstaben bildeten, ließ ihr das

Blut in den Adern gefrieren. Laura überlegte gerade, ob sie sich einen Drink einschenken oder ein Valium nehmen sollte, als das Telefon klingelte. Sie konnte ihr eigenes Herz schlagen hören. Die Wände des Zimmers schienen auf sie zuzukommen. Auf ihrer Stirn bildete sich kalter Schweiß. Der Anruf könnte wichtig sein. Und wenn es ihr Feind war? Sie schluckte heftig. Jetzt brauchte sie sofort etwas zu trinken. Es blieb keine Zeit, die Wodkaflasche aus dem Kleiderschrank zu holen. Mit zitternden Händen öffnete sie die Minibar. Nur ein kleines Fläschchen. Hektisch schraubte sie den Deckel ab und ließ die wenigen Milliliter ihre Kehle hinabfließen. Das Telefon klingelte noch immer. Langsam näherte sie sich dem Apparat. Mit dem Ärmel ihres Bademantels wischte sie sich die Stirn ab und atmete tief durch. Ihre Hand zitterte, als sie endlich den Hörer abnahm.

»Laura Crown«, meldete sie sich mit rauchiger Stimme und amerikanischem Akzent.

»Laura! Na endlich! Hier ist Sophie. Wo hast du denn gesteckt? Ich wollte gerade auflegen und es später noch mal versuchen.«

Laura setzte sich auf den Schreibtischstuhl.

»Sophie! Wie schön, dass du anrufst. Hast du Neuigkeiten?«

Sie fühlte eine warme Welle der Erleichterung. Sie hatte sich im Griff. Ihre Stimme klang fest. Sie spielte ihre Rolle gut.

»Ja, habe ich. Wir machen die Story mit dir. Ich komme gerade von der Redaktionskonferenz.«

Lauras Augen füllten sich mit Tränen. Schnell räusperte sie sich. »Das ist doch wunderbar für uns alle!«, stellte sie mit der Stimme einer Geschäftsfrau fest.

»Das stimmt wahrscheinlich. Wir haben aber nicht viel Zeit. Die Sendung wird ja schon übermorgen aufgezeichnet. Ich erkläre dir, wie wir vorgehen. Ich schicke dir meine Interviewfragen per E-Mail. Entweder noch heute Abend oder morgen früh. Zu der Aufzeichnung der ›Dinnerparty‹ komme ich mit einem Fotografen vorbei. Wir machen da ein paar Fotos von dir und deinen Gästen und welche von dir in der Küche beim Kochen.«

»Alles klar.«

»Das eigentliche Shooting müssten wir auch so schnell wie möglich machen. Deine Geschichte soll in die übernächste Ausgabe. Hast du einen Wunsch oder eine Idee, wie und wo wir dich ablichten sollen?«

Laura sah auf die Binnenalster. Alles lief gut. Sie musste sich beruhigen und schnell nachdenken.

»Laura?«

»Ich bin noch da. Ich dachte gerade, dass wir die Fotostrecke vielleicht im Hamburger Hafen machen sollten. Die Serie erzählt die Geschichte einer Reederfamilie mit allen Höhen, Tiefen und natürlich auch Intrigen.«

»Großartige Idee. Wir gehen auf eines der Museumsschiffe. Cap San Diego oder Rickmer Rickmers. Das wird chic. Also lass es dir gut gehen. Wir sehen uns übermorgen.«

»Alles klar. Ich freu mich. Und danke.«

Laura legte das Telefon langsam auf den Schreibtisch. Auf Sophie war Verlass. Vielleicht würde alles gut werden. Ihr Blick fiel auf den Drohbrief. Zum ersten Mal verspürte sie Wut. Was, wenn die Drohung nur von einer Konkurrentin kam? Vielleicht machte sie sich hier nur wahnsinnig, weil eine andere Schauspielerin genau das wollte. Laura lachte laut auf. Sie hatte wieder Oberwasser bekommen. Noch war sie nicht ganz am Ende. Was für eine glückliche Fügung des Schicksals, dass sie sich vor ein paar Tagen ausgerechnet die ›Stars & Style‹ gekauft hatte. Im Impressum war sie über Sophies Namen gestolpert und hatte eine Chance gesehen, PR in eigener Sache machen zu können. Sie musste sich an jeden Strohhalm klammern, um wieder Fuß zu fassen im Business. An Sophie hatte sie ab und zu noch gedacht in den vergangenen Jahren. Sie hatte sie damals gemocht. Sophie war ein echter Kumpeltyp und keine Zicke, wie sie in der Model-Welt viel zu oft zu finden waren. Laura erinnerte sich, dass sie selbst eine gewesen war. Sie hätte Sophie gern zur Freundin gehabt, doch Sophie und diese Tina waren unzertrennlich gewesen. An Tinas Stelle hätte ich auch niemanden dazwischengelassen, dachte Laura. Eigentlich hatte sie nie eine wirkliche Freundin gehabt. Nicht so eine, mit der man Pferde stehlen konnte. Plötzlich hatte sie eine Idee. Sie nahm einen Bogen Briefpapier und schrieb an Sophie. Den Brief legte sie zusammen mit dem Drohbrief in einen Umschlag, den sie an ihren Notar adressierte. Dann lehnte sie sich erleichtert zurück. Sie war endlich zu einer Art Angriff übergegangen, anstatt wie ein Kaninchen den Fuchs zu fürchten. Sie hatte eine Versicherung abgeschlossen. Es war zwar keine Lebensversicherung, nein, eher eine Versicherung im Falle ihres Todes. Wenn ihr tatsächlich irgendetwas zustoßen sollte, würden es alle erfahren. Dafür würde Sophie ganz sicher sorgen.

*

Sophie saß in ihrem Wintergarten. Auf dem Teakholztisch standen ihr Notebook und ein Glas Weißwein. Die Tür zum Garten war weit geöffnet und sie hörte das abendliche Vogelgezwitscher. Eigentlich war das Wetter viel zu schön, um zu arbeiten. Lieber hätte sie draußen auf der Liege gelegen und sich in ein spannendes Buch vertieft, aber sie musste die Interviewfragen für Laura vorbereiten. Es blieb schließlich nicht mehr viel Zeit. Außerdem lief heute eine aktuelle Folge der ›Dinnerparty‹ im Fernsehen. Die wollte sie nicht verpassen. Sie musste sich noch mal das Gesamtkonzept der Show vor Augen führen. Sophie sah auf die Uhr. In fünf Minuten würde die Sendung beginnen. Sie nahm ihr Glas und ging ins Wohnzimmer. Sie schaltete das Gerät an und setzte sich mit Notizblock und Kugelschreiber bewaffnet auf die Couch. Gastgeber der Folge war ein Soapstar. Wie immer begann die Sendung in der Küche und zeigte den Gastgeber bei den Kochvorbereitungen. Wenig später kamen die Überraschungsgäste. Eine Schauspielerin, die vor Jahren aus der Soap ausgestiegen war, einer der Regisseure und ein alter WG-Freund, der mittlerweile bei einem Gameshow-Sender moderierte.

Es folgte das immer gleiche Prozedere. Alle freuten · sich unglaublich, sich endlich mal wiederzusehen. Nach dem Aperitif wurden drei Gänge verspeist und der Zuschauer erfuhr das eine oder andere Private der verschiedenen Probanden. Nach 45 Minuten war die Sendung zu Ende und Sophie las sich den Abspann durch. Vielleicht kannte sie einen der Kameramänner von früher. Es wäre ein Vorteil, erst mit einem Insider zu sprechen und sich danach an die Produktionsfirma zu wenden. Nein, von den Kameramännern kannte sie niemanden. Die Sendung wurde von einer Firma namens ›Taka Tuka TV Productions‹ produziert. ›Producer Lasse Anderson‹, flackerte es über den Bildschirm.

»Lasse!«, Sophie klatschte vor Begeisterung in die Hände. Was für ein wunderbarer Zufall!

Vor Jahren hatte Sophie als Promiexpertin für einen Fernsehsender gearbeitet. Lasse war damals einer der Redakteure gewesen. Sie hatten sich prima verstanden und waren ab und zu nach der Aufzeichnung zusammen essen gegangen. Sophie sah ihn regelrecht vor sich. Lasse war ein Mann wie ein Baum. Schwede mit einem reizenden Akzent und tiefer Stimme. Natürlich war er blond. Er hatte die charmante Ader, nichts zu ernst zu nehmen, war immer eine Spur zu nachlässig angezogen, und wenn er lächelte, schmolzen die meisten weiblichen Wesen dahin.

»Lasse Anderson! Da bist du also noch in der Stadt«, plapperte Sophie vor sich hin, als sie zum Kühlschrank ging, um sich ihr Glas nachzufüllen. Wollte er nicht damals nach Schweden zurück? Sie hatten sich aus den Augen verloren, nachdem Sophie zur ›Stars & Style‹ gewechselt hatte. Sophie fragte sich, ob er noch seine alte Handynummer hatte. Die müsste sie eigentlich in ihrem Notebook gespeichert haben.

Sie ging in den Wintergarten und rief ihr Telefonregister auf. Tatsächlich! Lasse Anderson. Sie würde ihn sofort anrufen. Sophie war sich sicher, dass sie von ihm alle Hintergrundinformationen bekommen würde, die sie brauchte. Die heutige Sendung war ein bisschen langweilig gewesen. Belangloser Small Talk und gegenseitige Lobhudelei. Sie musste unbedingt wissen, wer zu Lauras Dinner erscheinen würde. Mit den richtigen Gästen konnte man sich auf einen spannenden Abend gefasst machen.

*

Lasse Anderson saß mit seinem Team in der ›Turnhalle‹, einem Restaurant in St. Georg. Sie hatten gerade ihr Essen bestellt. Seine Produktionsfirma hatte zwar keine eigene Technikcrew, aber er buchte immer dieselben Leute. Zwei Kameramänner, zwei Kameraassistenten, einen Toningenieur, zwei Tonassistenten, Kabelhilfen und einen Maskenbildner. Die heutige Produktion war gut gelaufen. Sie hatten pünktlich mit der Aufzeichnung angefangen, und um 21.30

Uhr hatten sie bereits alles im Kasten gehabt. So glatt lief es nicht immer. Es gab also einen guten Grund, das Team später auf einen Drink einzuladen. Es war ein lieb gewordenes Ritual, dass sie nach einer Aufzeichnung der ›Dinnerparty‹ noch zusammen einen Happen aßen und etwas tranken. Wenn sie in Hamburg drehten, gingen sie immer in die ›Turnhalle‹. Das über 100 Jahre alte Gebäude war damals tatsächlich die Turnhalle einer Mädchenschule gewesen. Heute erinnerten nur noch die von der Decke hängenden Ringe an den ursprünglichen Zweck des Gebäudes. Das Ambiente war schlicht und edel gehalten und die Küche gut. Außerdem gab es vier gemütliche Lounges, in die man sich nach dem Essen zurückziehen konnte. Dass das Restaurant nur ein paar Schritte von seinem Büro und seiner Wohnung entfernt lag, war ein zusätzlicher Pluspunkt. Die Kellnerin brachte gerade die Getränke, als sein Telefon klingelte. Er blickte auf das Display und traute seinen Augen nicht.

»Sophie?«

»Hallo, Lasse! Ja, ich bin's, Sophie Sturm!«

»Das ist ja eine echte Überraschung! Ist eine ganze Weile her.«

»Wo bist du gerade?«

»In der ›Turnhalle‹. Wir …«

»Das Restaurant? Ich komme vorbei!«

»Ist alles okay?«

»Natürlich. Ich habe nur eben erfahren, dass du die ›Dinnerparty‹ produzierst.«

»Ja, und?«

»Ich bräuchte da mal ein paar Informationen. Für einen Artikel.«

»Ach, du willst über mein Format schreiben?«

»So ähnlich. Ich erkläre dir das alles gleich. Ich bin in einer halben Stunde da. Bis dann.«

»Bis dann«, murmelte Lasse. Sophie hatte bereits aufgelegt. Seit wann berichtete die ›Stars & Style‹ denn über TV-Produktionen? Das würde eine super Werbung geben! Oder ging es gar nicht um seine Produktion? Das Hochglanzmagazin schrieb doch sonst nur über echte Größen im Showbusiness. Er fuhr sich nachdenklich durch das Haar. Natürlich! Sophie hatte spitzgekriegt, dass die Crown eine ›Dinnerparty‹ geben würde! Die Folge würde in der Tat eine ganz besondere werden. Das wusste er ganz sicher!

*

Sophie fuhr in ihrem BMW-Cabriolet die zweite Runde um den Block. Warum hatte sie kein Taxi genommen? Es war so gut wie unmöglich, zu später Stunde in St. Georg einen Parkplatz zu finden. Sie überlegte gerade, ob sie einfach die Tiefgarage des Hotel Atlantic ansteuern sollte, als vor ihr ein Wagen aus einer Parklücke fuhr.

»Yes!«, schrie sie glücklich auf, parkte und verließ den BMW in Richtung ›Turnhalle‹.

Das Restaurant war gut besucht. Sophie sah sich um und erkannte Lasse. Er saß mit seiner Runde im hinteren Teil des Ladens. Sie schienen gerade mit dem

Essen fertig zu sein. Lasse erkannte sie und winkte ihr zu. Sophie steuerte seinen Tisch an.

»Hey, schön, dich mal wiederzusehen!«, meinte Lasse. Er stand auf und küsste ihr die Wangen. »Siehst gut aus.«

»Danke. Ich kann das Kompliment nur zurückgeben.«

Lasse stellte sie den anderen vor.

»Sophie ist eine alte Freundin von mir. Sie schreibt für die ›Stars & Style‹. Und sie will anscheinend einen Artikel über unsere kleine ›Dinnerparty‹ bringen.«

»Ganz so einfach ist die Sache leider nicht.«

»Nein?« Lasse sah sie mit gespieltem Entsetzen an. »Dieser Haufen hier gehört zur Crew. Der Rest der Bande sitzt bereits in der Lounge-Ecke und betrinkt sich. Wir haben heute eine Sendung in Hamburg aufgezeichnet und uns gerade mit einem netten Essen belohnt.«

Sophie grüßte in die Runde.

»Wir wollten gerade nach hinten zu den anderen, noch was trinken. Komm doch mit.«

»Ich müsste dich unter vier Augen sprechen.«

Er lächelte sie an. »Nur wir beide und ein schönes Glas Rotwein? Ich warte seit Jahren auf meine Chance.«

Sophie grinste und rollte mit den Augen. Mit Lasse war es sofort wieder wie früher. Sie hatten immer geflirtet und dabei waren sie einfach nur gute Kumpel geblieben.

»Der Lounge-Bereich ist groß genug und meine

Leute sind verschwiegen«, meinte Lasse augenzwinkernd. »Wir können aber auch an die Bar gehen.«

Sie setzten sich an den eleganten Tresen und bestellten. Nachdem der Barkeeper die Getränke gereicht hatte, nahm Lasse den Faden wieder auf.

»Du willst also über meine Sendung schreiben?«

Sophie nippte an ihrem Milchkaffee und schüttelte den Kopf.

»Nein, das nicht ganz«, gab sie zu. »Wir wollen eine Story über Laura Crown machen. Die ›Dinnerparty‹ und ihre neue Serie wären der Aufhänger.«

»Laura Crown? Die ist grauenhaft!«

»Weiß ich. Aber wir kennen uns von früher. Model-Kolleginnen. Sie ist dann Schauspielerin geworden, und das doch mit ziemlichem Erfolg. Sie war in Hollywood!«

»Ja, sonst hätten wir sie auch nicht für die Sendung genommen«, stellte Lasse nüchtern fest.

»Woher kennst du sie?«

Er sah sie irritiert an. »Ich? Ich kenne sie nicht. Ich habe nur mit ihr telefoniert, und das hat mir schon gereicht.«

Sophie konnte sich gut vorstellen, mit welch kühler Arroganz Laura ihn behandelt hatte.

»Sie war noch nie einfach. Jetzt zu meinem Problem. Ich bin auf deine Hilfe angewiesen. Bevor ich für die Story endgültig grünes Licht bekomme, will mein Chef wissen, wer die anderen Dinnergäste sind.«

Lasse riss die Augen auf. »Ich soll dir unser großes Geheimnis verraten?«

»Ich fürchte, ja. Immerhin bekommst du eine Menge PR. Also, wer wird zu Lauras ›Dinnerparty‹ kommen?«

Lasse blickte sie ernst an. »Kein Sterbenswörtchen zu Laura. Das musst du mir versprechen. Ich kenne dich lange, ich mag dich und ich vertrau dir. Ich würde diese Informationen keiner anderen Redakteurin geben. Ich hoffe, du weißt das zu würdigen! Die Sendung lebt von diesem Überraschungsmoment. Vielleicht ist Laura tatsächlich eine gute Schauspielerin, aber ich persönlich trau ihr nicht zu, dass sie echte Überraschung vortäuschen kann. Dafür sind die Gäste zu gut.«

»Lasse! Ich platze gleich vor Neugier!«

»Also gut. Nummer eins ist Sascha Richter.«

»Sascha Richter? Dieser gebotoxte sonnenbankgebräunte …«

»Ja, genau der. Ist seit ein paar Jahren nicht mehr gut im Geschäft, aber damals spielte er in dem Film mit, der Laura den Durchbruch brachte.«

Sophie sah Sascha Richter genau vor sich. Sie verglich ihn immer mit Mickey Rourke, auch wenn Richter seinem Gesicht nicht ganz so viel zugemutet hatte.

»Weiter!«

»Marcello Mari.«

»Schicker Mann.«

»Du auch?« Lasse seufzte genervt. »Gibt es irgendeine Frau in Deutschland, die diesen geleckten

Italiener nicht attraktiv findet? Was ist mit uns blonden Schweden?«

»Jetzt reg dich nicht auf.«

»Nicht aufregen? Er ist das genaue Gegenteil von mir. Dunkelhaarig, immer im Anzug, gepflegte Frisur …«

»Er ist einfach nur ein anderer Typ Mann. Auf meiner Skala von eins bis zehn habt ihr beide eine Acht.«

»Ach, und wer kriegt die zehn?«

»George Clooney. Wer ist der letzte Gast?«

Lasse lehnte sich zurück und lächelte zufrieden. »Ja, das ist der Oberknaller. Victor Rubens himself gibt sich die Ehre.«

»Der Victor Rubens?« Sophie konnte kaum glauben, dass der erfolgreichste TV-Produzent der Republik bei einer Kochsendung mitmachen würde.

»Abgefahren, oder? Ich hätte nie gedacht, dass er in unsere kleine Show kommen würde, aber er war sofort Feuer und Flamme, als er erfahren hat, dass er Lauras Überraschungsgast sein soll.«

»Das klingt ja nach einer echten Erfolgs-Show!«

»Kein Witz. Unsere Sendung läuft wirklich nicht schlecht, aber eine so interessante Runde hatten wir bis heute noch nicht. Das Spannende ist, dass wir vorher nie wissen können, wie die Leute sich tatsächlich verstehen. Meistens läuft es gut und alle freuen sich wirklich, sich mal wieder zu sehen, aber wir hatten auch schon Aufzeichnungen, bei denen ich mich wie ein Dompteur gefühlt habe. Bin gespannt, wie Lauras

Dinner so verläuft. Nicht, dass die sich da noch an die Gurgel gehen.«

Sophie hatte alle Informationen, die sie brauchte. Am liebsten wäre sie sofort aufgebrochen, um im Internet nach Sascha Richter, Marcello Mari und Victor Rubens zu suchen. Sie musste möglichst viel über die Herren wissen. Doch sie wollte nicht unhöflich sein und aufspringen, solange Lasse sein Glas Wein noch nicht ausgetrunken hatte.

»Sag mal, Lasse, du bist doch eine alte Partybremse! Wo bleibst du denn?«, fragte plötzlich ein junger Typ. »Ich dachte, wir wollten noch ein bisschen feiern?«

Lasse grinste. »Schau mal lieber, wen ich hier habe! Die Sophie Sturm! Du erinnerst dich doch an Sophie?«

Sophie starrte den hübschen jungen Mann verwundert an.

»Ob ich mich an Sophie erinnere? Hallo? Seit wann machst du hier die Witze?«

»Ricky?«

»Ja! Ich bin es tatsächlich, meine Liebe! Ich dreh noch durch! Du siehst fantastisch aus! Wer macht dir die Haare?«

Sophie konnte kaum glauben, wie sehr sich der damals eher schüchterne Ricky verändert hatte.

»Stell dir vor, der kleine Ricky ist jetzt Maskenbildnerin! Ich mache sie alle hübsch für den Herd.«

»Ist eine Weile her«, lachte Sophie und stand auf, um Ricky zu küssen.

»Eine Weile her? Sag doch nicht so böse Sachen! Die paar Jährchen. Aber du hast natürlich recht. Aus mir, der Praktikantöse, ist jetzt ein ernsthafter Stylist geworden. Ich arbeite für Lasse, seit er die ›Dinnerparty‹ produziert. Er ist natürlich ein furchtbarer Chef und schon lange nicht mehr so nett und entspannt wie früher, aber das darf man ihn natürlich nicht wissen lassen.«

»Du bist gefeuert!«, grummelte Lasse und zwinkerte.

Sophie musste sich erst einmal sammeln. Als sie vor ein paar Jahren als Klatschtante für einen Fernsehsender über die Stars und Sternchen berichtet hatte, hatte Ricky ein Praktikum im Bereich Maske absolviert. Er hatte gerade seine Friseurlehre abgeschlossen. Damals wirkte er extrem introvertiert und schüchtern. Der junge Mann, der jetzt vor ihr stand, machte einen selbstsicheren Eindruck. Ricky hatte nie ein Geheimnis aus seiner Homosexualität gemacht, doch heute schien er endlich dazu zu stehen. Auch sein Äußeres unterschied sich deutlich. Jetzt war er bis zu den Schnürsenkeln geschmackvoll durchgestylt.

»Wir wollen gleich noch ein bisschen feiern! Du bist doch dabei?«, fragte Ricky und schwang die Hüften.

Sophie schüttelte den Kopf. »Ich würde gern! Aber ich bin mit dem Wagen hier und morgen wartet noch jede Menge Arbeit auf mich. Ihr wollt doch, dass der Artikel über Laura Crown einschlägt wie eine Bombe?«

Ricky verdrehte genervt die Augen. »Laura Crown! Mir schlottern jetzt schon die Knie! Wahrscheinlich wird sie 100 Sonderwünsche haben. Hollywood eben. Na ja, ich werde mein Bestes geben und am Ende wird sie natürlich wunderschön sein.«

Sophie unterdrückte ein Gähnen.

»Ihr Lieben. Ich muss jetzt wirklich los. Wir sehen uns übermorgen am Drehort. Die Zusammenstellung der Gäste lässt ja auf einen spannenden Abend hoffen. Da muss man sich wohl auf die eine oder andere Überraschung gefasst machen.«

2

Mittwoch

Sophie fuhr mit Vollgas über die Autobahn. Sie waren viel zu spät dran. Sie fluchte leise. Den ganzen gestrigen Dienstag hatte sie recherchiert, die Interviewfragen an Laura gemailt und die Antworten bearbeitet. Sie war topp vorbereitet und zusammen mit ihrem Fotografen Gernot rechtzeitig aufgebrochen. Ein Unfall auf der Autobahn hatte einen Strich durch ihren perfekten Zeitplan gemacht. Es hatte eine Vollsperrung gegeben, und es war unmöglich gewesen, den Stau noch zu umfahren. Polizei und Rettungswagen waren mit Blaulicht zum Unfallort gebraust. Sophie hatte geflucht, sich dann aber schnell besonnen und gehofft, dass niemand zu Tode gekommen war. An der Unfallstelle kämpften Ärzte vielleicht um das Leben der Verletzten. Ihr Artikel über eine Kochsendung war lächerlich dagegen. Über eine Stunde hatten sie festgesessen. Nun fuhren sie endlich wieder. Nachdem sie die Unfallstelle passiert hatten, trat Sophie das Gaspedal durch.

»Wenn du uns totfährst, nützt uns das auch nix«, murmelte Gernot vom Beifahrersitz. Seine Hände hatte er auf seine Knie gepresst.

»Bleib locker! Ich fahre gern schnell!« Sie lächelte zu ihm hinüber.

»Es gab heute bereits einen schlimmen Unfall auf dieser Strecke.«

»Scheiße!« Sophie ging in die Eisen.

Jetzt hätte sie fast die Ausfahrt verpasst. Gernot stöhnte leise, als sie scharf nach rechts steuerte und von der Autobahn abfuhr. Es kam Sophie vor wie eine halbe Ewigkeit, bis sie endlich über die Fehmarnsundbrücke fuhren und die Insel erreichten. Jetzt mussten sie nur noch nach Staberdorf in den Südosten der Insel. Einige Zeit später parkte sie den Wagen in der Auffahrt des gemieteten Hauses. Einer der Kameramänner rauchte vor der offenen Haustür eine Zigarette.

»Wie weit seid ihr?«, fragte Sophie, nachdem sie gegrüßt und Gernot vorgestellt hatte.

Der Kameramann stieß langsam den Rauch aus.

»Das zieht sich heute. Die Herren machen ein Zigarettenpäuschen nach dem anderen. Und Madame muss dauernd in die Maske. Um ehrlich zu sein, sind wir noch vor dem Hauptgang. Soll aber gleich weiter-gehen.«

43

Sophie freute sich über die Verzögerung. Zumindest hatte sie noch nicht zu viel verpasst. Sie ging mit Gernot ins Haus. Vom Flur konnte man direkt ins riesige Wohnzimmer sehen. Bis auf Lasse war niemand dort.

Lasse sprang sofort auf, als er sie sah.

»Da seid ihr ja endlich! Ich warte schon seit über einer Stunde auf euch.«

»Jetzt sind wir ja da.« Sophie gab ihm einen flüchtigen Kuss auf die Wange. »Wie läuft es denn so?«

Lasse seufzte und rieb sich die Augen.

»Der blanke Horror! Wenn wir in diesem Tempo weitermachen müssen, können die ihre Nachspeise zum Frühstück essen. Laura nimmt sich eine Auszeit nach der anderen, lässt sich schminken, ist mit den Einstellungen in der Küche nicht zufrieden. Außerdem ist sie schon ganz schön beschwipst. Die drei Männer sind in spätestens einer Stunde volltrunken. In den Pausen sitzen die auf der Terrasse, rauchen und saufen.«

Sophie nickt und sah sich um. Das Wohnzimmer war sehr geschmackvoll eingerichtet. Im Kamin brannte ein kleines Feuer. Durch die offene Schiebetür konnte sie ins Esszimmer blicken. Es war leer. Doch sie konnte die Männer auf der Terrasse lachen hören.

»Und wo ist Laura jetzt?«

»Na, wo wohl?« Lasse rollte genervt mit den Augen. »Sie lässt sich von Ricky abpudern. Wir haben ihre persönliche Maske in einem der Schlafzimmer im ersten Stock eingerichtet. Ich hoffe, sie kommt da heute noch wieder raus.«

»Ich geh mal zu ihr und mach ihr Beine.«

Sophie stieg die Treppe hinauf und klopfte an die Tür, an der ein handgeschriebener Zettel mit dem Namen ›Laura‹ hing.

»Laura?«

»Es ist Sophie«, hörte sie Laura erleichtert sagen. »Endlich! Ricky, mach die Tür auf!«

Der Schlüssel drehte sich im Schloss. Ricky öffnete. Er atmete hörbar aus, als er sie sah.

»Schön, dass du da bist.« Ricky umarmte sie und flüsterte: »Ich bin kurz davor, durchzudrehen. Schätzchen, das ist hier der vollkommene Albtraum. Laura ist total müde. Sie reibt sich ständig die Augen. Weißt du, was das für mein Make-up bedeutet? Sei mir nicht böse, aber ich muss jetzt mal kurz vor die Tür, bevor ich wahnsinnig werde.« Ricky hob entschuldigend die Hände in die Höhe und lief die Treppe runter.

»Jetzt komm doch endlich.« Laura lallte etwas.

Sophie atmete tief durch und betrat die provisorische Maske.

Der Raum war völlig zugequalmt. Laura saß vor einem großen Spiegel und zupfte ihr Haar zurecht. Dann stand sie schwankend auf und lächelte müde.

»Sophie, ich hatte schon Angst, du würdest nicht mehr kommen.«

Laura küsste ihre beiden Wangen, ohne sie zu berühren.

»Ich freu mich so, dich endlich mal wieder zu sehen. Himmel, wie lang ist das her?«

Sie sah atemberaubend aus. Das schlichte Etuikleid betonte ihre perfekte Figur. Ihr langes Haar hatte sie aufwendig zurückstecken lassen. Ihr Gesicht war beneidenswert faltenlos. Laura sah keinen Tag älter aus als 25. Sophie wusste, dass sicher nicht gute Gene und viel Schlaf Ursache dieser jugendlichen Frische waren. Hier hatten Botox und Collagen geholfen. Aber diese Augen. Die eisblauen Augen hatten übergroße Pupillen.

»Alles in Ordnung?«

»Ach, Darling. Ich habe mir das alles ganz anders vorgestellt. Ich habe mich auf die Aufzeichnung wirklich gefreut. Aber alles ist so … Man hätte mich warnen müssen. Sascha hasst mich! Alle hassen mich! Ich kann es an ihren Blicken sehen.«

Sophie nahm ihre Hand und drückte sie leicht. »Kein Zuschauer wird merken, dass du mit Sascha ein Problem hast oder mit sonst wem. Du hast es nach Hollywood geschafft! Klar kannst du davon ausgehen, dass Sascha neidisch ist. So what? Mach einfach weiter.«

Laura nickte.

»Ja, du hast sicher recht. Ich bin nur so schrecklich schlapp und musste mich kurz sammeln. Und dann gehe ich gleich wieder brav in die Küche. Hoffentlich habe ich mir keine Sommergrippe eingefangen. Wo ist denn mein Glas?«

»Vielleicht solltest du lieber einen starken Kaffee trinken?«

Laura überhörte ihre Bemerkung. Sie fand ihren Martini zwischen den Haarspraydosen und leerte das Glas in einem Zug. Nachdem sie sich noch kurz im Spiegel betrachtet hatte, ließ sie ihr Hollywoodlächeln aufblitzen.

»Du siehst fantastisch aus, Laura. Jetzt mach dir keine Gedanken mehr, sondern zieh die Sache durch.«

Laura versuchte zu grinsen. »Du hast vollkommen recht. Aber du warst ja schon immer die Schlaue unter den Schönen. Also dann! Wie auf dem Laufsteg. Kopf hoch und auf in den Kampf!«

3

Die Herren hatten an der festlich gedeckten Tafel Platz genommen. Ricky puderte die glänzenden Gesichter noch einmal ab, während Lasse die ersten beiden fertig angerichteten Teller vor Marcello Mari und Sascha Richter abstellte. Die Scheinwerfer wurden wieder eingeschaltet und die Kameramänner gingen auf Position. Gernot machte noch schnell ein paar Fotos von den Dinnergästen und Laura, die mit den letzten zwei Tellern in der Tür stand und auf die nächste Regieanweisung wartete. Sophie konnte die Spannung regelrecht spüren.

»Das sieht ja köstlich aus«, meinte Rubens mit alkoholschwerer Stimme.

»Das hast du nie im Leben selbst gekocht!«, giftete Sascha Richter. »Hast du da reingespuckt?«

»Nein. Bei deinem Teller habe ich mir etwas ganz Besonderes einfallen lassen.« Laura blitzte ihn wütend an. »Ich habe draufgepisst!«

»Okay«, ging Lasse dazwischen. »Das reicht jetzt. Wir wollen doch heute alle noch mal nach Hause! Laura, wir machen weiter. Auf das Zeichen servierst du die letzten Teller. Erklär bitte kurz, um was es sich bei deiner Hauptspeise handelt. Anschließend wünschst du allen einen guten Appetit. Und dann stoßt ihr an. Alles klar? Ruhe. Wir drehen! Und bitte.«

Laura atmete tief durch. Ihre Augenlider flatterten leicht. Sophie nahm sich vor, Laura nach diesem Gang einen Kaffee aufzuzwingen. Und Mineralwasser.

»Meine lieben Gäste. Das ist mein … mein Hauptgang. Surf and Turf an grünem Spargel. Der Spargel ist gegrillt und mit … äh … Zitronensaft und Olivenöl bestrichen. Rinderfilet und Garnelen. Man kann auch Hummer nehmen, aber… ich könnte keinen Hummer in kochendes Wasser werfen… nein, das wäre ja Mord. Ich hoffe, euch schmeckt meine Variante. In Hollywood lieben wir dieses Gericht.«

Laura stellte die Teller mit Mühe ab und ging zu ihrem Platz.

»Das sieht großartig aus«, freute sich Marcello Mari und lächelte schleimig in die Kamera.

Laura blieb an der Tafel stehen und erhob feierlich ihr Glas. Ihre Stirn glänzte leicht und sie war plötzlich sehr blass. Sophie schielte zu Lasse. Er schien ebenfalls beunruhigt zu sein.

»Meine Lieben! Ich möchte mit euch anstoßen und ein paar Worte sagen.« Laura schluckte schwer und atmete tief. »Es ist ja so schön, dass wir endlich mal wieder alle ... alle zusammen an einem Tisch sitzen. Es wurde auch wirklich Zeit für eine ›Dinnerparty‹. Meint ihr nicht auch? Ja ... Wie lange ist das jetzt ... jetzt ... ich ... oh, mir ist nicht ...«

Laura fiel in sich zusammen wie eine Marionette, der man die Fäden gekappt hatte. Ihr Rotweinglas zersprang in tausend Splitter. Es schepperte noch Sekunden. Laura hatte sich am Tisch festhalten wollen und die Damastdecke mitgerissen, als sie zusammengebrochen war. Das Tischtuch hatte sie noch in der Hand. Teller und Gläser kullerten zu Boden. Wie die anderen wohl auch, erwartete Sophie, dass Laura aufspringen und lachen würde. Dass sie einfach nur einen bösen Streich gespielt hatte, um der Runde eins auszuwischen. Sie war eine sehr gute Schauspielerin. Doch Laura rührte sich nicht.

Sophie kniete neben Laura nieder und fühlte ihren Puls. Ihre Hände zitterten und ihr eigenes Herz hämmerte so stark, dass sie nicht sicher sagen konnte, ob Laura noch lebte. Sie konnte selbst kaum glauben, dass sie vor vielen Jahren ein paar Semester Medizin studiert hatte. Hatte sie denn gar nichts gelernt?

»Soll ich draufhalten?«, fragte einer der Kameramänner.

»Mach die verdammte Kamera aus, du kranker Vogel«, zischte Sophie. »Lasse, ruf einen Krankenwagen.«

Lasse nickte und verließ das Esszimmer.

»Mein Gott, ist sie betrunken?«, fragte Rubens. Sein Gesicht war dunkelrot und er atmete schwer.

»Die zieht hier doch nur wieder eine Show ab«, vermutete Sascha Richter.

Marcello Mari grinste. »Steh auf, Laura. Zugegeben, dein Auftritt war oscarverdächtig.«

Sophie versuchte, in diesem ganzen Chaos einen klaren Gedanken zu fassen. Laura musste sofort geholfen werden. Wenn es nicht sowieso zu spät war.

»Kann einer hier Erste Hilfe leisten?«, schrie sie in die Runde.

Schweigen. Sophie sah voller Hoffnung zu den Kameramännern, doch es wurde nur mit dem Kopf geschüttelt.

»Ich habe mal einen Sanitäter gespielt«, erklärte Mari. Sascha Richter kicherte. In diesem Moment hätte sie beide am liebsten geschlagen. Sophie wollte diese verfluchten Dinnergäste endlich aus dem Zimmer haben.

»Ricky!«

Ricky stand an der Tür und krallte sich mit beiden Händen an seinem Puderpinsel fest. Er schien sie gar nicht gehört zu haben.

»Verdammt, Ricky!«

»Was?« Er glotzte sie an wie ein Kaninchen das Scheinwerferlicht eines Autos.

»Sei ein Schätzchen und servier den Herren Schampus oder Cognac im Garten. Es gibt hier heute nichts mehr zu essen. Und überhaupt. Alle raus hier.«

Niemand schien zu bedauern, das Zimmer verlassen zu müssen. Sowohl die Technikcrew als auch die prominenten Gäste ließen sich nicht zweimal auffordern. Jeder hatte anscheinend gemerkt, dass es hier um Leben und Tod ging und wollte mit der Situation möglichst nichts zu tun haben.

Sophie schluckte ihre Wut herunter und konzentrierte sich. Ihr Erste-Hilfe-Kurs lag Jahre zurück. Wie war das noch mit der Mund-zu-Mund-Beatmung? Herzmassage! ABCD. Stabile Seitenlage. Atmung freimachen! Sophie öffnete Lauras Mund und fühlte, ob sie etwas im Mund oder Rachen hatte. Da war nichts. Als Nächstes musste sie prüfen, ob Laura überhaupt noch atmete. Sie sah sich rasch um und griff nach dem versilberten Unterteller einer zu Boden gefallenen Butterdose. Sie hielt Laura den Teller direkt unter die Nase. Mit Grauen sah sie, dass der Teller nicht beschlug. Laura atmete nicht. Druckmassage! Sophie rollte Laura wieder auf den Rücken. Dann legte sie eine Hand auf Lauras Brustbein, die andere quer darüber. Und drücken. Mit aller Kraft presste sie den Brustkorb. Eins, zwei, drei, vier, fünf, sechs, sieben, acht, neun, zehn. Sie hielt Laura die Nase zu und beatmete sie. Eins, zwei. Und wieder drücken.

»Der Rettungswagen wird gleich hier sein«, erklärte Lasse, der eilig ins Esszimmer zurückgekommen war. »Wie geht es ihr?«

Sophie zuckte mit den Schultern und schüttelte den Kopf. Sie hörte Glas splittern. Lasse war wohl auf ein herumliegendes Weinglas getreten. Sie versuchte, sich weiter auf die Mund-zu-Mund-Beatmung zu konzentrieren, doch ein neuer Gedanke ließ ihr keine Ruhe.

»Lasse, bleib stehen! Wir sollten hier möglichst keine Spuren verwischen.«

»Spuren verwischen? Wovon zum Teufel sprichst du?«

Sophie antwortete nicht, aber sie war sich sicher, dass sie eine Leiche beatmete.

*

Sophie war unendlich erleichtert, als sie die Sirene des Krankenwagens hörte. Ein paar Sekunden später stürzten der Notarzt und ein Rettungssanitäter ins Zimmer.

»Mein Name ist Simon. Ich bin der Notarzt. Was ist passiert?«

»Sie ist plötzlich zusammengebrochen«, erklärte Sophie. Ihre Stimme klang viel zu schrill.

Dr. Simon nickte. »Also gut. Danke, dass Sie Erste Hilfe geleistet haben. Wir übernehmen jetzt«, sagte er mit fester Stimme. »Bitte gehen Sie zur Seite.« Sophie stand zitternd auf. Der Mann kniete sich neben Lauras Kopf und riss die Verpackung einer Braunüle auf. »Hatte sie irgendwelche Beschwerden?«

»Beschwerden? Ich weiß nicht. Sie war müde. Und

sie hatte wohl auch zu viel getrunken. Ja, sie hatte Sorge, eine Grippe zu bekommen.«

Der Rettungssanitäter war bereits dabei, das EKG anzuschließen. »Nulllinie. Hat sie Medikamente genommen?«

»Ich weiß es nicht.«

Der Sanitäter drückte Lauras Herz. Sophie bekam eine Gänsehaut, als sie sah, wie Dr. Simon die Braunüle in Lauras Hals rammte und ihr anschließend einen Beatmungsschlauch intubierte. Sekunden später bekam Laura eine Dosis Adrenalin.

»Elektroschock. Bitte zurücktreten!«

Lauras Körper zuckte unter dem Stromstoß.

»Nulllinie. Verdammt!«

Dr. Simon zog eine weitere Spritze Adrenalin auf. Sophie wollte das nicht mehr mit ansehen und verließ den Raum. Helfen konnte sie sowieso nicht und sie war sich fast sicher, dass auch der Notarzt nichts mehr für Laura tun konnte. Was war nur passiert? Laura war erschöpft und angetrunken gewesen. So etwas machten unendlich viele Menschen jeden Tag durch. Daran starb man doch nicht. Und wenn jemand nachgeholfen hatte? Sie musste Stefan anrufen. Und sie musste dringend eine Zigarette rauchen. Sophie wusste nicht mehr, wo ihre Tasche war. Aber die Eingangstür stand offen und sie hörte die Technikcrew auf der Auffahrt reden.

»Wie geht es ihr?«, fragte Lasse sofort, als sie nach draußen trat.

Sophie schüttelte nur mit dem Kopf.

»Ich weiß es nicht. Hast du 'ne Kippe für mich? Und ein Telefon?«

Lasse reichte ihr wortlos sein Handy, die Schachtel und ein Feuerzeug. Sophie nahm alles und ging die Auffahrt hinunter auf die schmale Straße. Ihre Hände zitterten, als sie versuchte, die Zigarette anzuzünden. Das alles war ein einziger Albtraum. Auch wenn sie schon Leichen gesehen hatte, sie hatte noch nie jemanden sterben sehen. Sie versuchte, die Bilder für einen Augenblick zu vergessen. Zumindest konnte sie etwas tun. Entschlossen wählte sie Stefans Nummer. Sie konnte sie auswendig. Stefan Sperber war Kriminalhauptkommissar in Lübeck und der Mann ihrer Freundin Tina. Sophie und Stefan waren immer wie Hund und Katze gewesen. Wenn sie sich im gleichen Raum befanden, waren nie mehr als ein paar Minuten vergangen, bis sie in Streit geraten waren. Stefan hatte ihr jahrelang vorgeworfen, am Anfang ihrer Karriere eine Zeit lang als Polizeireporterin gearbeitet zu haben. Er hasste diese Art von Sensationsjournalismus und Sophie empfand im Grunde ihres Herzens genauso. Aber damals war es eben ihre Chance gewesen, sich in dem Job zu behaupten. Stefan hatte nie versucht, sie zu verstehen, und sie als eingebildete Karrieretussi abgestempelt. Sie selbst hatte in Stefan nur noch einen selbstgerechten, aufbrausenden Mann gesehen und nie verstanden, warum ihre Freundin ausgerechnet diesen groben Klotz geheiratet hatte. Tina zuliebe hatten sie versucht, sich zusammenzureißen und nicht jedes

Wort auf die Goldwaage zu legen, mit mittelmäßigem Erfolg. Im letzten Sommer hatte Sophie der Polizei geholfen, die Morde an drei jungen Kitesurferinnen aufzuklären. Sie selbst wäre beinahe das vierte Opfer geworden. In dieser Zeit hatte sie Stefan genauer kennengelernt und erkannt, dass hinter der rauen Schale ein wunderbarer Ehemann und Familienvater steckte. Nach Pelles Tod hatte sich Stefan ihr gegenüber großartig verhalten und ihr sehr geholfen. Das rechnete sie ihm hoch an. Trotzdem verstanden sie sich noch immer nicht besonders gut, auch wenn sich die offene Feindschaft zwischen ihnen gelegt hatte. Freunde würden sie sicher niemals werden.

»Sperber.«

»Stefan, ich bin's, Sophie.«

»Was willst du?« Stefans ruppigen Ton kannte sie gut.

»Ich ruf dich nicht an, um mal wieder deine Stimme zu hören und mich davon zu überzeugen, dass es dir gut geht.«

»Prima, dann leg doch einfach wieder auf. Ruf Tina an, wenn du quatschen willst.«

Eigentlich hatte sie von Stefan nichts anderes erwartet, doch sie war zu erschöpft und erschrocken, als dass sie jetzt Spielchen spielen wollte.

»Mir ist nicht nach Scherzen zumute. Soll ich das Präsidium anrufen?«

»Was ist los?«

Stefan schien zu kapieren, dass sie nicht grundlos anrief.

»Ich bin auf Fehmarn. Hier wird eine Kochsendung aufgezeichnet.«

»Ist das nicht schön?«

»Die Dreharbeiten mussten vorzeitig beendet werden …«

»Sophie, jetzt komm auf den Punkt!«

»Weil die Hauptperson, Filmstar Laura Crown, tot zusammengebrochen ist.«

»Tot?«

»Ja, ich fürchte schon. Der Notarzt ist jetzt da. Die ersten Versuche, Laura wiederzubeleben, sind gescheitert. Ich bin dann aus dem Zimmer gegangen. Ich konnte das nicht mehr mit ansehen. Stefan, vor einer halben Stunde war sie noch lebendig. Ich finde, die Polizei sollte auch kommen. Nicht, dass ihr da noch jemand was ins Glas getan hat.«

4

Stefan Sperber fragte sich, ob er Fehmarn noch lebend erreichen würde. Er bedauerte, das Angebot angenommen zu haben, bei Robert Feller mitzufahren. Sein Kollege raste mit Vollgas über die Autobahn und verlangte dem Porsche alles ab. Robert hatte die Protzkiste erst seit zwei Tagen und fuhr wie ein Irrer.

»Wenn du so weitermachst, sorge ich persönlich dafür, dass man dir deinen Lappen wegnimmt!«

»Jetzt bleib mal locker!« Robert grinste zufrieden. »Immerhin bringe ich uns in Rekordgeschwindigkeit an den Ort des Geschehens.«

Stefan schwieg. Er war nicht locker. Ganz und gar nicht. Er musste sich dringend beruhigen. Es gab keinen Grund, sauer auf Sophie zu sein. Eigentlich hatte er sich im letzten Sommer doch ganz gut mit ihr verstanden. Sie hatte ihm geholfen, die Morde auf Fehmarn aufzuklären. Zugegebenermaßen hatte sie ihn erst darauf gebracht, dass es sich um Morde handelte. Trotzdem machte ihre Besserwisserei ihn wahnsinnig. Und nun hatte sie wieder eine Leiche aufgetan und vermutete ein Verbrechen. Wofür hielt sie sich? Die Polizei war doch lange genug ohne Sophie ausgekommen.

Sie hatten die Fehmarnsundbrücke hinter sich gelassen. Doch auch auf den Inselstraßen fuhr Robert viel zu schnell.

»Verdammt, Robert. Ich will hier nicht tot am nächsten Baum kleben. Wir müssen gleich abbiegen. Geh endlich vom Gas.«

Robert stöhnte genervt und sah auf den Monitor seines teuren Navigationssystems. Es ärgerte Stefan, dass sein Kollege dieser Kiste mehr traute als ihm. Schließlich war er auf der Insel zu Hause.

»Sie haben das Ziel erreicht«, verkündete die schleppende Stimme des Navis ein paar Minuten später.

Robert stieg übertrieben hart in die Eisen. Die Bremsen quietschten.

»Mann, Robert. Hältst du dich für einen Supercop? Miami Vice? Affig!«

Der Rettungswagen stand in der Einfahrt. Robert parkte den Porsche an der Straße. Sophie stand in der offenen Haustür.

Sie nickte nur kurz und führte sie ins Esszimmer. Stefan hatte nicht erwartet, so ein Chaos vorzufinden. Auf dem Boden lagen zerbrochene Teller, Gläser und das Essen. Es roch allerdings hervorragend. Ihm fiel auf, dass er noch nicht zu Abend gegessen hatte. Der Notarzt kam auf ihn zu.

»Guten Abend. Ich bin Stefan Sperber, Kriminal-polizei. Mein Kollege Robert Feller.«

»Dr. Simon. Tut mir leid, aber wir konnten nichts mehr für sie tun. Sie ist eher ein Fall für die Rechts-medizin. Gut, dass Sie da sind. Ich hätte sonst die Polizei verständigt. Den Leichenwagen habe ich bereits gerufen.«

Stefan nickte müde und warf einen Blick auf die Tote. Laura Crown war wirklich eine schöne Frau gewesen. Das würde sich in den nächsten Stunden ändern. Er riss sich zusammen.

»Dr. Simon, ist Ihnen an der Toten irgendetwas Ungewöhnliches aufgefallen?«

»Sie riecht nicht nach Bittermandel, falls Sie in die Richtung dachten. Ich bin Notarzt und nicht von CSI. Ich habe den Totenschein ausgefüllt. Ich konnte einen unnatürlichen Tod nicht ausschließen. Die Todes-ursache ist unklar. Es gibt allerdings keine äußerlichen Anzeichen.«

»Danke, Dr. Simon.«

»Verständigen Sie den diensthabenden Rechtsmediziner?«

Stefan nickte. »Ich muss als Erstes den Staatsanwalt informieren, wie Sie wissen. Und ich werde wohl die Spurensicherung kommen lassen. Der Leichenwagen wird die Tote in das Rechtsmedizinische Institut nach Lübeck bringen. Geben Sie meinem Kollegen doch bitte Ihre Telefonnummer, falls wir noch Fragen haben. Robert …«

Robert holte den Notizblock heraus. Stefan verließ das Esszimmer und sah sich nach Sophie um. Sie stand in der Küche und starrte auf den Boden.

»Alles okay mit dir?«

Sophie sah ihn an und nickte.

»Sind die Gäste weg?«, fragte er weiter.

»Nein. Sie sind auf der Terrasse und trinken weiter. Ich dachte, du willst sie vielleicht noch sprechen.«

»Das war ja richtig schlau von dir.«

Sophie schloss nur kurz die Augen. Sie sah müde aus.

»Stefan, ich habe sie was weiß ich wie lange beatmet. Ich brauche heute keine sarkastischen Bemerkungen mehr, um mich beschissen zu fühlen.«

Er biss sich auf die Unterlippe. Sophie war erschöpft. Sie hatte sich heldenhaft verhalten und versucht, Laura Crown das Leben zu retten. Und sie hatte völlig richtig entschieden, die Polizei zu rufen. Stefan schluckte. Er benahm sich unmöglich. Sophie war nicht einmal unfreundlich gewesen an

diesem Abend. Warum konnte er nicht aufhören zu
sticheln? Was war nur in ihn gefahren?

*

Sophie hatte es im Haus nicht mehr ausgehalten. Es
herrschte dort ein unpassend reger Betrieb. Und Laura
lag noch immer auf dem Teppich, neben Spargel, Filet
und Riesengarnelen. Der Leichenwagen war gekommen
und die Herren vom Bestattungsdienst warteten, dass
sie die Tote mitnehmen durften. Dr. Simon und sein
Rettungssanitäter räumten ihre Ausrüstung zusammen
und Stefan und Robert machten ihre Arbeit. Sie würden
gleich mit der Zeugenbefragung beginnen. Alle wollten
endlich nach Hause. Sophie lehnte an der Hauswand
und massierte sich die Schläfen. Was war nur passiert?
Das alles ergab überhaupt keinen Sinn. Laura war so
euphorisch gewesen, als sie das erste Mal telefoniert
hatten. Und nun war sie tot. Man starb doch nicht einfach so von einer Sekunde auf die andere. War Laura
krank gewesen? Nein, unvorstellbar. Sie hatte ausgesehen wie das blühende Leben. Aber was dann?
Mord? Vor laufenden Kameras? Das war unmöglich.
Sophie fröstelte trotz der milden Temperatur. Dr.
Simon tippte sie leicht an die Schulter. Sie hatte ihn gar
nicht kommen hören und zuckte zusammen.

»Ist mit Ihnen alles in Ordnung?«

Sie nickte nur.

»Sie könnten einen Schock haben«, fragte er besorgt
weiter. »Soll ich Sie nicht besser kurz untersuchen?«

Sophie schüttelte den Kopf und lächelte bemüht.

»Danke, aber mir fehlt nichts. Ich bin ein bisschen wackelig, aber das ist ja wohl kein Wunder.«

Der Notarzt sah ihr in die Augen und nickte dann.

Der Rettungssanitäter war bereits dabei, die Ausrüstung in den Krankenwagen zu schaffen.

»Also gut. Wie Sie meinen. Ich sag dann mal Tschüss.«

»Tschüss?«

»In meinem Job ist es nicht so ganz einfach, die richtigen Worte zu finden. ›Auf Wiedersehen‹ will keiner hören und ›noch einen schönen Abend‹ ist meist auch eher unpassend.«

Sophie schmunzelte.

»Na, jetzt lächeln Sie zumindest.«

Dr. Simon schob sie plötzlich sanft zur Seite, um die Männer vom Bestattungsinstitut mit dem Sarg durchzulassen.

»Wird sie in die Rechtsmedizin gebracht?«

Der Notarzt nickte. »Ich kann nicht sagen, woran sie gestorben ist. Und das wird man jetzt klären müssen. Also, machen Sie es gut.«

Als der Sarg verladen war, kehrte Sophie zurück ins Haus. Robert Feller kam ihr entgegen.

»Sophie, kommst du bitte mit auf die Terrasse?« Er lächelte sie schüchtern an. »Wir befragen jetzt alle Zeugen. Stefan wird euch alle einzeln befragen. Nur ganz kurz.«

Sophie ließ sich auf die Terrasse führen. Die Männer rauchten oder blickten betreten in ihr Glas. Es gab keine Witze mehr, keine unpassenden Bemerkungen. Anscheinend war allen klar geworden, dass hier ein Mensch zu Tode gekommen war. Warum auch immer.

*

Stefan Sperber befragte die Dinnergäste der Reihe nach einzeln im Wohnzimmer, während Robert Feller auf der Terrasse dafür sorgte, dass die übrigen sich nicht unterhielten. Stefan hatte bereits mit den Kameramännern, dem Toningenieur, Sophies Fotografen und den Assistenten gesprochen. Leider war dabei nichts herausgekommen. Alle waren geschockt gewesen, aber niemand hatte etwas gesehen oder bemerkt. Stefan hatte sich die Personalien und Telefonnummern geben lassen und die Crew in den verdienten Feierabend entlassen. Mittlerweile waren auch der Polizeifotograf und Kommissar Ingo Schölzel eingetroffen. Stefan war müde und hätte sich gern einen Kaffee gemacht. Er war froh, dass er den Schreibkram jetzt an Ingo abtreten konnte. Victor Rubens kam als Nächster ins Wohnzimmer. Er sah furchtbar aus. Sein Gesicht war viel zu rot und er atmete schwer.

»Möchten Sie ein Glas Wasser?«, fragte Stefan freundlich, nachdem der Produzent sich gesetzt hatte.

Rubens lächelte matt und schüttelte den Kopf. »Danke. Es geht schon. Ich hatte wohl etwas zu viel

Rotwein. Diese Sache ist einfach entsetzlich. Sie war doch noch so jung.«

Einen Moment lang befürchtete Stefan, der alte Mann würde in Tränen ausbrechen.

»Wir brauchen nicht lange. Ich möchte nur wissen, ob sie mir irgendetwas zu diesem Abend sagen können, was von Bedeutung sein könnte?«

Rubens schluckte schwer. »Von Bedeutung? Was meinen Sie damit?«

»Haben Sie mitbekommen, dass Frau Krone sich vielleicht unwohl gefühlt hat?«

»Nein. Sie sah blendend aus. Eine Augenweide. Ich bin davon ausgegangen, dass wir eine interessante und unterhaltsame Sendung aufzeichnen. Normalerweise trete ich ja nicht in solchen Shows auf, aber Laura Crown sollte in einer Serie, die ich produzieren werde, eine Hauptrolle spielen. Diese Koch-Show wäre für mich eine wunderbare kostenlose Werbung gewesen.«

Stefan nickte unzufrieden. »Und dann ist Ihre Hauptdarstellerin tot zusammengebrochen?«

Victor Rubens starrte ihn mit offenem Mund an. Dann schloss er die Augen und strich sich mit beiden Händen die wenigen Haare zurück. Als er die Augen wieder öffnete, sah er aus wie ein Kind, das man bei einem Streich erwischt hatte.

»Ich habe gedacht, sie macht einen schlechten Scherz.«

»Einen Scherz?« Stefan starrte ihn verwirrt an. »Ich glaube, ich verstehe nicht genau, was Sie damit meinen.«

63

Rubens kramte ein Taschentuch aus seiner Hosentasche und wischte sich ein paar Schweißperlen von der Stirn.

»Es hätte zu Laura gepasst, diese Szene einfach nur zu spielen, um uns allen einen gehörigen Schrecken einzujagen. Sie hatte einen recht derben Humor. Ich war beeindruckt, wie realistisch sie ihren Zusammenbruch darstellte. Erst nach ein paar Minuten wurde mir bewusst, dass tatsächlich was Schlimmes passiert war.«

*

Sascha Richter saß auf einem unbequemen Gartenstuhl auf der Terrasse und versuchte, sich nicht ständig eine neue Zigarette anzuzünden. Er wollte nicht, dass dieser Kommissar Feller bemerkte, wie nervös er war. Diese Stille war unerträglich. Feller hatte alle gebeten, sich nicht zu unterhalten. Sascha fragte sich, mit wem er sich denn überhaupt hätte unterhalten sollen? Mit Mari bestimmt nicht. Nach dem ganzen Chaos und den diversen Drinks dröhnten seine Ohren. Er hatte viel zu viel intus, um noch eine gute Vorstellung abzuliefern. Robert Fellers Handy piepte.

»Herr Richter, darf ich Sie bitten, zu Kommissar Sperber ins Wohnzimmer zu gehen?«

Sascha nickte. Er hätte gern mit fester Stimme ein kerniges ›Sehr gern!‹ geantwortet, doch er hatte einen schlimmen Frosch im Hals. Er spürte die Blicke von Mari und diesem Produzenten Anderson im Rücken, als er die Terrasse verließ.

Kommissar Sperber begrüßte ihn knapp.

»Herr Richter, bitte nehmen Sie Platz. Das ist mein Kollege Kommissar Schölzel. Wir werden nicht lange brauchen. Als Erstes hätten wir gern Ihre Personalien und eine Telefonnummer, unter der wir Sie am besten erreichen können.«

Sascha Richter räusperte sich und gab mit einigermaßen fester Stimme die gewünschten Informationen an.

»Wir versuchen herauszufinden, was mit Laura Krone geschehen ist. Vielleicht können Sie ein bisschen Licht ins Dunkel bringen. Hat Sie erwähnt, dass sie sich unwohl fühlte? Ist Ihnen da irgendetwas aufgefallen?«, fragte der Kommissar sachlich.

Sascha atmete tief durch.

»Das frage ich mich selbst schon die ganze Zeit. Aber die Antwort ist leider nein. Mir ist nichts aufgefallen und ich habe mich hinter den Kulissen nicht ein einziges Mal mit Laura privat unterhalten.« Er hatte beschlossen, so nah wie möglich an der Wahrheit zu bleiben. »Ich war auch viel zu aufgeregt und habe mich mehr mit mir selbst beschäftigt. Wie Sie vielleicht wissen oder noch herausfinden werden, bin ich seit ein paar Jahren nicht besonders gut im Geschäft. Ehrlich gesagt, läuft es ausgesprochen schlecht. Ich war wirklich überrascht, als mich vor einiger Zeit eine Redakteurin von Taka Tuka TV Productions in die Sendung eingeladen hat. Ich habe in der ›Dinnerparty‹ eine Chance gesehen. Sie wissen schon, endlich mal wieder im Fernsehen präsent zu sein. Ich habe ein-

65

fach gehofft, dass die Leute, oder besser, die Filmleute, sich mal wieder an mich erinnern. Und Victor Rubens war dabei! Ich …«

»Danke, Herr Richter«, wurde er von Kommissar Sperber schroff unterbrochen. »Wir melden uns bei Ihnen, wenn wir noch weitere Fragen haben sollten. Und was Ihre Karriere betrifft, ich fürchte, diese Folge wird niemals ausgestrahlt werden.«

*

Stefan Sperber war langsam genervt. Auch Marcello Mari und Lasse Anderson hatten nichts gesehen oder gehört. Marcello Mari war ihm zudem noch gänzlich unsympathisch gewesen. Anderson machte auf zerknirscht und schuldbewusst, obwohl ihm für den tragischen Verlauf des Abends niemand einen Vorwurf gemacht hatte. Jetzt blieben nur noch dieser Maskenbildner und Sophie.

»Hallo, ich bin Ricky. Ich bin jetzt wohl dran.«

Ein sehr junger gepflegter und leicht flippiger Typ betrat das Wohnzimmer und blickte ihn mit großen Augen an.

»Ricky?«, fragte Schölzel in seinem Polterton nach.

»Ähm, Richard Kramer.«

Schölzel notierte sich auch Anschrift und Telefonnummer.

»Bitte nehmen Sie Platz. Herr Kramer, Sie sind für uns natürlich besonders interessant«, erklärte Stefan bemüht freundlich. »Sie haben ja wahrscheinlich die meiste Zeit mit den Gästen verbracht.«

Ricky nickte schuldbewusst. »Ja und nein. Ich habe mich vor allem um Lauras Make-up gekümmert. Wir hatten ihr eine eigene Maske eingerichtet. Die Herren wurden vor der Aufzeichnung in einem Kosmetiksalon zurechtgemacht. Ich habe sie nur ab und an mal abgepudert.«

»Ich verstehe! Macht aber keinen großen Unterschied. Es geht hier vor allem um Laura Krone. Ist Ihnen irgendetwas aufgefallen?«

Ricky schluckte und starrte auf seine Hände. »Die konnten sich alle nicht leiden«, flüsterte er. Dann räusperte er sich. »Ich meine, da schwang zum Teil echte Verachtung mit.«

Stefan horchte auf. »Was war mit Laura?«

»Sie war sehr nervös.«

Stefans Geduld wurde auf eine harte Probe gestellt. Warum konnte denn niemand einfach Klartext reden?

»Aha, sehr nervös? Was meinen Sie genau damit?«

»Sie hat ziemlich viel getrunken. Zwischen den verschiedenen Einstellungen kam sie immer in die Maske. Ihr Make-up war meistens noch okay, aber sie …«

Ricky verstummte. Stefan wurde allmählich gereizt.

»Aber sie? Was?«

Ricky rutschte nervös auf dem Sofa herum. »Sie hat wirklich viel getrunken. Gegen die Nervosität. Zu Beginn war sie richtig hibbelig gewesen. Später wurde sie ruhiger. Sie hat sich nicht ganz fit gefühlt und sprach davon, dass sie sich vielleicht eine Grippe eingefangen hätte. Und sie hat Tabletten genommen. Vielleicht war es ja nur etwas gegen Kopfschmerzen.«

»Aber Sie vermuten, dass es nicht einfach nur Kopfschmerztabletten waren?«

Der Maskenbildner schloss die Augen und schluckte. »Was soll ich da sagen? Ich weiß es nicht definitiv. Aber ich könnte mir vorstellen, dass sie was Stärkeres zur Beruhigung eingeworfen hat. Ich hätte genauer hinschauen müssen. Ich mache mir die ganze Zeit Vorwürfe. Warum habe ich sie nicht gefragt? Vielleicht hätte ich ihr die Tabletten irgendwie ausreden können. Dann wäre sie wahrscheinlich noch am Leben.«

*

Als Sophie in das Wohnzimmer gerufen wurde, konnte sie aus den Augenwinkeln sehen, dass Stefan die Spurensicherung hatte kommen lassen. Die Männer in weißen Schutzanzügen arbeiteten sich Zentimeter für Zentimeter vor. Jede einzelne Scherbe wurde vorsichtig in einer kleinen Tüte verpackt. Das Team von Enno Gerken würde jeden Winkel nach Fingerabdrücken und DNA-Spuren absuchen.

»Sophie!«

Stefans Stimme ließ sie zusammenfahren.

»Es ist schon spät und du kannst auch gleich nach Hause. Ich wollte nur erst die Dinnergäste befragen, bevor die sich noch mehr besoffen hätten.«

»Ich habe Zeit«, versicherte Sophie und lächelte ihn kraftlos an.

Stefan nickte. »Wie du siehst, nehme ich deinen Verdacht, dass die Crown nicht ohne fremde Hilfe den Löffel abgegeben hat, durchaus ernst.«

Sophie setzte sich und rieb sich die Augen. »Vielleicht spinn ich ja auch! Sie war nur so voller Tatendrang. Als ich sie heute in der Maske besucht habe, war sie nervös, aber trotzdem schrecklich müde. Und zehn Minuten später tot.«

»Ja, ich weiß. Ist dir denn sonst irgendetwas aufgefallen?«

Diese Frage hatte sie sich selbst schon gestellt. »Nein. Mein Fotograf und ich kamen viel zu spät am Tatort, ich meine natürlich Drehort, an. Erst kurz vor dem Hauptgang. Wir hatten über eine Stunde in einem Stau gesteckt. Da war dieser Unfall. Ich war noch kurz in der Maske, um Laura zu begrüßen. Sie war wohl ein bisschen zu lange da. Lasse Anderson, der Produzent, war etwas genervt, dass der Dreh sich so in die Länge zog.«

»Ja, das hat er auch ausgesagt. Was war, als es passierte?«

»Was meinst du?«

»Hat jemand geschrien, gelacht, sich irgendwie komisch verhalten?«

Sophie schüttelte den Kopf. »Nein. Sie haben im ersten Moment alles für einen Witz gehalten. Sie dachten, Laura zieht eine Show ab. Es gab ein paar markige Sprüche. Sie habe eine tolle Show geliefert und solle nun mal wieder aufstehen. Ich war selbst überrascht. Dann habe ich aber gemerkt, dass es keine Show gab. Ich habe Erste Hilfe geleistet. Ach, Stefan, es war furchtbar. Ich habe die ganze Zeit befürchtet, dass ich nichts mehr für sie tun kann. Als der Notarzt kam, war ich unendlich erleichtert, von Laura wegzukommen. Er hat alles versucht. Laura hat es nicht geschafft. Sie ist tot und ich will verdammt noch mal wissen, warum sie sterben musste.«

*

Stefan streckte die Beine aus und reckte sich. Das war ein furchtbarer Zeugenmarathon gewesen. Auch wenn er mit jedem Einzelnen nicht länger als fünf Minuten gesprochen hatte, war die Sache anstrengend gewesen. »Eine letzte Frage noch. Weißt du zufällig, in welchem Hotel Laura Krone abgestiegen ist?«

Sophie nickte. »Ja, sie wohnte im Hotel Atlantic.«

»Okay. Feierabend.«

Schölzel klappte den Notizblock zu und entschuldigte sich mit den Worten: »Muss mal eine durchziehen.«

»Kann ich jetzt gehen?«, fragte Sophie und sah ihn aus müden Augen an.

»Nein, kannst du nicht.«

»Stefan, was soll der Mist? Ich will nach Hause. Ich bin total kaputt.«

Stefan rappelte sich vom Sofa auf. »Eben. Du bist völlig erschöpft. Ich habe kein gutes Gefühl, dich jetzt in deinem Zustand zurück nach Hamburg fahren zu lassen.«

Robert Feller kam gerade um die Ecke. »Ich kann Sophie mitnehmen.«

»In dein Auto lass ich sie schon gar nicht steigen. Du fährst wie ein Irrer!«

Robert zuckte mit den Schultern. »Sophie kann das selbst entscheiden.«

Stefan warf ihm einen wütenden Blick zu.

»Schon gut.« Robert machte eine beschwichtigende Geste. »Die Jungs von der Spurensicherung haben im Übrigen in Lauras Handtasche diverse Medikamente gefunden.«

»Das Zeug soll auch nach Lübeck.«

Robert nickte. »Ist klar. Es gibt außerdem eine Notiz, dass ein gewisser Notar zu informieren sei, falls ihr was zustoßen sollte.«

Sophie schnalzte mit der Zunge. Stefan war ebenfalls erstaunt, dass die Crown so eine Verfügung in der Handtasche mitführte.

»Wahrscheinlich soll dieser Notar ihr Management in den USA verständigen, wenn es zu irgendwelchen Verzögerungen kommen könnte«, versuchte er, die Information runterzuspielen. »Ruf ihn an.«

»Jetzt noch?«

Stefan stöhnte genervt. »Ja, jetzt noch. So ein Notar wird ja wohl einen Anrufbeantworter haben. Und verständige auch das Hotel Atlantic in Hamburg. Die sollen in dem Zimmer nichts verändern. Möglicherweise muss die Spurensicherung da noch rein. Wir sollten allerdings erst die Obduktion abwarten.«

»Wie du meinst. Ich fahr dann mal«, verkündete

Robert. »Sophie? Letzte Chance, in einem neuen Porsche chauffiert zu werden.«

»Ich schlage vor, du kommst mit zu Tina.«

Sophie riss die Augen auf. »Du lädst mich freiwillig ein?«

Stefan nickte müde. »Das war kein schöner Tag für dich. Tina hat Laura doch auch gekannt. Ich glaube, du solltest mit ihr über die Sache reden. Tina würde mir außerdem den Kopf abreißen, wenn ich dich nicht in unser Haus brächte.«

Sophie leistete nicht den erwarteten Widerstand. Ohne weitere Diskussion ließ sie sich zu ihrem BMW führen. Stefan öffnete ihr die Beifahrertür und fuhr den Wagen selbst. Sophie sprach die ganze Fahrt über nicht ein Wort. Stefan machte sich ernsthaft Sorgen.

5

Tina Sperber saß auf der Terrasse und genoss die laue Sommernacht. Sie hatte die Kerzen in den großen Windlichtern angezündet. Die Kinder schliefen schon seit Stunden tief und fest. Was für ein Unterschied zum letzten Sommer, dachte sie. Jetzt war Finn schon ein gutes Jahr alt und aus dem Gröbsten raus. Er ließ sich ohne Probleme ins Bett bringen und schlief bis 7 Uhr durch. Antonia war kein Kleinkind mehr. Nach den Sommerferien würde sie eingeschult werden. Und Paul war ein kleiner Frechdachs, der seine Zeit am liebsten damit verbrachte, sich im Garten dreckig zu machen. Tina musste grinsend daran denken, wie Paul sich heute am Strand nass vom Baden im Sand gewälzt und behauptet hatte, er sei ein Wiener Schnitzel. Sie genoss diesen Sommer mit ihren Kindern und natürlich mit Stefan, wenn er denn da war, in vollen Zügen. Tina wurde aus ihren Gedanken gerissen, als sie einen Wagen auf die Auffahrt rollen hörte. Stefans Auto war das nicht. Sie sah auf die Uhr. Besuch zu so später Stunde? Tina sprang auf, um zur Eingangstür zu gehen, doch im selben Moment sah sie Stefan durch den Garten auf sie zukommen. Und hinter ihm eine blonde Frau.

»Sophie?«, rief sie überrascht.

»Hallo, Schatz.« Stefan nahm sie kurz in den Arm und küsste sie flüchtig. »Wir erklären dir gleich alles.«

»Erklären?«

»Es ist was passiert«, sagte Sophie.

Tina bemerkte, wie blass Sophie wirkte. Beunruhigt führte sie ihre Freundin zu einem Korbsessel auf der Terrasse. »Was ist los?«

»Ich habe dir doch erzählt, dass ich ein Interview mit Laura Crown oder Krone, so hieß sie ja eigentlich, machen soll.«

»Ja. Aber ich verstehe nicht …«

»Du kennst doch die Sendung ›Dinnerparty‹?«

Tina nickte, auch wenn sie die Zusammenhänge nicht begreifen konnte.

»Heute war eine Aufzeichnung. Laura hatte sich dafür ein Haus auf der Insel gemietet. Sie wollte ihr Come-

73

back einläuten. Und dann ist sie zusammengebrochen, nachdem sie den Hauptgang serviert hatte.«

»Zusammengebrochen?« Tina schüttelte ungläubig den Kopf. »Meine Güte. Weil sie kochen sollte? So anstrengend ist das ja wohl nicht, oder? In Hollywood geht man wahrscheinlich nur essen. Laura kann einem wirklich leidtun. Wie geht es ihr denn jetzt?«

Sophie schluckte. »Sie ist tot.«

Tina brauchte einen Moment, um die Nachricht zu begreifen.

»Tot? Ich verstehe nicht, was …«

»Sie ist vor ein paar Stunden bei der Aufzeichnung dieser Fernsehsendung tot zusammengebrochen«, erklärte Stefan, der mit einer Flasche Rotwein und drei Gläsern zurück in den Garten gekommen war. »Sophie hat mich angerufen. Der Notarzt konnte keine klare Todesursache feststellen.«

»Wollt ihr mir etwa gerade erklären, dass Laura …«

»Das wissen wir nicht.« Stefan nahm ihre Hand und drückte sie zärtlich. Tina war einen Moment sprachlos.

Sophie schilderte ihr anschließend die ganze Situation.

»Dein Mann meinte, ich solle lieber die Nacht bei euch bleiben und mich nicht sofort selbst ans Steuer setzen, um nach Hamburg zurückzufahren«, erklärte Sophie abschließend.

»Da bin ich ganz seiner Meinung! Das Rosamunde-Pilcher-Gästezimmer steht dir immer zu Verfügung.«

Tina zog sich ihren Pashminaschal enger um die Schultern. Mit den Worten ›Sophie‹, ›Fehmarn‹ und

›Leiche‹ wurde sie sofort wieder an gewisse Tage im letzten Sommer erinnert. Und die hatte sie eigentlich für immer vergessen wollen.

*

Marcello Mari war genervt. Er war sogar gereizt. Was für ein katastrophaler Abend. Diese ewige Warterei. Und dann dieses Verhör. Was bildeten sich diese Bullen eigentlich ein? Man hätte alle Fragen auch morgen in Ruhe telefonisch klären können. Wahrscheinlich hatten diese Beamten einfach Spaß daran, einen Filmstar zu drangsalieren. Wenigstens hatte der Taxifahrer, der ihn zurück nach Hamburg gebracht hatte, schnell begriffen, dass er in dieser Nacht nicht mehr in der Laune war, noch irgendetwas zu sagen. Marcello schloss die Tür zu seiner luxuriösen Altbauwohnung in Uhlenhorst auf, ging hinein und knallte sie heftig zu.

»Tiger?«

Auch das noch.

»Tiger, dein Kätzchen wartet!«

Monika rekelte sich auf der weißen Ledercouch. Neben ihr stand eine halb leere Flasche Champagner. Im Fernsehen lief irgendein Scheißdreck.

»Was machst du hier?«, fuhr er sie an.

»Was ich hier mache? Auf dich warten.« Sie streckte ihre langen Beine aus und leckte sich die vollen Lippen. »Ich warte schon seit Stunden! So lange kann der Dreh doch nicht gedauert haben! Ich habe mir Sorgen gemacht. Wieso kommst du erst jetzt? Du hättest anrufen können.«

Monika hatte einen Hang zum Hysterischen. Im Bett war ihre dramatische Ader toll, aber sonst nervte sie. Mehr noch, es brachte ihn in Rage.

»Halt dein dummes Maul!«

»Ich hasse es, wenn du so ordinär bist.«

Marcello versuchte, sich zu beruhigen. Er ging an die Bar und schenkte sich einen großen Cognac ein. Eigentlich hatte er schon genug intus, aber es war schließlich auch kein normaler Abend gewesen. Er musste unbedingt runterkommen.

»Du könntest dich entschuldigen! Ich wäre dann auch bereit, ganz furchtbar lieb zu dir zu sein. Du weißt schon.«

Er sah sie an und trank seinen Cognac. Monika war schön, 20 Jahre jünger als er selbst. Sie war sogar halbwegs gebildet. Aber sie konnte eine echte Nervensäge sein. Im Moment hatte er nicht mal Lust, mit ihr zu schlafen.

»Warum verpisst du dich nicht einfach? Ich hab jetzt echt keinen Bock auf dein Theater.«

»Du hast keinen Bock auf mein Theater? Hallo? Ich warte hier seit Stunden.« Monika war aufgesprungen und sah ihn wütend an. »Konntest du dich nicht von deiner Ex trennen? Hat Laura dich wieder um den Finger gewickelt?«

Warum hatte er ihr nur davon erzählt?

»Ich bin müde. Es war ein langer Tag ...«

»Ah! Jetzt sehe ich klar! Du wolltest sie vögeln

und sie hat dir die kalte Schulter gezeigt? Ist es so gewesen?«

»Fahr zur Hölle, du kleine Schlampe!«

»Du hast ihn nicht hochgekriegt. Ha! Hat Laura dich ausgelacht?« Monika grinste ihn böse an.

Jetzt reichte es. Er schlug ihr ins Gesicht. Heftig. Monika fiel nach hinten, schlug mit dem Hinterkopf gegen die Wand. Nach dem peitschenden Knall seiner Ohrfeige gab es diesen dumpfen Ton. Schädel an Beton. Sie blickte ihn ängstlich an.

»Du wolltest doch nicht mehr schlagen«, flüsterte sie und sah ihn aus aufgerissenen Augen an. Wahrscheinlich hätte sie gern geheult, aber sie traute sich wohl nicht.

Marcello rieb sich die Hand und drehte sich wieder zur Bar, um sich einen weiteren Cognac einzuschenken.

»Du hast mir mal geschworen, dass du keiner Frau mehr wehtun willst.«

Er nahm einen großen Schluck. Dann zündete er sich eine Zigarette an. »Hab ich das wirklich?« Er blies den Rauch langsam aus. »Tja, Schätzchen, da habe ich wohl gelogen. Ich tue Frauen gern mal ein bisschen weh, das weißt du doch. Und heute habe ich es eben wieder getan.«

*

Sophie kuschelte sich in die Wolldecke, die Tina ihr gegeben hatte, bevor sie zu Bett gegangen war. Stefan schlief schon. Er hatte mit ihnen noch ein Glas Wein getrunken und war dann nach oben verschwunden. Wahrscheinlich hatte er sich denken können, dass er nur gestört hätte. Sophie hatte mit Tina noch lange über Laura und die ›Dinnerparty‹ gesprochen. Tina hatte zugehört und das Gespräch später in eine fröhlichere Richtung gelenkt, indem sie von Antonia, Paul und Finn erzählte. Jetzt saß Sophie allein auf der Terrasse. Es war eine wunderschöne Sommernacht. Trotzdem fröstelte sie. Laura war tot. Es wollte nicht in Sophies Kopf, dass diese energische, schöne und eigenwillige Frau vor ihren Augen zusammengebrochen war. Von einem Moment auf den nächsten war ein Leben ausgehaucht. Sophie ließ ihren Tränen freien Lauf. Sie konnte nicht mehr aufhören zu weinen. Sie schluchzte, und ihre Nase lief. Sie wusste gar nicht genau, warum sie so heulen musste. Sie hatte Laura nicht nahegestanden. Vielleicht hatte sie einen Schock. Warum musste ihr das schon wieder passieren? Wieso war sie wieder zur falschen Zeit am falschen Ort gewesen? Sie hatte im letzten Sommer auf Fehmarn schon zwei Mordopfer gesehen. Sollte das nicht für ein Leben reichen? Nach den Ereignissen auf Fehmarn hatte sie ihr Leben neu ordnen wollen. Mit dem Umzug in die Villa und ihrem Singledasein war ihr das auch gelungen. Sie war glücklich allein. Wieder schluchzte sie auf. Allein. Vor einem Jahr wäre Pelle da gewesen. Wäre sie nicht so verdammt neugierig gewesen, würde er noch leben. Mit ihrer verdammten Schnüffelei hatte sie einen Mörder so sehr provoziert, dass dieser ihren braunen Labrador erschlagen hatte. Sie vermisste Pelle so sehr. Freunde hatten ihr dazu geraten, sich wieder einen Hund anzuschaffen, doch sie konnte sich nicht dazu durchringen. Einen zweiten Pelle würde es nicht geben. Es wäre nicht fair, einen neuen Hund immer an ihm zu messen. Doch in diesen Momenten völliger Einsamkeit wünschte sie sich verzweifelt jemanden an ihrer Seite. Sophie leerte ihr Glas und füllte es gleich wieder. Die Kerzen in den Windlichtern waren erloschen, doch ihre Augen hatten sich an die Dunkelheit gewöhnt. Pelles Grab! Pelle war hier in diesem Garten beerdigt. Vielleicht würde es ihr helfen, dorthin zu gehen. Langsam schlich sie über den Rasen bis zu der Kastanie. Vor fast einem Jahr hatte Stefan hier ihren Hund begraben. Trotz der schrecklichen Erinnerung musste Sophie grinsen, als sie das windschiefe Holzkreuz sah, das Antonia gebastelt hatte. Eine weiße Rose blühte. Tina musste sie dort gepflanzt haben. Sophie massierte sich die Schläfen. Das alles war Vergangenheit. Ihr Leben sollte so weitergehen, wie sie es sich vorgenommen hatte.

»Ach, Pelle. Warum bist du nicht mehr da? Ich würde mich viel besser fühlen, wenn du mich jetzt aus deinen treudoofen Augen anglotzen würdest. Mein Watson.«

Plötzlich musste Sophie fast lachen. Sie sprach mit einem toten Hund. Aber warum auch nicht? Immerhin hatte sie das kurze Gespräch mit Pelle aus ihrer Traurigkeit gerissen.

Das Leben lief nie nach Plan. Das sollte sie

inzwischen eigentlich wissen. Es war auch nicht Lauras Plan gewesen, heute zu sterben.

Im Vergleich zu Laura war sie doch gut dran. Laura war tot. Sophie schüttelte den Kopf.

»Schluss jetzt«, befahl sie sich selbst. Sie hatte wirklich keinen Grund, sich dermaßen zu bemitleiden. Sie hatte nur ein lächerlich kleines Problem. Sie hatte keine Story mehr.

6

Ben Lorenz fuhr von der Autobahn ab auf die nächste Raststätte. Er parkte das Wohnmobil und massierte sich kurz den steifen Nacken. Es wäre Wahnsinn, noch weiterzufahren. Es war bereits nach 1 Uhr in der Nacht und er war einfach zu müde. Er blickte zum Beifahrersitz.

»Meine Schöne, geht es dir gut?« Ronja sah ihn mit großen Augen an.

»Ich mach mir ein Bier auf und ruf Sophie an. Sie weiß doch noch gar nicht, dass wir sie besuchen. Und dann gehen wir ins Bett.«

Er ging nach hinten in die Kabine, öffnete die Dose und klappte sein Mobiltelefon auf. Er wusste, dass Sophie bei diesem schönen Wetter noch nicht schlafen würde. Sie ging immer spät zu Bett. Sie bezeichnete sich selbst als Nachteule und behauptete, nachts am besten arbeiten zu können. Im Adressbuch drückte er auf Sophies Namen. Ein Freizeichen.

»Ja«, meldete sie sich hektisch nach dem zweiten Klingeln.

»Klingt, als hättest du Stress«, schmunzelte er. Er sah sie regelrecht vor sich. Immer in Action.

»Ben? Wie schön, deine Stimme zu hören!«

Sie klang erschöpft. Wahrscheinlich werkelte sie noch in ihrer neuen Wohnung herum. Alle paar Tage schickte sie ihm eine E-Mail und berichtete von ihren Erlebnissen mit Schlagbohrer, Schleifmaschine und anderem Gerät, das sie aus dem Baumarkt anschleppte.

»Sag mal, wo kann ich mein Wohnmobil parken?«

»Dein Wohnmobil?«

»Das kleine Haus auf vier Rädern, an das du dich eigentlich erinnern solltest.« In diesem Wohnmobil hatte er mit Sophie im letzten Sommer eine heiße Nacht erlebt. Sie waren richtig verliebt gewesen. Doch sie hatten zu viel durchmachen müssen, in kürzester Zeit. Jetzt war sie seine Seelenverwandte, wie es immer so schön hieß. Sie waren kein Paar geworden, sie hatten etwas Besseres.

»Du bist in Hamburg?« Sophie schien es nicht glauben zu können.

»Noch nicht, aber morgen.«

»Du fährst mit dem Wohnmobil von Ibiza nach Hamburg? Das ist ja völlig irre. Warum hast du mir nicht früher Bescheid gesagt?«

»Weil es eine Überraschung sein sollte.«

»Mit dem Wohnmobil. Ich fass es nicht. Es gibt seit einiger Zeit echt günstige Flüge. Man muss nicht immer seinen Hausstand dabeihaben.«

Er liebte ihre ironische Ader.

»Das weiß ich auch, aber meine Freundin fliegt nicht so gern.« Der Satz hatte gesessen. Er zählte bis fünf.

»Deine Freundin?«

»Ja. Das ist doch okay für dich, oder?«

Sie antwortete zu schnell.

»Klar. Das ist völlig in Ordnung. Aber bei mir sieht es wirklich wild aus. Ich stecke noch immer in Renovierungsarbeiten. Die ganze Bude ist eine Baustelle.«

»Ich bin im Bilde, dank deiner Mails. Wenn du nett bist, helfe ich dir ein bisschen.«

»Und deine Freundin?«

»Ach, ich glaube, der macht das nichts aus.«

»Wann werdet ihr denn da sein? Ich bin im Moment auf Fehmarn und werde erst morgen Mittag wieder zurück sein.«

»Kein Problem. Wir sind noch ganz im Süden. Mit dem Wohnmobil brauchen wir bestimmt acht Stunden. Wenn wir gut durchkommen, sind wir am späten Nachmittag bei dir. Jetzt gib mir deine neue Adresse. Meine Freundin kann es gar nicht erwarten, dich kennenzulernen.«

Er notierte sich die Anschrift.

»Bis morgen!«

»Ja, bis morgen. Ach, und ihr könnt auf der Auffahrt parken. Ich kann es noch gar nicht fassen.«

Ben legte auf und schmunzelte. Er war wirklich gespannt, wie Sophie und Ronja sich verstehen würden. Ronja musste man einfach lieben. Sie war so hübsch und zauberhaft.

»Ronja?«

Ronja sprang zu ihm nach hinten. Ben nahm die Schachtel spanischer Fortuna-Zigaretten und öffnete die Tür.

»Letzte Chance, Pipi zu machen, bevor wir schlafen müssen.«

Ronja jaulte müde und streckte sich.

*

Sophie ging kopfschüttelnd durch den dunklen Garten zurück auf die Terrasse. Was für ein Tag. Vor fünf Minuten war sie noch total deprimiert gewesen und jetzt? Ben würde morgen kommen! Seit einem Jahr hatten sie sich nicht mehr gesehen. Sie hatte sich zwar fest vorgenommen, ihn auf Ibiza zu besuchen, aber es war immer etwas dazwischengekommen. Und nun besuchte er sie in Hamburg. Sophie freute sich auf der einen Seite unheimlich auf ihn, auf der anderen Seite waren da diese gemischten Gefühle. Ben kam mit seiner Freundin. Wahrscheinlich so eine entzückende Spanierin. Klein, zierlich und dunkelhaarig. So eine Penelope Cruz. Und er brachte sie einfach mit. Das war natürlich okay, aber hätte er sie nicht zumindest fragen können? Sophie nahm die leere Rotweinflasche und die Gläser und ging ins Haus. Sie verriegelte die

Terrassentür und schlich nach oben. Das wunderschöne Gästezimmer erinnerte sie an den letzten Sommer. Sie hätte sich gern eine heiße Dusche gegönnt, doch sie hatte Angst, jemanden zu wecken. Tina hatte ihr ein Nachthemd und eine Zahnbürste auf das Kopfkissen gelegt. Sophie huschte in das kleine Badezimmer und putzte sich die Zähne. Dann kroch sie unter die Bettdecke. Obwohl sie todmüde war, konnte sie nicht einschlafen. Ihre Gedanken fuhren Achterbahn. Es war nicht Lauras Tod, der sie so grübeln ließ, stellte sie erstaunt fest. Es war Ben. Sophie wunderte sich, warum sie die Vorstellung, dass Ben mit einer anderen Frau glücklich war, so extrem beschäftigte. Sie hatte Ben doch gar nicht haben wollen. Natürlich war sie vor einem Jahr sehr in ihn verliebt gewesen, aber sie hatten zwei völlig unterschiedliche Vorstellungen vom Leben. Als Paar hatten sie nicht zueinandergepasst, aber sie schätzten und mochten sich. Ben und sie waren Freunde geworden. Auch wenn sie sich seit dieser Sache auf Fehmarn nicht wiedergesehen hatten, telefonierten sie doch mindestens alle zwei Wochen miteinander. Es kam ihr vor, als wäre sie mit ihm auf Ibiza, wenn er ihr davon berichtete, welche Fortschritte der Aufbau seiner Surf- und Kiteschule dort machte. Und Ben nahm aus der Ferne an ihrem Leben teil. Er hatte sie in ihrem Entschluss, in die alte Villa zu ziehen, bestärkt. Er hatte ihr Tipps gegeben, welchen Schlagbohrer sie kaufen sollte, und ihr erklärt, wie sie ihr Bad selbst fliesen konnte. Sie schickten sich regelmäßig E-Mails und Fotos. Sie teilten sich gegenseitig ihre Probleme und ihre Erfolge mit. Sophie zog die Bettdecke höher. Sie musste dringend schlafen. Vorhin war sie vollkommen erschöpft gewesen. Jetzt war an Schlaf kaum mehr zu denken. Sie war immer offen und ehrlich gewesen. Und Ben? Er hatte nie eine neue Frau an seiner Seite erwähnt. Warum hatte er ihr das verschwiegen?

7

Als Sascha Richter die Stufen zu seiner Dreizimmerwohnung in Barmbek hinaufstolperte, dämmerte es bereits. Mit Mühe schleppte er sich in den vierten Stock. Er hatte nach diesem außergewöhnlichen Abend eine ausgiebige Kneipentour unternommen. Eigentlich trank er öffentlich höchstens mal Wein zu einem guten Essen, aber heute hatte er eine Ausnahme machen müssen. Er brauchte ein paar Anläufe, bis er den Schlüssel ins Schloss seiner Wohnungstür stecken konnte. Unter dem Arm trug er eine Flasche Wodka. Er hatte den Taxifahrer an der Tankstelle stoppen lassen, um sich die Flasche zu kaufen. Wodka war seine Medizin. Mit der richtigen heimlichen Dosierung schaffte er es, sein Zittern in den Griff zu bekommen und wie ein normaler Mensch zu wirken, nicht wie ein alkoholkrankes Wrack. Ein unglaublicher Gestank strömte ihm entgegen, als er die Eingangstür öffnete.

85

Diese halb vollen Packungen der billigen Fertiggerichte im überfüllten Mülleimer rochen nach ein paar Tagen fürchterlich. Er knallte die Tür zu und ging in die kleine Küche. Obwohl er total besoffen war, ekelte er sich vor dem, was er sah. Auf der Arbeitsfläche und auf dem kleinen Bistrotisch standen volle Aschenbecher, dreckige Kaffeetassen, Pizzakartons und Styroporverpackungen vom China-Imbiss um die Ecke. Er nahm sich vor, die Müllberge endlich zu beseitigen und mal wieder gründlich sauber zu machen. Doch erst brauchte er dringend Schlaf. Er griff sich einen halbwegs sauberen Kaffeebecher und goss ihn mit Wodka voll. Einen kleinen Schlummertrunk würde er sich noch gönnen. Sascha Richter öffnete die Tür, die auf seinen winzigen Balkon führte. Die Vögel zwitscherten schon und es wurde langsam hell. Es war bereits warm. In der letzten Nacht hatte es sich gar nicht richtig abgekühlt. Sommer. Früher, in seinem alten Leben, hatten seine Frau und er im Sommer oft spontan mit Nachbarn zusammengesessen, gegrillt und guten Wein genossen. Nicht gesoffen. Mit dem Saufen hatte er erst angefangen, nachdem er alles verloren hatte. Nachdem seine Frau ihn verlassen hatte. Nachdem sie ihn mithilfe ihres Anwalts finanziell in den Ruin getrieben hatte. Am Ende hatte er nichts mehr gehabt. In dem schönen Haus am Stadtrand lebte seine Familie nun ohne ihn. Auf der hohen Kante hatte er schon lange nichts mehr. Viel zu selten hatte er mal einen schlecht bezahlten Job. Sein Leben war einfach erbärmlich. Er war am Ende. Und wem hatte er diesen unerfreulichen Verlauf zu verdanken? Laura Crown. Ohne ihre Machenschaften wäre er heute ein Fernsehstar, da war er sich sicher. Laura hatte ihn damals fertiggemacht! Sascha Richter trank seinen Becher in einem Zug aus. Er hatte doch etwas zu feiern. Endlich war diese Frau tot.

8

Donnerstag

Als Sophie aufwachte, war sie im ersten Augenblick irritiert. Im nächsten Moment wusste sie wieder, warum sie in Tinas Gästezimmer und nicht in ihrer Wohnung in der Hamburger Villa geschlafen hatte. Die Erinnerungen an die Ereignisse des Vortages waren sofort wieder da. Laura war tot. Sophie setzte sich auf und sah auf die Uhr. Es war erst halb sieben, doch die ersten Sonnenstrahlen schienen bereits in das Zimmer. Sie hatte vergessen, die Vorhänge zuzuziehen. Sophie lauschte. Im Haus war es ruhig. Es schien außer ihr noch niemand wach zu sein. Sie wusste, dass sie nicht mehr einschlafen würde. Ihr ging viel zu viel im Kopf herum. Sie musste ihrem Chefredakteur erklären, dass es keine Story mehr gab. Sie würden wieder überlegen müssen, mit wem sie das Starporträt für die ›Stars & Style‹ machen könnten, und dabei lief ihnen die Zeit davon. Die nächste Ausgabe musste bald in den Druck. Und dann war da noch Bens Besuch. Sie hatte wirklich keine Zeit zu verlieren. In Hamburg wartete eine chaotische Wohnung auf sie, die sie zumindest ein bisschen für ihre Gäste herrichten wollte. Sophie beschloss, leise nach unten zu schleichen und sich einen Kaffee zu machen.

Sie nahm ihren Becher mit auf die Terrasse. Im Garten roch es nach Gras und Sommer. Ein neuer Tag. Der erste Tag, den Laura nicht mehr erlebte. Sophie fröstelte, obwohl es bereits warm war. Lauras Leiche war jetzt im Rechtsmedizinischen Institut. Wann war wohl ihre Obduktion? Warum war Laura tot zusammengebrochen? Sophie wusste, dass ihre Gedanken den ganzen Tag nur um diese eine Frage kreisen würden. Sie musste sich auf den neuesten Stand der Dinge bringen lassen. Für Fehmarn war die Rechtsmedizin in Lübeck zuständig und damit ihr alter Freund Lutz Franck. Nicht, dass sie wirklich Freunde waren, im Gegenteil. Sophie wusste, dass Lutz Franck seine Doktorarbeit hatte schreiben lassen. Sie hatte ihn nie darauf angesprochen. Es reichte, dass er wusste, dass sie im Bilde war. Ihm blieb gar nichts anderes übrig, als ihr Informationen zu geben, die er eigentlich nicht weiterleiten durfte. Er hatte viel zu viel Angst, dass sie ihr Wissen publik machen würde. Sophie schüttelte schweigend den Kopf. Sie käme im Leben nicht auf die Idee, Lutz für sein Jahre zurückliegendes Fehlverhalten anzuschwärzen. Er war ein hervorragender

Rechtsmediziner und nur das zählte. Trotzdem hatte sie ihren Trumpf im letzten Sommer ausgespielt. Lutz hatte ihr helfen müssen, den Mörder der blonden Kitesurferinnen zu finden. Sophie atmete die herrliche Luft ein und fasste einen Entschluss. Sie würde Lutz auch zu diesem Todesfall ein paar Fragen stellen. Noch war es zu früh, aber in ein paar Stunden würde sie ihn anrufen.

*

Stefan wurde wach, als sein Sohn Paul sich energisch zwischen ihn und seine Frau drängelte. Stefan rückte ein bisschen zur Seite, um ihm Platz zu machen, doch ohne Erfolg. Paul starrte ihn wütend an und fing an zu heulen.

»Mama! Papa ist in meinem Bett!«

»Papa ist nicht da!«, murmelte Tina müde.

»Bin ich doch«, erklärte Stefan trotzig und fragte sich, womit er eine solche Behandlung verdient hatte.

Tina riss die Augen auf. »Stefan? Ach ja, entschuldige bitte. Ich hatte vergessen, dass du hier bist.«

»Papa weg!«, forderte Paul hartnäckig.

»Ich freu mich auch, euch zu sehen. Mir war nicht klar, dass ich nicht unangemeldet nach Hause kommen darf. Das wird in Zukunft sicher nicht mehr vorkommen.«

»Mein Gott, Stefan. Nun beruhige dich!« Tina griff Paul und zog ihn unter ihre Decke. »Alles gut, mein Schatz. Papa meint das nicht so.«

»Ich bin eigentlich davon ausgegangen, dass ich hier wohne.«

»Aber doch nicht heute! Wie soll das Kind das denn wissen?«

Stefan öffnete den Mund und schloss ihn wieder. Was sollte er auch sagen?

Paul war wieder eingeschlafen. Tina stieg aus dem Bett, legte den Finger auf ihre Lippen und gab ihm ein Zeichen, ihr zu folgen. Gemeinsam schlichen sie hinunter in die Küche. Tina nahm ihn in den Arm.

»Schön, dass du da bist.«

Stefan vergrub seine Nase in ihren kastanienroten Locken und seufzte. »Ich wusste nicht, dass mein Sohn mein Bett zu seinem gemacht hat.«

Tina grinste und gab ihm einen Kuss. »Nur wenn du nicht da bist. Er ist doch noch so klein.« Sie löste sich aus seiner Umarmung und machte sich an der Kaffeemaschine zu schaffen.

»Komm, wir setzen uns raus und genießen die Ruhe vor dem Sturm.«

Im selben Moment plärrte das Babyfon los. Finn, der jüngste Spross der Familie, war wach.

»Ich fürchte, es stürmt bereits«, kommentierte Stefan trocken. »Ich muss jetzt sowieso unbedingt Ingmar anrufen.«

Tina drückte ihm einen Becher in die Hand und lief die Treppe hoch, um das Baby aus dem Bettchen zu holen. Stefan griff sich das Telefon und wählte die Privatnummer des Staatsanwalts. Ingmar Harder nahm nach dem dritten Klingeln ab.

»Harder.«

»Morgen, Ingmar! Stefan Sperber hier!«

»Was gibt's?«

Stefan schilderte ihm die Situation. »Wir haben die Zeugen bereits gestern Nacht befragt. Sie war wohl ganz schön angeheitert und soll auch Tabletten genommen haben. Vielleicht war sie krank. Es könnte auch eine Überdosis gewesen sein. Mit anderen Worten, die Todesursache ist unklar. Die Leiche liegt jetzt in der Rechtsmedizin«, beendete er seinen Bericht.

»Ich verstehe.« Ingmar Harder räusperte sich. »Klingt, als sollte sich Franck die Sache mal genauer ansehen!«

*

Marcello Mari streckte sich und stieg aus dem Bett. Monika schlief noch. Ihr Gesicht war auf der Seite, wo er sie geschlagen hatte, noch immer rot und etwas geschwollen. Trotzdem war sie über Nacht bei ihm geblieben, wie immer. Er konnte sie behandeln wie den letzten Dreck. Sie würde heute einfach wieder zur Tagesordnung übergehen. Zum einen, weil sie es zu sehr genoss, sich neben ihm auch ein bisschen prominent zu fühlen, wenn er sie zu Partys und Veranstaltungen mitnahm, und zum anderen, weil sie wohl wirklich in ihn verliebt war und hoffte, dass ihre Beziehung einmal ernster werden könnte. Darauf würde Monika ewig warten müssen. Wahrscheinlich war ihr das sogar klar. Mari war immer wieder erstaunt, wie wenig Stolz

Monika hatte. Eigentlich hatten sich alle seine Frauen so devot verhalten, bis auf eine Ausnahme, Laura Crown. Marcello ging ins Bad und sah in den Spiegel. Er musste sich mehr Pflege gönnen. Und er musste sich ganz genau überlegen, wie er weiter vorgehen sollte. Er konnte sich jetzt keinen Fehler erlauben. Gestern hatte alles hervorragend geklappt. Er hatte sich wunderbar mit Victor Rubens verstanden. Sie hatten über alte Zeiten geplaudert und Victor hatte durchblicken lassen, dass er in der nächsten Zeit vielleicht wieder eine Rolle für ihn hätte. Marcello stellte sich unter die Dusche und ließ sich das Wasser über den Kopf rieseln. Er fühlte sich ein bisschen angeschlagen. Victor hatte ihm immer wieder Rotwein nachgeschenkt und von seinen nächsten Projekten geredet. Er hatte das nicht unterbrechen wollen. Im Grunde war der Abend wirklich sehr gut verlaufen. Sicher, Laura war tot, aber war das ein so großer Verlust? Sie war ein Biest gewesen. Verdammt sexy, aber ein berechnendes Miststück. Niemand hatte ihn je so behandelt wie Laura es getan hatte. Sie war immer über Leichen gegangen. Und nun war sie eben selbst eine.

*

Sophie wollte gerade von der bequemen Teakholzliege aufstehen und wieder ins Haus gehen, als sie Stefan im Wohnzimmer sprechen hörte. Sie blieb, wo sie war, und lauschte angestrengt. Stefan telefonierte mit Ingmar Harder, dem Staatsanwalt, so viel hatte sie mitbekommen. Leider verstand sie sonst kaum etwas. Am liebsten hätte sie sich unbemerkt an die Terrassentür geschlichen, um besser hören zu können, aber das war wegen der riesigen Panoramafenster unmöglich. Er hätte sie sofort gesehen. Nach ein paar Minuten wurde das Gespräch beendet und Stefan trat auf die Terrasse.

»Oh, du bist schon wach?«, fragte er überrascht.

»Ich bin schon ziemlich lange auf. Es ist einfach herrlich hier. Wenn der Tag so langsam anfängt und …«

»Hast du mein Telefonat belauscht?«, ging Stefan dazwischen.

Sophie grinste. »Ich habe es versucht, aber ich habe nicht viel mitbekommen. Du hast Harder angerufen.«

Stefan nickte. »Stimmt. Ein völlig normaler Vorgang. Der Notarzt, dieser …«

»Dr. Simon.«

»Genau der! Er konnte eine unnatürliche Todesursache nicht ausschließen. Wie auch? War ja keine Altersschwäche.«

Sophie nickte. Es würde natürlich eine Obduktion geben. Es war Zeit, Lutz Franck anzurufen. »Ich werde mal schnell duschen und dann Brötchen holen.«

»Das ist eine gute Idee.«

Sophie ging nach oben und gönnte sich die kürzeste Dusche ihres Lebens. Sie hatte es eilig. Ihre Klamotten rochen muffig, aber sie wollte Tina jetzt nicht stören. Sie würde sie später um ein frisches T-Shirt bitten. Sobald sie auf der Straße war, wählte sie die Nummer von Lutz. Nach dem zehnten Klingeln nahm er endlich ab.

»Lutz? Ich bin's, Sophie.«

»Weiß ich. Steht schließlich auf meinem Display. Möchtest du wissen, wie es mir geht? Oder hast du wieder eine Leiche gefunden?« Lutz klang genervt. Kein Wunder.

»Laura Crown«, antwortete Sophie knapp.

Lutz sagte nichts, aber sie hörte ihn Luft holen.

»Ja, ich war dabei, als sie zusammenklappte.«

»Was willst du?«

»Wissen, warum, oder besser, woran sie starb!«

»Sophie, deine Laura ist erst seit ein paar Stunden tot! Sie liegt jetzt hier bei mir, schön kühl und trocken. Und so bleibt das auch erst mal. Du musst doch wissen, dass ich mein Go vom Staatsanwalt bekomme. Wenn Ingmar Harder mich anruft, dann wetze ich die Messer! Alles klar? Und nun lass mich in Ruhe!«

*

Tina stand in der Küche und bereitete das Frühstück zu. Zuvor hatte sie die beiden Großen geweckt. Paul musste sie noch immer anziehen. Er weigerte sich, es selbst zu versuchen. Antonia war schon ein richtig großes Mädchen. Sie hatte nur einen recht ausgefallenen Geschmack. An den Wochenenden lief sie meistens in einem rosa Ballettanzug mit passendem Tutu durch die Gegend. Die Kleine hatte sich riesig gefreut, als Tina ihr erzählte, dass Sophie zu Besuch sei. Jetzt deckte sie sogar freiwillig den Tisch auf der Terrasse.

»Ich bin wieder da.«

Sophie warf eine Tüte frischer Brötchen auf die Arbeitsplatte. Antonia hielt glücklich ihre Hand.

»Guten Morgen. Wie hast du geschlafen?«

»Gut. Erstaunlich gut, wenn ich an die gestrige Nacht denke. Ich war allerdings früh wach.«

»Warum bist du denn nicht zu mir gekommen?«, fragte Antonia ernst. »Wir hätten doch was spielen können.«

Sophie lachte. »Auf die Idee bin ich leider nicht gekommen.«

Antonia sah sie verschwörerisch an. »Aber morgen früh. Dann kommst du zu mir, ja?«

Tina nickte. »Genau! Warum bleibst du nicht einfach ein paar Tage? Wir sehen uns viel zu selten und das Wetter soll auch schön bleiben. Klamotten kannst du von mir haben.«

Tina war plötzlich so aufgeregt wie Antonia eben.

»Oh ja. Bitte, bitte, bitte!«, flehte ihre Tochter und sah Sophie aus riesigen Kulleraugen an.

Sophie seufzte. »Ich kann leider nicht.«

»Ein oder zwei Tage? Du kannst doch auch hier arbeiten.«

»Mit Arbeit hat das nichts zu tun«, erklärte Sophie und machte ein vielsagendes Gesicht.

Tina sah sie fragend an. »Was dann?«

»Ich bekomme Besuch!«

Es fiel Tina schwer, ihre Enttäuschung zu verbergen.

»Ach so. Wer kommt denn?«

»Halt dich fest. Ben! Und er bringt seine Freundin mit.«

»Er hat eine Freundin?«, fragte Stefan, der plötzlich in der Küche stand. »Und wann gibt es Frühstück?«

»Jetzt.«

Das Frühstück verlief harmonisch. Nicht nur die Kinder benahmen sich anständig, auch Stefan und Sophie verhielten sich friedlich. Vor einem Jahr waren die beiden noch ständig aneinandergeraten. Sie hatten sich immer wieder gegenseitig provoziert. Jetzt vermieden sie es, über gewisse Themen zu sprechen und beschränkten sich auf Small Talk. Tina nannte das Waffenstillstand.

»Ich muss heute noch mal nach Lübeck«, erklärte Stefan beiläufig.

»Die Obduktion?« Sophie sah ihn neugierig an. »Du wirst dabei sein?«

Stefan nickte nur.

Sophie fragte nicht weiter nach, doch der Ausdruck auf ihrem Gesicht gefiel Tina gar nicht. Sophie war von Natur aus neugierig und der Tod von Laura hatte für sie etwas Persönliches. Tina kannte ihre Freundin gut genug und hatte Grund, sich Sorgen zu machen. Sophie würde die Ermittlungsarbeit nicht allein der Polizei überlassen, sie würde am Ball bleiben, egal, was es kostete.

9

Victor Rubens saß auf der Terrasse seiner Villa am Kellersee und starrte über das üppige Grundstück auf das Wasser. Er hatte einen schlimmen Kater. Er war wirklich schrecklich betrunken gewesen. Zum Glück hatte er einen großartigen Chauffeur. Freddy brachte ihn immer sicher an sein Ziel. Und Freddy war verschwiegen. Victor musste wieder an Laura denken. Wie schön sie war. Auch gestern. Am liebsten hätte er jetzt auf seinem Steg gesessen, geangelt und über seine Zeit mit ihr nachgedacht, doch Marlene, seine Frau, hatte sich vorgenommen, sich um ihn zu kümmern. Sie war geschockt gewesen, als er ihr von Lauras Todesdinner berichtet hatte, und hatte ihm Schonung verordnet. Dabei war diese sinnlose Sitzerei für ihn das Schlimmste. Er musste irgendetwas tun. Marlene hatte ihm sogar eine Wolldecke über die Beine gelegt. Er kam sich vor wie ein Rentner im Altersheim.

»Ich habe dir eine Tasse Kräutertee gemacht.« Marlene kam zurück auf die Terrasse und stellte das widerliche Gebräu neben ihn auf den Tisch. Ein Scotch wäre ihm bedeutend lieber gewesen, aber dafür war es wohl noch zu früh.

»Wie geht es dir denn jetzt?«

Victor nickte nur. Eigentlich ging es ihm nicht schlecht, nur das ewige Mitgefühl seiner Frau machte ihn wahnsinnig. Dabei hätte Marlene genug Gründe gehabt, Laura zu hassen. Und nicht nur

Laura. Es war kein großes Geheimnis, dass er auf hübsche Schauspielerinnen stand und seine Macht gern ein bisschen spielen ließ, um eine heiße Affäre zu beginnen. Natürlich wusste Marlene das. Doch sie hatte schon immer so getan, als wäre das nicht wahr. Während er den Koffer für ein heißes Wochenende packte, arrangierte sie die Blumen in der Vase neu und wünschte ihm viel Spaß und Erfolg. Marlene war die perfekte Ehefrau. Sie war gepflegt, hatte ein sicheres Händchen für Haus und Garten, und trotz ihres Alters, Marlene war 58 Jahre, war sie durch ihre Tennisstunden und die Golfrunden fit und straff. Sie ließ es sich auch nicht nehmen, jeden Morgen zu schwimmen. In ihrer Hamburger Villa hatten sie einen Innenpool und einen beheizbaren Außenpool. Doch auch hier am Kellersee drehte sie täglich bei Wind und Wetter ihre Runden. Selbst eine geschlossene Eisdecke würde sie nicht aufhalten, dachte Victor. Marlene war stur.

»Kann ich dich denn überhaupt allein lassen?«

Victor sah sie fragend an.

»Na, ich wollte heute doch eigentlich mit Käte nach Sylt fahren.«

Victor erinnerte sich. Sie wollten Wellness machen. Perfekt!

»Natürlich fährst du! Ich komme klar. Und genug zu tun habe ich auch. Schließlich muss ich die Rolle neu besetzen.«

»Ja, wie dumm, dass Laura … na, du weißt schon.«

»Sie ist tot, Marlene! Tot!«

Marlene senkte den Blick. Trotzdem konnte er sehen, dass ihre Augen funkelten.

*

Sophie war gleich nach dem Frühstück aufgebrochen. Antonia hatte geweint und auch Tina hatte so enttäuscht aus der Wäsche geschaut, dass sie spontan versprochen hatte, sich eines der nächsten Wochenenden freizuhalten und zumindest für ein paar Tage nach Fehmarn zu kommen. Auf der Rückfahrt nach Hamburg hatte sie ihren Chefredakteur angerufen. Der Mann war aus allen Wolken gefallen, als sie ihn darüber informieren musste, dass Laura tot war. Sophie hatte ihm angeboten, sich über eine Ersatzstory Gedanken zu machen, und ihm erklärt, dass sie aufgrund der Ereignisse heute nicht in die Redaktion kommen würde. Jetzt wirbelte Sophie mit dem Staubsauger durch die Wohnung und machte nebenbei eine Einkaufsliste. Als Nächstes würde sie ihr Bett frisch beziehen. Sie hatte beschlossen, Ben und seiner Freundin ihr Schlafzimmer zu überlassen und selbst im Wohnzimmer auf der Couch zu schlafen. Sophie zuckte zusammen, als das Telefon klingelte und sie aus ihren Gedanken riss. Mit einem eleganten Fußtritt schaltete sie den Staubsauger aus und nahm das Gespräch an.

»Ja?«

»Spreche ich mit Sophie Sturm?«

Sophie setzte sich auf das Sofa.

»Ja, ich bin Sophie Sturm.«

»Guten Tag, Frau Sturm. Mein Name ist Dr. Sigmund Hansen. Ich bin Rechtsanwalt und Notar. Frau Krone hat in unserer Kanzlei einen Brief für Sie hinterlassen, der im Falle ihres Ablebens an Sie ausgehändigt werden soll.«

Es war nicht leicht, sie sprachlos zu machen, doch jetzt suchte Sophie nach Worten.

»Ich … ich glaube, ich verstehe nicht recht.«

»Die Polizei hat mich über den plötzlichen Tod von Laura Krone informiert. Anscheinend hat man bei ihren persönlichen Sachen eine Notiz gefunden, dass ich im Falle ihres, na, Sie wissen schon, zu informieren sei.«

Sophie schnappte nach Luft. »Was für ein Brief?«

»Es tut mir leid, der Inhalt ist mir selbstverständlich unbekannt. Ich habe nur den Auftrag, den Brief an Sie persönlich zu übergeben. Ist es Ihnen möglich, in die Kanzlei zu kommen?«

*

Lutz Franck hatte am Morgen mit seinem Kollegen bereits die äußere Leichenschau vorgenommen. Die Tote war fotografiert worden und man hatte Proben von Haaren, Fingernägeln und Körperflüssigkeiten genommen. Jetzt saß Lutz an seinem mit Akten vollgestapelten Schreibtisch und wartete auf Stefan Sperber. Nebenbei trank er einen fast kalten Kaffee und ärgerte sich über Sophie. Er hatte gehofft, nie wieder etwas von ihr zu hören. Im letzten Sommer hatte er Kopf und Kragen riskiert, um ihr zu helfen. Eigentlich waren sie quitt. Und jetzt war sie wieder in einen Todesfall involviert. Und sie würde nicht lockerlassen. Am Ende war sie wieder besser informiert als die ermittelnden Beamten. Aber hatte er eine Wahl? Als es endlich klingelte, war Lutz erleichtert. Er öffnete die Tür und ließ Stefan Sperber und Robert Feller herein.

»Meine Herren!«

»Morgen, Lutz«, grüßte Robert. Stefan nickte nur mürrisch.

»Ich habe schon mal alles vorbereitet und mir die Leiche genauer angesehen. Es gibt keine äußerlichen Verletzungen«, erklärte Lutz, als er die Männer zum Sektionsraum führte.

»Ist schon komisch«, meinte Robert. »Ich fand die Crown immer echt sexy. Hätte nie gedacht, dass ich sie mal nackt sehen würde.«

Lutz grinste böse. »So werden Träume wahr!« Dieser Feller ging ihm gehörig auf die Nüsse. Sah immer aus wie aus dem Ei gepellt, und machte auf supercool. Trotzdem hatte er den Obduktionssaal schon öfter verlassen, weil ihm schlecht geworden war. Weichei! »Und ihre Organe kannst du dir gleich auch noch ansehen! Ihr Teint sieht allerdings nicht mehr nach kalifornischer Bräune aus. Sie hat übrigens Silikonmöpse. Wirkt ein bisschen merkwürdig. Nicht erschrecken!«

Stefan schüttelte ungläubig den Kopf. »Ihr seid ja krank!«

Lutz öffnete die Tür zum Sektionsraum. Sein Assistent sortierte die Instrumente, die für die Leichenöffnung gebraucht wurden. Er blickte auf und nickte den Beamten zu. Laura lag auf dem Stahltisch.

»Wie Schneewittchen«, murmelte Stefan.

»Stimmt«, meinte Lutz Franck munter und nahm sein Diktiergerät zur Hand. »Dann wollen wir mal. Wir haben hier die Leiche von Laura Krone, Künstlername Laura Crown. Weiblich, 32 Jahre alt, Körpergröße 1,77, Gewicht 54 Kilo. Die Toxikologie hat bereits Proben. Äußerlich sind keine Verletzungen zu erkennen. Ich werde jetzt den Brustkorb öffnen.« Lutz legte das Diktiergerät zur Seite und griff zum Skalpell, um den Y-förmigen Schnitt vorzunehmen.

10

Lasse Anderson saß am Schreibtisch in seinem Büro in St. Georg. Er trank bereits den dritten Latte macchiato und rauchte Kette, um seine Nerven zu beruhigen. Der Qualm hing schwer in dem sonnendurchfluteten Loft. Er musste unbedingt Gäste für eine neue ›Dinnerparty‹ akquirieren. Die Aufzeichnungen mit Laura Crown waren nicht sendbar, das war ihm klar. Sein Vertrag mit dem ausstrahlenden Fernsehsender war knallhart. Wenn er keine Folge anbieten konnte, aus welchen Gründen auch immer, würde er nicht bezahlt werden. Trotzdem hatte er Kosten. Die Kameramänner, Assistenten, Tonleute und auch sein Maskenbildner würden selbstverständlich ihr Honorar verlangen. Wie sollte er die Leute bezahlen? Lasse öffnete die Balkontür, um endlich frische Luft hereinzulassen. Er brauchte Sauerstoff, um klar denken zu können. Warum war diese verfluchte Laura Crown nicht einfach nach dem Dessert zusammengebrochen? Er hatte einfach verdammtes Pech. Sicher hätte man dann darüber streiten können, ob es pietätlos wäre, die Folge auszustrahlen, aber er hätte dem Sender zumindest etwas anbieten können. Nur ein paar Gehminuten von seinem Büro entfernt lag die Außenalster. Bei diesem Wetter würden wieder unzählige weiße Segelbötchen durch die seichten Wellen dümpeln. Wie sehr er die Menschen beneidete, die diesen Tag einfach nur genießen konnten. Schlecht gelaunt wühlte er wieder in seinen Unterlagen. Ex-Big-Brother-Bewohner und zu früh gescheiterte Kandidaten diverser Castingshows bewarben sich ohne Ende. Aber wer wollte die schon kochen sehen? Er brauchte zumindest B-Prominenz. Er musste unbedingt noch mal bei den verschiedenen Produktionsfirmen der Soaps anrufen. Irgendein Seriensternchen müsste doch zu haben sein. Oder sollte er einfach noch ein paar Tage warten? Lauras Tod würde durch die Medien geistern. Vielleicht ging die Sache doch noch richtig gut für ihn aus. Wahrscheinlich war es egal, dass Laura einen Gang zu früh gestorben war. Seine Sendung würde genug Presse kriegen. Der Mensch war von Natur aus neugierig. Die Zuschauerquote würde in die Höhe schießen. Mit Sicherheit würde er sich vor prominenten Kandidaten gar nicht mehr retten können. Es war sich schließlich niemand zu schade, wenn die Einschaltquote stimmte. Und was war mit den Aufnahmen von Lauras ›Dinnerparty‹? Verkaufen konnte er die immer noch. Geschmacklos oder nicht. Man würde ihm viel Geld für die Todesszene bieten. Und jetzt sollte er unbedingt die Presse verständigen. Laura Crown war tot. Das musste die Öffentlichkeit doch wissen. Manchmal musste man eben über Leichen gehen.

*

Sophie hatte sofort alles stehen und liegen gelassen. Sie hatte Jeans und T-Shirt gegen ein seriöses Sommerkleid getauscht und war in ihren BMW gesprungen. Viel zu schnell fuhr sie durch die Stadt zu der Kanzlei in der Nähe der Außenalster. Sie platzte beinahe vor Neugier. Was zum Teufel hatte Laura ihr mitzuteilen? Was wollte sie ihr zukommen lassen? Der Notar hatte gesagt, Laura hätte verfügt, dass Sophie im Falle ihres Todes zu informieren sei. Hatte Laura geahnt, dass sie sterben würde? Sophie fröstelte. Warum? Laura war jung und stand kurz vor einem neuen Highlight ihrer Karriere. In einer solch positiven Lebensphase dachte man doch nicht an den eigenen Tod. Sophie parkte an der Rothenbaumchaussee und ging die letzten Meter zu Fuß zur Kanzlei Hansen. Die Kanzlei befand sich im Hochparterre eines alten Jugendstilstadthauses. Sie wurde eingelassen und sofort in ein beeindruckendes Büro geführt. Hinter dem gewaltigen Schreibtisch aus Eiche saß ein Mann um die 60. Er sprang auf und reichte ihr die Hand.

»Frau Sturm, es tut mir leid, dass wir uns unter so unglücklichen Umständen kennenlernen müssen. Bitte nehmen Sie Platz.« Er deutete auf eine antike Sitzgruppe.

Sophie setzte sich in einen braunen Ledersessel. Wie aus dem Nichts kam eine zierliche junge Frau mit einem Tablett herein und stellte Kaffee und Mineralwasser auf den Tisch.

»Ich verstehe nicht genau, warum ich hier bin«, erklärte Sophie.

Sigmund Hansen nickte und nahm ebenfalls Platz. »Darf ich Ihnen etwas anbieten? Kaffee?«

Sophie lehnte höflich ab. Sie wollte endlich wissen, was überhaupt los war.

»Frau Krone ist bereits seit vielen Jahren meine Mandantin, müssen Sie wissen. Ich habe schon damals ihre Verträge mit den jeweiligen Produktionsgesellschaften geprüft, bevor es zur Unterschrift kam. Als sie mich jetzt kontaktierte, ging es nicht um ein neues Filmprojekt. Frau Krone ließ verfügen, dass ich Sie als Erste verständige, falls ihr etwas zustoßen sollte.«

Sophie kam sich gerade selbst vor wie in einem schlechten Film.

»Ich nehme an, Sie waren befreundet. Mein Beileid, Frau Sturm.«

»Ich war dabei, als sie starb.«

Sigmund Hansen sah sie mitfühlend an. Dann räusperte er sich. »Ich händige Ihnen nun die Unterlagen aus.«

Der Notar reichte ihr einen braunen DIN-A4-Umschlag.

»Möchten Sie vielleicht doch eine Tasse Kaffee?«

»Nein, vielen Dank.« Sophie stand auf. Sigmund Hansen erhob sich ebenfalls. »Sie werden verstehen, dass ich jetzt nach Hause möchte, um den Brief in aller Ruhe zu lesen.«

Der Notar nickte. Sophie gab ihm zum Abschied die Hand und marschierte zu ihrem BMW. Sie setzte sich auf den Fahrersitz, öffnete den nichtssagenden Umschlag mit zitternden Fingern und entnahm den Inhalt. Ein weißes kleines Kuvert, in dem Sophie einen persönlichen Brief von Laura vermutete und zwei bunt beklebte Blätter Papier. Sie wirkten wie eine Bastelarbeit aus dem Kindergarten. Sophie sah genauer hin. Es handelte sich zwar um eine Bastelarbeit, aber mit Kindergarten hatte das rein gar nichts zu tun. Ihr lief ein eiskalter Schauer über den Rücken. Die ausgeschnittenen Buchstaben hatte ein Erwachsener arrangiert. Ein Erwachsener, der Laura bis aufs Blut gehasst haben musste.

*

Lutz Franck deckte Lauras Leiche ab und streifte sich die Gummihandschuhe von den Händen.

»Das war's. Feierabend.«

Stefan seufzte. »Fassen wir zusammen: Keine unnatürliche Todesursache.«

»Eher ein unnatürlich ungesundes Leben, das so enden musste. Aber wir sollten selbstverständlich noch die Laborergebnisse abwarten. Ich kann erst dann etwas Genaueres sagen.«

»Ja«, stimmte Stefan ihm zu. Robert Feller sagte nichts. Er war wieder etwas blass um die Nase. Lutz konnte nicht dagegen an. Er freute sich jedes Mal, wenn dieses Gesicht dieselbe Farbe hatte wie das weiße Designerhemd, das der Dressman-Kommissar ständig trug.

»Ruf uns an, wenn das Labor fertig ist. Ihre Eltern warten auf die Freigabe der Leiche.«

Lutz nickte und führte die Herren zur Tür. »Und kümmere du dich um deinen Kollegen. Der braucht was für den Kreislauf. Ich würde ja einen anständigen Schnaps empfehlen, aber Robert will sicher lieber Prosecco!«

»Du mich auch«, zischte Feller und ging voraus zum Parkplatz.

»Muss das immer sein?«, fragte Stefan genervt.

Lutz hob unschuldig die Hände. »Es kommt einfach über mich. Es macht doch solchen Spaß.«

Stefan knurrte mürrisch, doch Lutz konnte sehen, dass er ein Grinsen gerade noch verkneifen konnte. In seinem Büro klingelte das Telefon.

»Geh mal lieber ran.«

Lutz nickte, schloss die Tür hinter Stefan und ging zu seinem Schreibtisch. Sophie! Entnervt riss er den Hörer von der Gabel. »Ich warte schon seit Stunden auf deinen Anruf!«, grüßte er gereizt.

»Jetzt werde nicht gleich ironisch. Ist doch klar, dass mir die Sache keine Ruhe lässt. Sie wurde vielleicht vergiftet.«

Lutz ließ sich auf seinen Stuhl sinken. Warum hatte er das verdammte Telefon nicht einfach klingeln lassen?

»Jetzt komm mal runter. Giftmord vor laufender Kamera? Warum schreibst du keine Drehbücher? An Fantasie scheint es dir nicht zu mangeln.«

»Lutz, was ist los?«

Er hatte keine Wahl. Sie würde ihn so lange bearbeiten, bis er ihr etwas sagte. Spektakuläres hatte er sowieso nicht anzubieten. Lutz schloss ein Verbrechen aus. Er würde Sophie sagen, was er wusste. Dann hatte er wieder seine Ruhe vor ihr.

»Die Gute hatte echt einiges intus. Da stehen zwar noch ein paar Laboruntersuchungen aus, aber manches wissen wir schon jetzt. Die Toxikologen untersuchen den Kleinkram. Blut, Gewebe … Na, du weißt schon.«

»Was hatte sie intus?«

»Ich habe ihre Organe in der Hand gehabt. Sie trinkt schon länger. Ihre Nasenscheidewand ist ziemlich auf, wenn du kapierst, was ich meine. In ihrem Magen habe ich Reste von Tabletten gefunden. Ich bin mir sicher, dass das Labor von Psychopharmaka bis

Valium alles Mögliche finden wird. Laura hat ihrem Körper einiges zugemutet.«

»Lutz, ich weiß, du hältst mich für das nervigste Ding unter der Sonne, aber könnte es nicht sein, dass sie zumindest an diesem Abend das ganze Zeug nicht freiwillig genommen hat?«

»Soll das ein Witz sein? Es gibt nicht den geringsten Hinweis darauf, dass sie gezwungen wurde, etwas zu nehmen.«

»Wäre es nicht möglich, dass ihr jemand heimlich etwas ins Glas gegeben hat?«

»Was denn? Koks wird noch immer durch das Näschen konsumiert, soviel ich weiß. Das Valium oder sonst ein Medikament im Wein aufzulösen und sie vor ich weiß nicht wie vielen Fernsehkameras in ihr Glas zu geben, halte ich für eine eher gewagte Theorie.«

»Ja, du hast wahrscheinlich recht. Ich verstehe einfach nicht, dass sie so dumm war. Sie hatte jede Menge Pläne. Ihre Chancen, in Deutschland nicht nur wieder Fuß zu fassen, sondern eine ganz neue erfolgreiche Karriere zu starten, waren riesig.«

»Sophie, deine Freundin hat einfach übertrieben. Wahrscheinlich hat sie Antidepressiva, Beruhigungs- und Aufputschmittel konsumiert und das Ganze mit jeder Menge Alkohol zu sich genommen. Dazu hat sie gekokst. Sie war untergewichtig. Zu viel von allem. Es war ein tragischer Unfall. Ist ja nicht das erste Mal, dass ein Promi nach einem tödlichen Medikamenten-cocktail umkippt. Also, vergiss deine Mordtheorie. Wie gesagt, es stehen noch ein paar Untersuchungen im Labor aus, aber ich bin mir fast sicher, dass Laura Krone selbst schuld ist an ihrem frühen Tod.«

11

Sophie lief kopflos durch die Wohnung. Ben musste jede Minute da sein. Er hatte vor einer halben Stunde angerufen und gesagt, dass sie gleich am Elbtunnel wären. Sophie füllte einen Sektkübel mit Eis und legte eine Flasche Prosecco und zwei Bier hinein. Anschließend stellte sie den Kübel auf den Tisch im Garten. Das Wetter war traumhaft. Sie hatte beschlossen, dass sie am Abend grillen würden. Nach der langen Autofahrt hatten Ben und seine Freundin sicher keine Lust, gleich wieder in ein Auto zu steigen, um in ein Restaurant zu fahren. Sophie hatte auf der Rückfahrt vom Notar am Fischmarkt haltgemacht und Unmengen Riesengarnelen und Thunfischsteaks gekauft.

»Hoffentlich isst seine Freundin auch Fisch«, sagte sie laut. Sie neigte zu Selbstgesprächen. Als Pelle noch lebte, hatte sie eben mit ihm geredet, aber nach seinem Tod war diese Angewohnheit nur noch traurig und lächerlich. Als es klingelte, zuckte sie zusammen. Sie war viel zu nervös. Sie warf einen schnellen Blick in den Spiegel. Sie trug Jeans und ein schlichtes T-Shirt. Die Haare hatte sie zu einem Pferdeschwanz gebunden. Sie wollte auf keinen Fall zu schick sein. Bens Freundin war sicher bequem angezogen und nach der langen Reise nicht mehr taufrisch. Es klingelte wieder. Sophie atmete durch und öffnete die Tür.

»Ben! Endlich!«

Ben sah großartig aus. Er war braun gebrannt, sein Haar länger und noch blonder.

»Hallo, Süße! Ich bin baff. Das ist ja ein echtes Anwesen, in dem du jetzt residierst. Ein kleines Schlösschen für die Prinzessin.«

Er nahm sie in den Arm, küsste ihre Wangen und drückte sie ganz fest.

»Schön, dass du da bist. Es tut so gut, dich zu sehen.«

In diesem Moment rannte ein Hund an ihr vorbei ins Haus.

»Du hast einen Hund?«

»Sozusagen, ja. Sie ist nicht wirklich ein Hund. Außerdem ist sie noch ein halbes Baby.«

Sophie sah sich suchend um. »Wo ist deine Freundin?«

»Das ist meine Freundin.«

»Du hast gar keine Freundin?«, fragte sie verwirrt.

»Der Hund ist die Freundin. Mein Gott, Sophie. Darf ich auch reinkommen?«

»Entschuldige!« Sophie trat zur Seite und ließ Ben hinein. »Ich dachte nur, du würdest eine Frau mitbringen.«

»Sie ist ein Weibchen. Und ich hätte jetzt echt gern ein Bier.«

Sophie fing an zu lachen. »Ich hoffe, dein Weibchen mag Prosecco und Riesengarnelen. Davon habe ich nämlich reichlich.«

Ben grinste. »Ich glaube, sie bevorzugt Wasser.«

Sophie führte Ben in den Garten. Er schnappte sich eine Flasche und ließ sich in einen Gartenstuhl plumpsen. Die kleine Hundedame war bereits dabei, die Beete umzugraben. Sie war sehr schlank. Ihr Fell war weiß. Nur um die Augen bis einschließlich der riesigen hoch stehenden Ohren und am Rücken war ihr Fell rotbraun.

»Du bist also auf den Hund gekommen. Wie heißt sie denn?«

»Das ist Ronja.«

Die Hündin blickte auf, als sie ihren Namen hörte. Ihre rosa Nase war vom Wühlen in der Erde ganz schwarz.

»Sie sieht ein bisschen aus wie eine Fledermaus. Was ist denn da alles drin?«

Ben erhob den Finger. »Oh, oh. Sollte es tatsächlich etwas geben, von dem Frau Sturm keine Ahnung hat? Ronja ist ein Podenco Ibicenco.«

»Aha. Ist das ein anderes Wort für ›spanische Promenadenmischung‹?«

»Nein, meine Liebe. Diese Hundedame ist ein direkter Nachfahre des altägyptischen Pharaonenhundes. Es gibt Höhlenzeichnungen, die diese Hunde zeigen, und die sind über 6.000 Jahre alt.«

Sophie starrte Ben an. Noch war sie sich nicht sicher, ob er sie auf den Arm nehmen wollte.

»Ich weiß das alles auch erst seit kurzem«, gab Ben zu. »In Spanien werden diese Hunde zur Kaninchenjagd eingesetzt. Es sind Gebrauchshunde. Pepe, ein Bekannter von mir auf Ibiza, jagt und züchtet selbst. Ronja war die kleinste und schwächste in einem Wurf. Nach wenigen Wochen wurde ihre Mutter unglücklicherweise überfahren. Ihre Geschwister waren bereits kräftig genug, aber für Ronja sah Pepe keine Chance. Wie gesagt, diese Hunde sollen jagen. Da wird nicht mit dem Fläschchen gepäppelt. Pepe meinte, er würde sich wohl um die Sache kümmern müssen.«

Sophie schauderte. »Er wollte sie töten?«

»Er wollte nicht, dass sie leidet«, erklärte Ben achselzuckend.

»Und dann hast du sie gerettet?«

»Ich habe sie mitgenommen, ja.«

Sophie war ganz gerührt. »Ronja!«

Die kleine Hundedame sprang auf sie zu. Erst jetzt entdeckte Sophie den kleinen rotbraunen Fellfleck mitten auf ihrem Kopf.

»Das ist ja süß.«

»Süß?« Ben sah sie empört an. »Das ist das dritte Auge. In einer Sage heißt es, dass die phönizische Göttin Tanit einige dieser Hunde mit der heiligen roten Erde von Ibiza gesegnet hat, als lebende Nachfahren des Gottes Anubis. Und da wären wir wieder bei den alten Ägyptern. Also? Respekt vor dieser göttlichen Kreatur, die sich gerne danebenbenimmt und Leckereien klaut. Darum Ronja.«

»Die Räubertochter. Wahnsinn! Ben, ich bin echt beeindruckt.«

Ben reckte sich und sah sich um.

»Und ich bin wirklich baff. Es ist wirklich schön hier. Eine Villa an der Elbe! Und trotzdem nicht so Schickimicki wie in Eppendorf.«

»Ich mag Eppendorf! Aber du hast schon recht. Ich wollte nicht mehr dort wohnen. Nach dem Fehmarn-Ding hatte ich plötzlich das Gefühl, nicht mehr mitten in der Stadt leben zu können. Stell dir vor, ich habe sogar mit dem Gedanken gespielt, ganz aufs Land zu ziehen.«

Ben sah sie mit großen Augen an. »Du auf dem Land? Schnapsidee!«

»Weiß ich, aber ich wollte zumindest näher ans Wasser. Ich fühl mich wirklich sauwohl hier. Allerdings gibt es noch jede Menge zu tun.«

»Na, wie praktisch, dass ich da bin.«

»Ach, Ben, ehrlich gesagt habe ich schon wieder ganz andere Probleme.«

»Was ist los?«

Sophie schenkte sich noch ein Glas Prosecco ein.

»Ich habe dir doch von Laura Crown erzählt.«

»Ja, deine Model-Freundin, die Schauspielerin, die in dieser Koch-Show gekocht hat. Das hast du mir gemailt. Wie war sie denn?«

»Das Essen war ganz gut, glaube ich, nur Laura ist vor dem Hauptgang vom Stuhl gekippt!«

Ben blickte Sophie amüsiert an. »War sie besoffen?«

Sophie schüttelte den Kopf.

»Nein. Sie war tot!«

*

Ben sah Sophie entsetzt an. Ihm wäre fast die Bierflasche aus der Hand gefallen. Hatte er sie richtig verstanden?

»Tot? Du machst Witze!«

Sophie schluckte. »Leider nicht. Laura ist tot. Sie ist einfach zusammengebrochen. Der Notarzt hat noch versucht, sie wiederzubeleben.«

Ben nahm ihre Hand. »Warum hast du mir nichts gesagt? Wir haben gestern doch telefoniert.«

Sophie lächelte traurig. »Ich weiß es nicht. Ich habe mich so über deinen Anruf gefreut. Ich habe in diesem Moment fast vergessen, dass ich einen schlimmen Abend hinter mir hatte.«

»Jetzt mal im Ernst. Wart ihr gut befreundet? Ich meine, bist du traurig?«

Sophie schüttelte den Kopf. »Nein, wir waren nicht befreundet. Ich glaube, niemand war mit Laura befreundet. Dazu hätte sie ja etwas von ihrer Persönlichkeit preisgeben müssen. Sie hatte sich immer unter Kontrolle. Angeblich ging es ihr stets blendend. So war sie schon immer, auch zu unseren Model-Zeiten. Irgendwie hat sie mich dadurch auch beeindruckt, weil sie funktionierte wie eine Maschine. Es gibt nicht viele Menschen, die so ehrgeizig und durchtrieben sind. Sie hatte außerdem einen schrägen Humor und eine dreckige Lache. Das mochte ich wirklich an ihr.«

»Woran ist sie denn gestorben?«

»Das ist die Frage. Lutz hatte sie auf dem Tisch. Sie hatte wohl jede Menge Zeug im Blut. Lutz hat Tablettenreste in ihrem Magen gefunden und tippt auf

Beruhigungs- oder Aufputschmittel, vielleicht auch beides. Sie hat getrunken und wohl auch gekokst.«

»Wow! Das haut den stärksten Kerl aus den Schuhen. Wusstest du, dass sie Drogen nimmt?«

»Drogen?« Sophie atmete tief durch. »Klar hat sie hier und da mal was eingeworfen, aber drogensüchtig war sie, zumindest damals, meiner Meinung nach nicht. Dafür war sie ein viel zu großer Kontrollfreak. Wenn, dann hatte sie es eher mit Medikamenten.«

Ben hatte plötzlich ein ungutes Gefühl. Wieso wusste sie bereits, was bei der Obduktion herausgekommen war? Im Grunde konnte das nur bedeuten, dass Sophie sich der Sache mal wieder persönlich angenommen hatte.

»Und Lutz Franck meint, sie hat sich in der Dosierung etwas vertan?«

»Ja, das meint Lutz.« Sophie hatte einen Ausdruck im Gesicht, den er sehr gut einschätzen konnte. Sie hatte sich bereits ihr eigenes Bild gemacht. Ben seufzte und fragte trotzdem: »Und du glaubst das nicht?«

Sophie sah ihm direkt in die Augen.

»Nein, ich glaube, dass sie ermordet wurde.«

»Ermordet? Jetzt mach aber mal einen Punkt.«

Sophie sprang auf und sah ihn trotzig an. »Ich bin gleich wieder da. Ich werde dir was zeigen, was dich überzeugen wird. Laura hatte einen Feind.«

Ben sah ihr nach, wie sie wütend ins Haus ging. Er öffnete sich ein weiteres Bier. Wieso musste ausgerechnet Sophie noch einmal so etwas passieren? Er wünschte ihr, dass ihr Leben wieder schön und aufregend wurde. Eine Leiche passte da nicht ins Konzept. Und ein Mordopfer schon gar nicht.

»Hier, lies das!« Sophie kam wieder in den Garten und reichte ihm ein Schreiben in einer Klarsichtfolie.

»Was ist das?«

»Ich habe diesen Brief heute Nachmittag von Lauras Notar erhalten.«

Ben verstand die Zusammenhänge noch immer nicht. »Wieso du?«

»Das weiß ich auch nicht. Laura hat eben mich dazu auserkoren, ihre letzte Botschaft zu erhalten, im Falle ihres Todes. Interessant ist doch, dass sie überhaupt mit ihrem baldigen Tod gerechnet hatte.«

Liebe Sophie,

ich gehe davon aus, dass ich jetzt, da Du diese Zeilen liest, tot bin. Ich hoffe, ich hatte einen dramatischen Abgang und habe auch als Leiche noch umwerfend ausgesehen. Vielleicht habe ich es ja auf diese Weise endlich auf die Titelblätter geschafft. Ich gehe mal stark davon aus, dass ich ermordet wurde. Ich habe die ganze Situation wohl unterschätzt. Ich hätte mir Hilfe suchen sollen, aber dann hätte ich mir meine Angst eingestehen müssen. Du kennst mich. Ich kann es nur schwer ertragen, wenn jemand anderes die Regie über-nimmt. Sonst wäre ich sicher auch eine bessere Schau-spielerin geworden. Ich weiß, dass ich keine einfache Person bin oder besser war. Ich habe einigen Leuten das Leben ziemlich schwer gemacht. Leider vergesse ich schnell. Es scheint aber jemanden mit einem besseren Gedächtnis und einem nachtragenden Wesen zu geben. Seit ich von Victor das Angebot bekommen habe, in seiner neuen Serie zu spielen, bekomme ich diese Briefe. Es sind zwei, um genau zu sein. Der erste wurde mir nach Hollywood geschickt, der andere ins Hotel. Ich habe die Sache nicht ernst genug genommen, denn sonst wäre ich wahrscheinlich nicht tot und Du nicht in der furchtbaren Situation, einer Toten einen letzten Gefallen zu tun. Liebe Sophie, beim Schreiben dieser Zeilen war ich nicht mehr ganz nüchtern, aber voller Angst. Der Brief war sicher eine kranke Idee, aber er zeigt auch, in was für einem schrecklichen Zustand ich gerade bin. Ich will, dass mein Mörder zur Rechenschaft gezogen wird. Und Du bist eine gründliche Journalistin. Auch wenn wir uns nie wirklich nahestanden, bitte ich Dich, herauszufinden, wer mich umgebracht hat.

Ben ließ den Brief sinken und starrte Sophie an.

»Alter Schwede! Deine Laura hat ja einen kranken Humor. Post mortem.«

Sophie nahm den Brief wieder an sich und nickte.

»Ist ein bisschen schräg, oder?«

»Ein bisschen schräg? Das ist vollkommen irre.« Ben trank einen Schluck Bier und schüttelte den Kopf. Dann sah er sie ernst an. »Wieso liegt der Brief bei dir?«

Sophie zuckte mit den Schultern. »Das habe ich dir doch gesagt. Der Notar hat mir die Briefe gegeben.«

»Das meine ich nicht, und das weißt du auch.«

Sophie sah ihn fragend an.

»Verdammt, Sophie, das ist eventuell Beweismaterial. Das muss zur Polizei. Das ist der Brief einer Toten, die den Verdacht hatte, dass ihr jemand nach dem Leben trachtet. Was glaubst du, was Stefan mit dir macht, wenn er erfährt, dass du das Zeug hier zurückhältst?«

Sophie sah ihn beleidigt an. »Nun mach aber mal 'nen Punkt! Ich habe das erst heute erhalten«, rechtfertigte sie sich mürrisch. »Ist doch wohl klar, dass ich mir das erst mal genauer ansehen möchte, bevor ich es Stefan gebe. Ich erfinde schon eine Notlüge, warum ich ihn nicht sofort verständigt habe.«

Ben sah sie eindringlich an. »Du wirst eine verdammt gute brauchen.«

»Außerdem wollte ich erst vernünftige Kopien davon machen.«

»Wozu?«

Sophie strich sich das Haar zurück und griff nach ihrem Glas.

»Ich habe ja wohl so was wie einen Auftrag.«

»Deine Auftraggeberin ist tot.«

»Genau! Das ist ja der Grund für diesen Auftrag. Ich werde der Sache auf jeden Fall nachgehen.«

Er war nicht überrascht. Im Gegenteil. Alles andere hätte ihn verwundert.

»Was willst du denn machen?«

»Ich werde die Gäste der ›Dinnerparty‹ besuchen und ihnen auf den Zahn fühlen. Und du wirst mir dabei helfen.«

Ben sah sie eindringlich an. »Es ist noch gar nicht lange her, da haben dich deine Schnüffeleien um ein Haar das Leben gekostet.«

12

Freitag

Sophie wurde von einem leisen Fiepen geweckt. Im ersten Moment musste sie an Pelle denken. Natürlich war er es nicht, der sie mit neugierigen Augen anblickte. Die kleine Ronja stand schwanzwedelnd vor ihrem Bett.

»Musst du mal Pipi?«

Sophie rollte sich müde aus den Federn. Der Hund sprang sofort begeistert an ihr hoch.

»Jetzt komm, bevor vor lauter Freude noch was danebengeht.«

Sophie warf einen Blick auf den Wecker. Es war tatsächlich schon nach acht Uhr. Kein Wunder, dass Ronja rausmusste. Sophie schlich in den Wintergarten und öffnete ihr die Tür nach draußen. Es war ein herrlicher Morgen. Kein Wölkchen am Himmel. Während Ronja zufrieden in den Blumenbeeten buddelte, überlegte Sophie, was sie als Nächstes tun sollte. Sie hatte sich bereits die halbe Nacht darüber den Kopf zerbrochen. Ihr war klar, dass sie der Sache auf den Grund gehen musste. Wenn es diese Briefe nicht gäbe, hätte sie sich vielleicht damit abfinden können, dass eine unfreiwillige Überdosis Lauras Leben ein Ende gesetzt hatte. Nun kam das nicht mehr infrage. Es gab einen Menschen, der ihr gedroht hatte. Wer? Einer der Dinnergäste? Den ersten Brief hatte Laura erhalten, nachdem sie den Vertrag von Victor Rubens unterschrieben hatte. Und Rubens war Dinnergast gewesen. Sophie kam sich plötzlich selbst lächerlich vor. Warum sollte gerade er seine zukünftige Hauptdarstellerin umbringen? Mit aus der Luft gegriffenen Verdächtigungen kam sie nicht weiter. Nein, sie musste bei Laura anfangen. In welcher Verfassung war sie am besagten Abend tatsächlich gewesen?

»Ricky!«, sagte sie laut zu sich selbst. Natürlich! Ricky war der Maskenbildner. Er hatte genug Zeit mit ihr verbracht. Vielleicht hatte sie ihm gegenüber einen Verdacht geäußert. Sicher hätte er es auch bemerkt, wenn Laura Tabletten genommen hätte. Noch war es zu früh, Ricky anzurufen. Sophie beschloss, erst mal zu duschen. Sie ließ Ronja weiter draußen toben. Der Garten war eingezäunt. Die kleine ägyptische Gottheit konnte nicht abhauen. Eine halbe Stunde später schlüpfte Sophie in Jeans und T-Shirt und griff nach dem Autoschlüssel. Sie schielte noch kurz ins Wohnzimmer. Ben schlief noch immer. Ronja hatte sich neben die Couch gelegt und döste zufrieden vor sich hin. Auf dem Parkettboden hatte sie eine Spur schwarzer Erde hinterlassen. Sophie schrieb Ben eine kurze Notiz, schnappte dann ihre Tasche und lief zu ihrem Wagen. Noch auf der Auffahrt wählte sie Rickys Nummer.

»Ja?«, meldete sich Ricky verschlafen.

»Ricky? Hier ist Sophie Sturm.«

»Sophie! Was gibt's?«

»Wo bist du gerade?«

»Wo ich bin? Guck mal auf die Uhr! Ich bin zu Hause. Nach diesen Vorkommnissen bin ich auch ziemlich froh, nicht gebucht zu sein. Ich muss zum Glück erst übermorgen wieder pinseln und toupieren.«

»Hast du schon gefrühstückt?«

»Kaffee und Zigaretten.«

»Wie wäre es denn zur Abwechslung mal mit was Richtigem: Croissants, Eier, Obstsalat?«

»Was soll das? Bist du jetzt auch noch Ernährungs-beraterin?«

»Wo wohnst du?« Sophie startete ihren Wagen und ließ das Dach des Cabrios zurückfahren.

»Wo wohnt wohl ein schwuler Maskenbildner?«

Sie musste nicht lange überlegen.

»St. Georg. Können wir uns in einer halben Stunde im Café Uhrlaub treffen? Ich lade dich ein.«

»Kannst du mir vielleicht mal sagen, worum es eigentlich geht?«

»Ich würde gern mit dir über den bewussten Abend sprechen.«

»Über Lauras Überraschungsparty?«

»Genau!«

»Das war eine furchtbare Nacht«, meinte Ricky leise. »Ich will das alles am liebsten vergessen. Und überhaupt, was gibt es da noch zu reden? Laura ist tot.«

*

Ben schlug die Augen auf und starrte ein paar Sekunden auf die wunderschöne Stuckdecke. Sophie hatte wirklich eine Traumwohnung in einem Traumhaus gefunden. Er freute sich für sie. Er wuschelte sich durch die blonden Locken und setzte sich auf. Sein Blick fiel auf das Parkett und die schwarzen Dreckklumpen.

»Ronja!«

Nichts.

»Sophie?«

Jetzt erst bemerkte er den Zettel auf dem Tisch neben dem Sofa.

Guten Morgen, der Kühlschrank ist voll. Lass es dir schmecken. Ich habe mit der Arbeit begonnen. Werde den Fall aufklären.

Ben verdrehte die Augen. Warum konnte sie die Sache nicht der Polizei überlassen? Er stand auf und rief erneut nach Ronja. Ein leises Tapsen kam aus der Richtung, in der Sophies Schlafzimmer lag. Ein paar Sekunden später stand ein dreckiger gähnender Hund vor ihm.

»Das hast du nicht gemacht! Ronja!«

Sie gähnte wieder. Ein typisches Verlegenheitsgähnen. Ben ging an Ronja vorbei. Sophies mit weißer Seidenbettwäsche bezogenes Federbett hatte eine schwarze verdächtige Kuhle.

»Ganz toll.«

Er blickte sich um. Ronja hatte sich verzogen.

»Das werden wir beichten müssen!«, rief er und grinste. Ronja war einfach schlau. Sie nutzte jede Situation für sich aus. Und sie war so süß, dass man schwer mit ihr schimpfen konnte, dabei hatte sie ein bisschen Erziehung bitter nötig. Nachdem er den Schaden genauer begutachtet hatte, wählte er Sophies Nummer. Sie ging sofort ran.

»Guten Morgen.«

»Auch schon wach?«, meldete sie sich fröhlich.
»Ich hoffe, du hast gut geschlafen. Ich geh mal davon aus.«

»Wo steckst du?«

»Ich treffe mich gleich mit Ricky.«

»Wer ist Ricky?«

»Der Maskenbildner. Ich kenne ihn noch von früher. Wir gehen zusammen frühstücken.«

»Mir ist nicht ganz klar, warum …«

»Ach, Ben, das ist doch wohl ganz einfach: Ricky hat viel Zeit mit Laura in der Maske verbracht. Und die Dinnergäste hat er auch das eine oder andere Mal nachgeschminkt. Er müsste doch wissen, wie die alle so drauf waren. Ich denke, das ist ein guter Anfang.«

Ben schloss die Augen und schüttelte langsam den Kopf.

»Ich kann dich wahrscheinlich nicht davon überzeugen, dass das eine Scheißidee ist?«

»Ne, kannst du nicht!«

Er hatte auch nicht ernsthaft damit gerechnet.

»Ronja hat dein Bett eingesaut. Sie muss sich direkt aus dem Garten kommend in deine Decke gekuschelt haben.«

»Nicht ihre Schuld. Ich hätte die Tür zumachen sollen.«

»Wann kommst du wieder?«

»Ich hol euch später ab. Wir fahren nach Lübeck.«

»Du willst Stefan die Briefe geben.«

»Auch.« Sie machte eine kurze Pause. »Und wir werden einen Besuch machen.«

»Wen besuchen wir denn?«

»Victor Rubens.«

Ben schlug sich mit der Hand auf den Oberschenkel und sprang auf. »Du musst vollkommen irre sein. Wieso sollte er sich mit dir unterhalten wollen?«

»Ich bin Redakteurin eines erfolgreichen Magazins. Außerdem ist eine gemeinsame Freundin von uns gegangen. Wir könnten mit ihm über den Abend reden.«

»Verdammt, Sophie. Lass die Finger von der Sache. Was soll das bringen?«

»Wenn Rubens der Giftmischer war, dann wird er sich vielleicht selbst verraten.«

13

Stefan Sperber saß in seinem Büro in Lübeck und hatte die Zeitung vor sich. Laura Crown war auf dem Titelblatt. ›Tödliches Dinner‹ lautete die Schlagzeile.

»So eine Kacke!«

»Was?« Ingo Schölzel betrat sein Büro und blickte ihn verständnislos an.

»Die Crown auf Seite eins!«

»Was hast du erwartet? Ist doch klar gewesen, dass einer von diesen Filmfuzzies an die Presse geht.«

Stefan nickte mürrisch. Schölzel hatte ja recht. Wäre interessant zu wissen, wer da geplaudert hatte.

In diesem Moment klingelte das Telefon.

»Ingmar!« Stefan erkannte die Nummer des Staatsanwalts auf dem Display sofort.

»Willst du nicht rangehen?«

»Willst du nicht rausgehen?«

Ingo Schölzel schnalzte ärgerlich mit der Zunge und verschwand.

Stefan straffte die Schultern und nahm den Hörer ab.

»Morgen, Ingmar, was gibt's?«

»Das wollte ich dich gerade fragen. Die Presse ist ja ganz wild auf die Crown.«

»Habe ich gesehen. Franck konnte da erst mal nichts feststellen.«

»Ja, steht in deinem Bericht. Die liebe Dame war kein Kind von Traurigkeit, was ihren Alkohol- und Drogenkonsum anging.«

»Die Toxikologen haben sich noch nicht abschließend geäußert, aber im Moment gehen wir davon aus, dass Laura Crown an einem tödlichen Medikamentencocktail starb und dass sie sich diesen aus Unwissenheit selbst verabreicht hat.«

Ingmar brummte.

»Wir haben die Aussagen aller Dinnergäste. Wir haben die Personalien. Wenn doch noch irgendein Anhaltspunkt auftaucht, dass ein Fremdverschulden möglich sein könnte, melde ich mich. Ich persönlich gehe aber von einem, tja, tragischen Unfall aus.«

Ingmar war damit zufrieden und beendete das Gespräch. Stefan trank einen Schluck seines kalten und viel zu bitteren Kaffees und überlegte, wie er sich fühlte, als sein Blick wieder auf das Zeitungsbild von Laura Crown fiel. Sophie hatte ausgesagt, dass Laura an diesem Abend nervös gewesen sei und plötzlich müde gewirkt habe, in den Tagen davor aber voller Tatendrang war. Keine Überraschung. Abhängige waren oft manisch-depressiv. Heute himmelhoch jauchzend, morgen zu Tode betrübt.

Und es war nicht ungewöhnlich, dass sich ein Mensch mit diesem Krankheitsbild in einer dunklen Phase für den Freitod entschied. Bei Laura Crown könnte es so gewesen sein, dachte Stefan. Trotzdem blieb da ein übler Nachgeschmack. Er wusste einfach viel zu wenig über den Filmstar.

*

Sophie ergatterte einen halbwegs legalen Parkplatz in der Langen Reihe in St. Georg. Sie lief zum Café Uhrlaub und sah sich um. Von Ricky war noch nichts zu sehen. Einer der Tische draußen am Gehsteig war noch frei. Sophie nahm Platz und ließ sich von der ausgesprochen freundlichen Bedienung die Karte geben. Sie hatte gerade bestellt, als Ricky auf sie zukam. Er winkte kurz, als er sie erkannte.

»Meine Liebe, du siehst hervorragend aus.« Ricky küsste ihr beide Wangen. Er roch frisch geduscht. Sein Haar war sorgsam gestylt, und auch wenn sein Outfit beinahe zufällig gewählt wirkte, erkannte Sophie, dass alles perfekt aufeinander abgestimmt war. Ricky ließ sich auf den freien Stuhl fallen. »Du machst mich echt neugierig.«

»Schön, dass du da bist!«

Der Kellner grüßte Ricky freundlich und stellte dann Kaffee, Orangensaft, Eier, Brötchen und einen übervollen Teller mit Käse, Wurst, Lachs und Schinken ab.

»Wer soll das denn alles essen?«

Sophie ignorierte die Frage. »Du musst mir helfen. Ich will wissen, was an diesem Abend wirklich passiert ist.«

Ricky sah sie mit großen Augen an.

»Mit Laura?«

»Natürlich mit Laura!«

»Ich habe keine Ahnung. Ich bekomme immer noch eine Gänsehaut, wenn ich an sie denke. Wie sie da auf dem Boden lag …«

»Du warst doch an dem Tag ständig mit ihr zusammen. Ist dir an ihr irgendetwas aufgefallen?«

»Das wollte die Polizei auch wissen. Mir ist nichts aufgefallen. Nichts wirklich Ungewöhnliches jedenfalls. Sie hat ziemlich viel getrunken. Eigentlich trank sie die ganze Zeit Champagner oder Martini-Cocktails. Ich habe die Gläser aber nicht gezählt.«

Sophie nickte unzufrieden. Dass Laura angetrunken war, wusste sie selbst. »Hat sie Tabletten genommen?«

Ricky sah sie erstaunt an.

»Ja, zweimal. Sie sagte, sie habe Kopfschmerzen. Was soll das? Glaubst du, sie wollte sich umbringen? Ich habe sie nicht gut genug gekannt, um darüber irgendwas sagen zu können.«

Sophie schlug mit der flachen Hand auf die Tischplatte.

»Mann, Ricky. Ich bin doch nicht von der Polizei. Jetzt mal Butter bei die Fische! Wie war sie drauf? Hat sie sich gefreut? War sie aufgeregt? War sie plötzlich anders?«

Ricky trank einen Schluck Kaffee und stellte die Tasse langsam zurück. »Ich würde diesen Abend am liebsten aus meinem Gedächtnis streichen, um ehrlich zu sein. Ich habe vorher noch nie eine Leiche gesehen. Das Ganze macht mich richtig fertig. Ich hatte mir so viel Mühe gegeben mit ihrem Make-up. Und dann lag sie da zwischen den Riesengarnelen und Spargelstangen …«

»Verdammt, Ricky!« Sophie nahm seine Hand und sah ihm tief in die Augen.

Ricky atmete durch und schluckte. »Sie hatte eine Scheißangst, um ehrlich zu sein. Sie hat ständig versucht, von mir zu erfahren, wer die Gäste sind. Sie hat Vermutungen angestellt. Sie hat gehofft, dass Victor Rubens einer der Gäste ist.«

Sophie hob fragend die Augenbrauen. »Wieso?«

»Weil das die Einschaltquoten in die Höhe treibt. Rubens in einer Koch-Show? Das will doch jeder sehen. Und Laura war besessen von ihrem Deutschland-Comeback. Auf der anderen Seite wurde sie nicht müde, mich mit ihrem Hollywoodquatsch vollzulabern. Mit wem sie dort schon gearbeitet und in welchen Serien sie mitgespielt hat. Du weißt schon. Zwischendurch ist sie ein paarmal auf der Toilette gewesen. Ich bin mir sicher, dass sie gekokst hat.«

»Warum?«

»Ach, Sophie. Warum wohl? Sie hat sich ständig die Nase gerieben und mit den Backenzähnen geknirscht. Eine Zeit lang war sie so hibbelig, dass es fast unmöglich wurde, sie zu schminken.«

Sophie hatte ein ganz anderes Bild vor Augen.

»Aber sie war doch ganz ruhig, als ich sie bei dir in der Maske gesehen habe, kurz bevor sie zusammenbrach. Sie wirkte eher müde und sie fühlte sich schwach.«

»Ja, irgendwann konnte sie wohl nicht mehr«, gab

Ricky zu. »Ich könnte mir vorstellen, dass sie 'ne Valium geschmissen hat. Weißt du, ich bin echt kein Kind von Traurigkeit und an einem langen Partywochenende nehme ich auch nicht wenig. Wie soll man das sonst auch durchhalten? Ein bisschen Koks, Alkohol, Ecstasy. Irgendwann muss man sich dann wieder runterbringen, um schlafen zu können. Ein Joint im Morgengrauen oder eben auch 'ne Valium.« Er griff sich eine Scheibe Brot aus dem Korb und zupfte sie auseinander, während er weitersprach. »Bei Laura hatte ich aber das Gefühl, dass sie restlos vollgepumpt war. Vielleicht hat sie irgendwie den Überblick verloren.«

»Wie meinst du das?«

Ricky sah sie traurig an und zuckte mit den Schultern.

»Ich glaube, der Schampus war gegen die Nervosität. Als sie dann zu besoffen war, hat sie sich mit Koks wieder klarkriegen wollen. Irgendwann war sie dann wahrscheinlich kurz davor, durch die Decke zu fliegen. Also hat sie sich mit Valium wieder runtergefahren. Nur leider gleich auf null.«

14

Sascha Richter wachte am späten Vormittag auf. Es ging ihm dreckig. So dreckig wie schon lange nicht mehr. Er hatte viel zu viel getrunken. Die zweite Nacht in Folge. In seinen schlimmsten Zeiten hatte er jede Nacht durchgesoffen. Sein Kopf dröhnte und sein Magen drehte sich, als er sich aufsetzte. So konnte er auf keinen Fall weitermachen. Die erste Nacht hatte er damit entschuldigt, dass sie einem ganz besonderen Abend folgte. Laura war tot. Wie oft hatte er sich ihren Tod gewünscht? Sich vorgestellt, wie sie irgendwie langsam verreckte? Seinen gestrigen Absturz entschuldigte er damit, dass er in Feierlaune gewesen war. Laura war tatsächlich tot. Die Gerechtigkeit hatte am Ende gesiegt. Schließlich hatte Laura ihn damals getötet. Den alten Sascha Richter. Der Film ›Die mexikanische Nanny‹ sollte sein großer Durchbruch werden. Nach all den unbedeutenden Rollen als seichter Schönling in irgendwelchen Seifenopern sollte diese Produktion ihn als ernsthaften Schauspieler etablieren. In der Rolle als gebrochener Familienvater, der durch das Kindermädchen neuen Lebensmut fasst und sich am Ende sogar in sie verliebt, hätte er all seine Facetten zeigen können. Er hatte sich schon ausgemalt, wie er in den Kreis der Topschauspieler aufgenommen würde. Wie die Drehbücher nur so ins Haus geflattert kämen und er nur die Rosinen aus dem Kuchen picken musste. Filmverleihungen. Filmpreise. Er hätte groß rauskommen können. Auf den roten Teppichen hätten die Fans seinen Namen gebrüllt und nicht den seiner heutigen Exfrau. Doch dann kam alles so anders. Laura hatte dafür gesorgt, dass die Bücher umgeschrieben wurden. Sie hatte mit dem alten Sack Rubens geschlafen, um ihren Willen durchzusetzen. Schließ-

lich war aus seiner Hauptrolle eine bessere Nebenrolle geworden. Das Ende wurde abgewandelt und so
heiratete die Nanny den schönen Mexikaner. In der
Schlussszene war es Marcello Mari, der Laura küsste.
Der Film wurde ein großer Erfolg. Laura war der neue
deutsche Filmstar. Und er? Nicht mal die Presse nahm
ihn wahr. War es denn ein Wunder, dass er mit der Sauferei angefangen hatte? Und dann hatte er alles verloren. Seine Frau hatte die Kinder mitgenommen. Er sah
sie unregelmäßig. Seine eigenen Kinder zeigten an ihm
kein großes Interesse. Er war nur ein Wurm in einer
miesen Dreizimmerwohnung in Barmbek. Laura hatte
seine Karriere zerstört. Nun hatte die Schuldige endlich das bekommen, was sie verdiente. Der alte Rubens
war noch immer der Produzent, der Schauspieler zu
Stars machen konnte. Er hoffte, dass Victor ihm ein
Angebot unterbreiten würde. Irgendeine kleine Rolle
musste er doch für ihn haben. Sascha wusste, dass er
wieder Fuß fassen musste in dieser Branche. Für Victor war es doch kein Problem, ihn in irgendeiner seiner unzähligen Produktionen mitspielen zu lassen.
Lauras Tod ging durch die Presse. Vielleicht würde
man sogar ›Die mexikanische Nanny‹ noch einmal im
Fernsehen zeigen. Sascha massierte sich die Schläfen.
Das mit der Sauferei musste sofort wieder aufhören. Er
musste sich in den Griff bekommen und seine Chancen wahrnehmen. Er wollte fit sein. Victor würde ihm
sicher etwas anbieten. Er musste einfach. Sonst war
Rubens genauso schuld an seinem Untergang. Und das

würde er nicht so einfach hinnehmen, dachte Sascha Richter, bevor er sich übergeben musste.

*

Sophie fuhr zurück nach Othmarschen. Sie ließ das Gespräch mit Ricky noch einmal Revue passieren. Laura hatte aller Wahrscheinlichkeit nach Drogen genommen. Sophie war nicht besonders überrascht. Sie kannte genug Models und Schauspielerinnen, die den Jetlag oder die Nervosität mit Pillen und Pülverchen neutralisierten. Aber Laura war tot und sie hatte mit ihrem Tod gerechnet. Er wurde ihr von einer unbekannten Person angedroht. Ben hatte ja recht. Sie musste Stefan sofort den Brief und die geklebten Drohbriefe übergeben. Es würde keine weiteren Ermittlungen geben ohne das Beweismaterial. Bis jetzt ging die Polizei von einem selbst verschuldeten Unfall aus. Medikamentenmissbrauch. Lutz hatte auch nichts finden können, was auf Fremdeinwirkung deutete. Laura war nicht vergiftet worden. Zumindest nicht mit einem klassischen Gift, an das man im ersten Moment dachte. In Kriminalromanen starben die Opfer an Arsen, Strychnin oder Blausäure. Im wahren Leben war es unmöglich, anonym an solche Substanzen heranzukommen. Aber das hieß ja noch lange nicht, dass es nicht andere Mittel und Methoden gab, einen Menschen zu töten. Sophie stoppte an einem Copyshop und sah sich die Drohbriefe noch mal genauer an. Laura hatte geschrieben, dass sie den ersten bereits in Amerika erhalten hatte. Beide Briefe waren mit aus einer Zeitschrift ausgeschnittenen Buchstaben beklebt. Die Buchstaben waren verschieden groß und mal glänzend, mal matt. Sophie ging davon aus, dass sie aus verschiedenen Magazinen stammten. Die Spurensicherung würde den Klebstoff analysieren und nach Fingerabdrücken suchen. Wo waren die Briefumschläge? War Laura tatsächlich so dumm gewesen, sie wegzuschmeißen? Vielleicht hatte der Verfasser den Fehler gemacht, und die Umschläge oder die Briefmarken angeleckt. Man hätte eine DNA-Analyse machen können. Sie las sich die Briefe nochmals durch. Im ersten stand:

Komm nicht zurück! Du hast eine Leiche im Keller. Willst Du auch sterben?

Sophie sah sich den zweiten Brief an, den Laura in Hamburg erhalten hatte.

Du willst also sterben! Gut so! Ich warte auf meine Chance. Das ist Gerechtigkeit!

Sophie starrte minutenlang auf die Zeilen und versuchte zu verstehen, was gemeint sein könnte. Was für eine Leiche könnte Laura im Keller gehabt haben? Abgrundtiefer Hass sprach aus den Zeilen. Aber warum? Und noch wichtiger, von wem? Bevor sie den Wagen verließ, nahm sie die sterilen Handschuhe aus dem Verbandskasten. Sie wollte nicht mehr Fingerabdrücke als nötig auf dem Beweismaterial hinterlassen. Und sie wollte möglichst wenige Spuren zerstören, wenn überhaupt welche vorhanden waren.

*

Ben hatte ausgiebig gefrühstückt. Sophie hatte nicht zu viel versprochen. Ihr Kühlschrank war überfüllt mit Delikatessen. Er hatte es sich richtig gut gehen lassen. Anschließend hatte er Sophies Bett abgezogen und die Bettwäsche in der Badewanne eingeweicht. Nun saß er mit Ronja im Garten und las die Tageszeitung. Es wurde über Laura und ihren, wie die Zeitung es nannte, mysteriösen Tod berichtet. Es fielen berühmte Namen, wie Anna Nicole Smith und Heath Ledger, die ebenfalls an einem tödlichen Medikamentencocktail gestorben waren. Wenn er darüber nachdachte, dass Sophie von Mord ausging und bereits dabei war, diesen Ricky zu befragen, wurde ihm angst und bange. Warum hatte Laura Sophie diese Briefe zukommen lassen müssen? Ben wusste, dass es unmöglich war, Sophie aufzuhalten, wenn sie sich etwas fest vorgenommen hatte. Es blieb ihm wohl wirklich nichts anderes übrig, als ihr in dieser Angelegenheit zu helfen. Er würde ein Auge auf sie haben und aufpassen, dass sie sich nicht in ernsthafte Schwierigkeiten brachte. Ben hörte, wie Sophie den BMW rasant in der Auffahrt abbremste. Einen Moment später öffnete sie die Eingangstür und rief seinen Namen. Ronja schoss sofort begeistert ins Haus, als sie Sophies

Stimme hörte. Die beiden kamen gemeinsam in den Garten zurück.

»Ja, du bist aber auch eine Süße!«, rief Sophie und tollte mit Ronja herum.

»Die Süße hat deine Bettwäsche ruiniert, wenn ich dich erinnern darf.«

Sophie zuckte nur mit den Schultern.

»Jetzt erzähl schon. Konnte der Maskenbildner Licht ins Dunkel bringen?« Er klang viel zu ironisch.

»Interessiert dich das wirklich?«

»Ja, es interessiert mich«, lenkte er ein. »Ich bin nur nicht glücklich bei dem Gedanken, dass du dich da einmischst.«

Sophie ließ sich auf den zweiten Liegestuhl fallen und berichtete von ihrem Gespräch mit Ricky.

»In der Zeitung reden sie von einem tödlichen Medikamentenmix.«

»Was sollen die auch schreiben?« Sophie sah ihn erstaunt an. »Es weiß doch niemand was von den Briefen.«

»Stimmt. Und genau das werden wir sofort ändern.« Ben stand auf und pfiff nach Ronja. »Lass uns jetzt nach Lübeck fahren und das ganze Zeug zu diesem Kommissar Sperber bringen.«

»Du bist also dabei? Du hilfst mir?«

»Keine Ahnung. Vielleicht mache ich mir nur Sorgen, dass Sperber dich in der Luft zerreißt, wenn er erfährt, dass du Beweise zurückgehalten hast. Ich sehne mich bestimmt nicht danach, ihn wiederzusehen. Weißt du noch, wie der mich damals auf Fehmarn behandelt hat?

Abgesehen davon bin ich wirklich der Meinung, dass du diese Briefe nicht im Haus haben solltest.«

Ben behielt seinen nächsten Gedanken für sich. Wenn es sich tatsächlich um einen Mord handelte und der Täter irgendwie erfahren hatte, dass Sophie im Besitz der Briefe war, würde ihm das ganz sicher nicht gefallen.

15

Stefan Sperber saß in seinem Büro in Lübeck und sah sich die Unterlagen an, die ihm die Kollegen aus Hamburg zugeschickt hatten. Sie hatten bei einem toten Stricher in einem Stundenhotel am Steindamm einen Zettel mit einer Adresse in Lübeck gefunden. Nun wollten sie wissen, ob der junge Mann der Schleswig-Holsteiner Polizei bekannt war. Stefan würde das prüfen lassen. Er überlegte gerade, welche Pizza er sich zum Mittagessen bestellen sollte, als sein Telefon schon wieder klingelte.

»Sperber!«, meldete er sich gereizt.

»Hallo, Stefan, hier ist Sophie!«

Stefan schloss die Augen und zählte langsam bis drei. »Was willst du? Du glaubst doch nicht ernsthaft, dass ich jetzt mit dir über die genauen Umstände von Laura Krones Tod plaudere, oder?«

»Nein, das denke ich nicht!«

»Gut so. Also dann, Sophie, noch einen schönen Tag.«

»Warte! Ich, also, ich habe da etwas für dich.«

»Für mich? Ich komm da nicht ganz mit.«

»Von Laura. Ich habe Briefe. Drohbriefe, um genauer zu sein.«

»Drohbriefe? Willst du mich verarschen? Wie bist du da rangekommen?« Stefan stand auf und tigerte durch sein Büro.

»Lauras Notar hat sie mir übergeben.«

»Lauras Notar?« Stefan bemerkte, dass er sich wie ein Papagei anhörte. »Gut. Ich schlage vor, du bringst den Kram sofort hierher.«

»Ich bin schon unterwegs!«

Sophie hatte aufgelegt. Stefan starrte auf sein Handy. Wieso musste ausgerechnet Sophie über diese Briefe verfügen? Es gab doch Milliarden von Menschen. Es musste ein Fluch auf ihm liegen. Vielleicht hatte er ihr in einem früheren Leben etwas angetan, und nun rächte sich das Schicksal böse, und er musste immer wieder auf sie treffen, bis er reif für die Irrenanstalt war. Er musste sich zusammenreißen, damit er nicht schneller dort landete, als ihm lieb war. So schlimm war Sophie eigentlich doch auch nicht, versuchte er sich erfolglos zu beruhigen. Drohbriefe. Wenn es sich dabei wirklich um Morddrohungen gegen Laura Krone handelte, würden sie die ganze Sache noch einmal gründlich prüfen müssen. War es möglich, dass sie etwas übersehen hatten?

*

Sophie tat so, als müsse sie sich auf den Verkehr konzentrieren. Ihr war nicht nach reden zumute. Ihr war klar, dass sie die Polizei sofort von den Briefen hätte in Kenntnis setzen müssen. Das hier war kein Spiel. Wenn Laura ermordet worden war, war es Sache der Kripo, den Täter zu finden. Natürlich würde sie in Lauras Auftrag die Augen offen halten. Sie empfand es als persönliche Pflicht, privat zu ermitteln, aber sie hatte kein Recht, die Polizeiarbeit zu behindern. Stefan würde ihr die Hölle heißmachen, und das aus gutem Grund.

»Frau Sturm, du bist aber ungewöhnlich schweigsam«, meinte Ben und musterte sie skeptisch.

»Ich bereite mich nur geistig auf das Donnerwetter vor.«

»Sorry, aber auch wenn ich Sperber für ein arrogantes Arschloch halte, bin ich wahrscheinlich diesmal seiner Meinung.«

»Noch was?«, fragte Sophie schnippisch.

»Ja, noch was! Mir gefällt nicht, was ich sehe! Du wolltest dich neu ordnen. Du wolltest ein neues Heim für dich schaffen. Du wolltest …«

»Wollen wir nicht alle ein bisschen zu viel?« Bens Gequatsche ging ihr gehörig auf die Nerven.

»Aha, Madame hat heute ihren philosophischen Tag. Gut! Ich persönlich komme mit wenig ganz gut klar. Das ist dir vielleicht noch in Erinnerung. Ich war der Mann im Ford Transit ohne Dusche.«

Sophie musste gegen ihren Willen grinsen. Ben hatte im letzten Sommer tatsächlich in Gold auf Fehmarn in einem Bus gehaust. Sie hatte gerade einige Schicksalsschläge hinter sich gehabt und sich in den hübschen Kiter verknallt.

Sophie nahm die Abfahrt nach Lübeck.

»Okay, Ben. Du hast recht. Ich will mich ja neu ordnen, wie du es so schön nennst. Aber nun ist eben etwas dazwischengekommen. Lass uns die Sache mit Stefan hinter uns bringen, und dann überlege ich, wie ich weiter vorgehe. Kannst du damit leben?«

Ben stöhnte auf und sah aus dem Fenster. »Ich kann mit beinahe allem leben. Ich hätte nur ein echtes Problem, wenn deinem hübschen Hintern was passiert. Mir wäre bedeutend wohler, wenn du deine privaten Ermittlungen einstellen würdest. Ich meine es ernst, Sophie. Hör auf und genieße den Sommer.«

Sie brummte mürrisch. Aufhören? Sie hatte doch noch nicht mal angefangen, in Lauras Vergangenheit zu graben. Sophie fuhr auf den Parkplatz des Präsidiums und stellte den Motor ab. »Was machen wir mit Ronja?«

»Wir lassen sie im Wagen. Ich glaube, wir sind schnell wieder bei ihr. Zumindest rechne ich nicht damit, dass Stefan uns vor lauter Glück auf eine Tasse Kaffee einlädt.«

Schweigend marschierten sie zum Empfang und meldeten sich an. Sie wurden zu Kommissar Sperber durchgelassen.

Stefan öffnete die Tür zu seinem verqualmten Büro. »Sophie Sturm und Ben Lorenz! Und ich dachte, es war nur eine Sommerromanze?«

»Ach, halt doch die Klappe! Ben ist nur auf Besuch hier.«

»Geht mich auch nichts an«, erwiderte Stefan ironisch. »Ihr dürft euch gerne setzen.« Stefan ließ sich wieder in seinen Schreibtischstuhl fallen. »Wo sind die Briefe?«

Sophie öffnete ihre Tasche und entnahm ihr den großen braunen Umschlag. Sie legte ihn auf Stefans Schreibtisch und wartete auf seinen Wutanfall. Sie fühlte sich wie ein kleines Mädchen, das ihren Eltern ein unsagbar schlechtes Zeugnis vorzeigen musste. Am liebsten wäre sie aus dem Büro gerannt.

*

Stefan Sperber war noch immer irritiert, dass Ben Lorenz mit Sophie gekommen war. Wohnte der nicht mittlerweile auf Ibiza? Er öffnete den braunen Umschlag und ließ den Inhalt auf seinen Schreibtisch gleiten. Die bunten Buchstaben erinnerten ihn an Bastelarbeiten seiner Kinder. Er starrte auf die Briefe. Sein Hals wurde trocken, als er den Inhalt studierte. Zwei geklebte Morddrohungen und ein Brief des Opfers, das davon ausging, bald unfreiwillig sterben zu müssen. Er konnte kaum fassen, was er da vor sich hatte.

»Seit wann hast du das?«, fragte er so ruhig wie möglich.

»Seit gestern«, gab Sophie kleinlaut zu.

Eine unbändige Wut stieg in ihm auf. Er konnte regelrecht spüren, wie ihm die Halsschlagader anschwoll. Am liebsten hätte er Sophie gepackt, über den Schreibtisch gezogen und geschüttelt. »Bist du eigentlich vollkommen wahnsinnig?«

Sie blickte ihn mit ihren großen blauen Augen unschuldig an.

»Warum hast du das nicht sofort gemeldet? Das Labor hätte schon lange einen Test machen können.«

»Ich wusste nicht, ob ich das ernst nehmen soll. Und ich habe auch kaum was angefasst.«

Er sah zu Ben. Der blickte zu Boden. In diesem Moment hatte Stefan das sichere Gefühl, dass selbst dieser Hippie ihn verstand.

»Verdammt, Sophie. Ich habe dich immer für eine halbwegs intelligente Frau gehalten. Gerade du musst doch wissen, wie wichtig solche Beweise für uns sind. Ich werde das jetzt der Spurensicherung übergeben.«

»Stefan, es tut mir leid. Ich habe einen Fehler gemacht …«

»Sei einfach still. Laura Krone wurde vielleicht doch ermordet. Und dann läuft ihr Mörder da draußen frei herum und reibt sich die Hände. Jede Zeitung berichtet von einem tragischen Unfall. Ein unfreiwilliger Drogencocktail.« Stefan griff nach seinen Zigaretten und zündete sich eine an. Rauchverbot hin oder her, er musste sich dringend beruhigen.

»Wenn man deine Fingerabdrücke auf dem Material finden sollte, wenn du Spuren zerstört hast, die auf einen möglichen Täter hätten hinweisen können, dann gnade dir Gott, Sophie! Dann wirst du mich kennenlernen. Und das darfst du gerne als Drohung verstehen. Ihr könnt gehen.«

Stefan meinte es ernst. Er hatte kein Problem damit, sie wegen Behinderung der polizeilichen Ermittlungen bluten zu lassen.

Er atmete tief durch und überlegte die nächsten Schritte. Sie würden noch einmal ganz von vorne anfangen müssen. Stefan sah sich die Briefe erneut an. Er hatte keinen Zweifel. Die Sache war verdammt brenzlig. Sie könnten es tatsächlich mit einem Mordfall zu tun haben.

*

Ben folgte Sophie nach draußen zum Parkplatz. Sophie schwieg. Eigentlich sollte sie erleichtert sein, dachte Ben. Er hatte mit einem ganz anderen Auftritt von Kommissar Sperber gerechnet. Er hatte erwartet, dass Sperber herumbrüllen würde. Ben hatte seine cholerische Art im letzten Sommer oft genug beobachten können. Vorhin war er nicht einmal richtig laut geworden, obwohl er wirklich wütend auf Sophie war, und das aus gutem Grund. Sie erreichten den Wagen. Sophie wühlte mit mürrischem Gesicht die Autoschlüssel aus der Tasche.

»Nun lächele mal wieder. Ich finde, das eben ist relativ friedlich verlaufen«, meinte Ben aufmunternd. »Die Briefe sind endlich bei der Polizei und Sperber hat dir nicht mal den Kopf abgerissen. Lass uns nach Hause fahren.«

»Friedlich verlaufen?« Sophies Augen funkelten

wütend. »Stefan hat mir gedroht. Das nennst du friedlich?«

Ben sah sie verwundert an.

»*Du* hast einen Fehler gemacht, nicht Stefan. Vergiss das nicht.«

Sophie zuckte nur mit den Schultern.

»Das Sommerhaus von Victor Rubens liegt am Kellersee. Das ist nicht weit von hier«, erklärte sie leichthin und öffnete die Autotür.

Ben fragte sich noch, ob er sie richtig verstanden hatte, als sie bereits Ronja begrüßte, die glücklich im Wagen herumsprang.

»Das kann jetzt nicht dein Ernst sein?«

»Doch. Wir fahren höchstens 50 Minuten bis zu seinem Anwesen.«

Ben wurde langsam ärgerlich. »Zieh hier nicht so eine Show ab. Du weißt ganz genau, dass ich das nicht so gemeint habe. Lass die Finger von der Nummer!«

Sophie setzte sich hinter das Steuer und schnallte sich an. »Es ist wirklich schön dort. Ronja wird ihren Spaß haben. Schwimmt sie eigentlich gern?«

Ben gab ihr keine Antwort. Er sah sie nur wütend an.

Sophie startete den Wagen. »Ich fahr da jetzt hin. Es steht dir frei, einzusteigen.«

»Und wenn ich nicht will, dann lauf ich zurück nach Hamburg? Oder wie hast du dir das vorgestellt?«

Sophie atmete tief ein und sah ihm dann direkt in die Augen. »Bitte, Ben, jetzt lass uns das noch schnell

machen, okay? Die Polizei wird mit allen Dinnergästen noch einmal reden wollen. Es ist besser, wenn
ich vorher mit ihnen spreche.«

Ben versuchte, Ruhe zu bewahren. Sophie würde
fahren, mit oder ohne ihn. Hatte er eine Wahl? Allein
lassen konnte er sie auf keinen Fall. Widerwillig setzte
er sich in den Wagen.

Sophie lächelte ihn dankbar an. »Noch weiß doch
niemand, dass sie vielleicht ermordet worden ist.«

Ben sah sie erstaunt an. »Falsch, Sophie! Einer weiß
es! Der Mörder! Und ich habe die böse Vermutung,
dass der vielleicht nicht wirklich weit weg ist.«

*

Eine Stunde später stand Sophie am Tor der Villa
von Victor Rubens und klingelte. Sie war froh, dass
Ben bei ihr war, auch wenn er noch immer ver-
ärgert und einsilbig war. Sie konnte es ihm nicht ver-
denken. Sie hatte sich aufgeführt wie ein trotziges
Kind.

»Ja bitte?«, plärrte eine weibliche Stimme aus der
Gegensprechanlage.

»Guten Tag. Mein Name ist Sophie Sturm. Ich
würde gerne Herrn Rubens sprechen.«

»Herr Rubens ist nicht im Haus. Ich bedaure.«

Sophie glaubte nicht eine Sekunde, dass das stimmte.
Schnell sprach sie weiter.

»Ich war vorgestern auch bei der Produktion. Ich
war Zeugin von Laura Crowns Tod. Bitte, ich muss

einfach mit jemandem reden, der dabei gewesen ist.«

»Ich sagte doch bereits, dass Herr Rubens …«

»Teilen Sie ihm nur mit, dass ich hier bin. Wenn er dann nicht mit mir reden will, verschwinde ich wieder.«

Ben strich ihr über die Schulter und sah sie eindringlich an.

»Sophie, das hat doch keinen Sinn.«

»Einen Moment, bitte«, meldete sich die plärrende Stimme zurück.

Das Eingangstor öffnete sich.

»Keinen Sinn?« Sophie zwinkerte Ben aufmunternd zu. Er rollte genervt mit den Augen, doch er lächelte ein wenig dabei, stellte sie erleichtert fest.

Victor Rubens stand bereits an der Tür.

»Entschuldigen Sie bitte, aber mein Personal hatte Anweisung, mich zu verleugnen. Ich will hier abschalten und in Ruhe angeln. Auf keinen Fall möchte ich mit der Presse sprechen.«

»Ich bin nicht hier, um …«

»Nein, meine Liebe, selbstverständlich nicht.«

Rubens führte sie ums Haus auf eine sonnige Terrasse. »Bitte, nehmen Sie Platz, und Ihre Begleitung natürlich auch.«

»Entschuldigen Sie, ich habe Sie einander gar nicht vorgestellt. Mein guter Freund Ben Lorenz. Ich konnte mich nicht selbst ans Steuer setzen. Ich bin zu durcheinander. Da habe ich Ben gebeten …«

»Das ist doch nur verständlich. Was für ein grauen-

147

hafter Abend. Na, Sie waren ja dabei. Sie haben sich heldenhaft verhalten. Ich hätte gar nicht mehr gewusst, wie man Erste Hilfe leistet.«

»Es war für uns alle schlimm!«, wiegelte Sophie ab. »Wer rechnet denn mit so einer tragischen Entwicklung?«

»Dabei sollte es für Laura doch ein Neuanfang werden. Die Rolle war ihr auf den Leib geschrieben. Die Drehbücher sind ganz wunderbar. Die Crown wäre wieder ganz nach oben gekommen.«

»Die arme Laura!«

»Da haben Sie natürlich recht! Halten Sie mich nicht für roh, aber die Sache ist für mich auch finanziell eine Katastrophe. ›Die Reeder‹ sollte *die* neue Serie werden. Wir hatten zwölf Folgen in Planung. Die ganze Strategie war auf Laura und ihr Hollywood-Image aufgebaut.« Rubens zog ein Stofftaschentuch aus seiner Tasche und wischte sich über die Stirn. »Eine Umbesetzung der Rolle wird schwierig.«

»Ich verstehe. Wissen Sie schon, wer für Laura einspringen könnte?«

»Es ist noch nicht spruchreif. Sie werden es als Erste erfahren.« Es wurde Tee serviert. Die Unterhaltung wurde oberflächlich. Victor Rubens schien nicht mehr über den besagten Abend sprechen zu wollen, doch er erzählte ein bisschen von den Dreharbeiten zu ›Die mexikanische Nanny‹. »Laura war damals ganz hervorragend. Ein Naturtalent. Dieses Feuer«, schwärmte er. »Die Crown und der Mari waren damals ein Liebespaar. Wussten Sie das? Sie mussten ihre Leidenschaft gar nicht spielen. Allerdings hatten sie immer öfter Streit. Manchmal flogen am Set die Fetzen«, erinnerte sich Rubens kichernd. »Zwischendurch hatte ich Angst, dass die beiden sich gegenseitig an die Gurgel gehen würden, bevor der Film im Kasten ist.«

*

Stefan wartete seit über einer Stunde auf Robert Feller. Er hatte noch schlechtere Laune als gewöhnlich. Nicht einmal die Pizza hatte ihm geschmeckt. Er war einfach zu wütend. Die Briefe waren mittlerweile im Labor. Wenn Sophie auch nur die geringste Spur zerstört hatte, würde er sie zur Rechenschaft ziehen. Das nahm er sich fest vor. Auch wenn sie die beste Freundin seiner Frau war, dieses Mal war sie zu weit gegangen. Immer wieder las er sich die Kopien der Briefe durch. Laura Crown hatte keinen speziellen Verdacht gehabt, wie es schien. Endlich öffnete sich die Tür und Robert trat ein.

»Verdammt, Robert. Weißt du eigentlich, wie lange ich schon auf dich warte?«

»Ich hatte Urlaub eingereicht, wenn ich dich erinnern darf. Ich hatte ein wichtiges Golfturnier. Das habe ich natürlich sofort abgebrochen und habe mit wehenden Fahnen den Platz verlassen, um bei dir zu sein. Mein Herr und Meister hat gerufen.«

Stefan sah sich Robert genauer an. Tatsächlich, sein

Kollege stand in lächerlich karierten Hosen und einem spießigen Pullunder vor ihm.

»Du siehst unmöglich aus.«

»Du siehst aus wie immer. Leicht ranzig.«

Stefan ging nicht darauf ein. Sie hatten Wichtigeres zu tun.

»Hier«, Stefan deutete auf die Kopien.

»Was ist das?« Robert nahm die Blätter auf und begann zu lesen. Nach ein paar Minuten legte er alles zurück auf den Schreibtisch und ließ sich auf einen Stuhl fallen.

»Das kann ja wohl nicht wahr sein. Mord?«

Stefan zuckte mit den Schultern. »Zumindest müssen wir in diese Richtung ermitteln.

»Woher hast du das?«

»Das ist der nächste Knaller. Frau Sophie Sturm hat es mir vorhin persönlich vorbeigebracht!«

Robert lächelte erstaunt. »Sophie? Ach, das ist ja ein Zufall! Wie geht es ihr denn?«

Stefan war kurz davor, durch die Decke zu gehen.

»Wie es ihr geht? Sag mal, ist bei dir alles in Ordnung? Es interessiert mich nicht im Geringsten, wie es der Dame geht. Mich interessiert höchstens, warum sie bis heute gewartet und uns nicht sofort verständigt hat.«

Robert nickte nur.

»Also, an die Arbeit. Ich will jeden Dinnergast noch mal genauer befragen.«

»Was ist mit den anderen? Dem Kamerateam und so weiter?«

»Die lassen wir erst einmal außen vor. Konzentrieren

wir uns auf die Gäste. Und ich will, dass Gerdt Hartwig gründlich recherchiert.«

Robert sah ihn verwundert an. »Der ist doch beim Zahnarzt. Wurzelbehandlung.«

Stefan sprang aus dem Stuhl. »Macht hier eigentlich jeder, was er will? Dann kümmere du dich drum! Internetrecherche! Vielleicht hat einer der Herren ja was zu verbergen. Wir suchen nach dem berühmten Fleck auf der weißen Weste!«

*

Ben ging mit Sophie zurück zum Wagen. Sie hatten sich noch ein halbes Stündchen diverse Anekdoten aus dem Filmgeschäft und Anglerlatein anhören müssen, bevor sie die Gelegenheit wahrnehmen konnten, sich zu verabschieden. Ben war fasziniert, mit welch großartigen Schauspielern Rubens in seiner langen Erfolgslaufbahn gearbeitet hatte, auch wenn er sich eigentlich nicht sonderlich für diese Glamourwelt begeistern konnte.

»Dieser Mari und Laura waren mal zusammen. Hast du das gewusst?«, platzte es aus ihm heraus.

»Das wusste jeder«, erklärte Sophie, während sie Ronja die Tür öffnete, damit die kleine Hundedame vor der Heimreise noch einmal Pipi machen konnte.

»Jeder? Du vielleicht. Ich hatte mit Klatsch nie viel am Hut.«

»Sie waren damals *das* deutsche Filmtraumpaar. Das schöne Ex-Model und der attraktive Schauspieler. Sie fehlten auf keinem roten Teppich. Als ›Die

151

mexikanische Nanny‹ ausgestrahlt wurde, waren sie schon längst wieder auseinander. Vielleicht war das alles auch nur ein PR-Gag.«

»PR-Gag? Das würde Rubens doch wissen, oder?«

»Sicher wüsste er es dann. Aber er würde es nie zugeben. Es ist einfach Teil des Jobs, die eigenen Leute im Vorfeld zu Stars zu machen. Die Zuschauer sollen doch neugierig sein und einschalten. Realität und Fiktion werden da gerne mal vermischt. Laura hätte es in Deutschland weit bringen können. Trotzdem ist sie kurze Zeit später nach Amerika gegangen.«

»Weißt du, warum?«

Sophie schüttelte den Kopf. »Wir hatten in der Zeit keinen Kontakt. Sie hatte aber anscheinend eine falsche Entscheidung getroffen. Sonst wäre sie wohl kaum zurückgekommen. Hollywood war da wahrscheinlich doch ein paar Nummern zu groß.«

»Netter Mann jedenfalls«, bemerkte Ben. »Tut mir irgendwie leid für ihn.«

Sophie sah ihn erstaunt an. »Was genau?«

»Mensch, Sophie! Dass er jetzt jemand Neues finden muss für die Rolle, zum Beispiel. Und er sprach von einer finanziellen Katastrophe.«

»Da mach dir mal keine Sorgen. Rubens ist schwerreich und gegen alles versichert! Vielleicht ist die sogenannte finanzielle Katastrophe unterm Strich eher ein Vorteil! Mehr Medienrummel im Vorfeld kann man sich doch eigentlich gar nicht wünschen. Glaube mir, wahrscheinlich ist Rubens sogar derjenige, der vor der Tagespresse Öl ins Feuer gießt, damit Lauras Tod möglichst lange Thema bleibt.«

Ben fragte nicht weiter nach. Schweigend fuhren sie wieder in Richtung Hamburg. Ihm gingen tausend Gedanken durch den Kopf. Dieses Filmbusiness war für ihn nur kompliziert und krank. Anscheinend bedurfte es einer perfekten Inszenierung im Vorfeld, um eine Produktion erfolgreich werden zu lassen. Blieb allerdings die Frage, wie weit eine PR-Strategie gehen durfte.

16

Sophie parkte den Wagen am Holzdamm in St. Georg. Ben hatte sich einverstanden erklärt, gemeinsam mit ihr Lasse Anderson aufzusuchen. Sie nahmen Ronja an die Leine und liefen die letzten Meter zu Lasses Büro. Es befand sich in der obersten Etage eines alten mehrstöckigen Hauses. Sie klingelten.

»Taka Tuka TV Productions. Was kann ich für Sie tun?«

»Wir möchten zu Lasse Anderson. Ist er im Haus?«

»Kleinen Augenblick.«

»Sagen Sie ihm, dass Sophie Sturm ihn sprechen muss.«

Ein paar Sekunden später wurde die Tür geöffnet. Sophie und Ben nahmen den Fahrstuhl ins Loft.

Lasse saß an seinem Schreibtisch. Die Beine lagen quer darüber.

»Sophie, was kann ich für dich tun? Willst du die Gäste der nächsten geplanten Sendung wissen? Oder noch besser, hast du nicht gleich ein paar Promis, mit denen wir sofort eine neue Sendung produzieren können? Ich habe hier nämlich ein echtes Problem.«

Sophie sah ihn wütend an. »Du hast ein Problem? Das tut mir sehr leid. Und ich bin mir sicher, dass Laura nicht tot umgefallen wäre, wenn sie gewusst hätte, dass es dir Probleme bereitet.«

»Ach, scheiße, so habe ich das doch gar nicht gemeint. Kerstin, du kannst dann Feierabend machen.«

Die junge Frau nickte lächelnd und packte ihre Sachen zusammen.

»Kerstin ist meine einzige feste Mitarbeiterin. Sie macht die Disposition und die ganze Organisation. Ich habe noch zwei freie Redakteure, die sind aber heute nicht da.«

»Ich habe frischen Kaffee aufgesetzt. Ich bin dann weg.«

Kerstin verschwand im Fahrstuhl.

»Das ist übrigens Ben. Ein guter Freund von mir. Und das ist Ronja.«

Lasse klopfte der begeisterten Hündin den Rücken und gab Ben die Hand. Dann führte er sie zu einem großen Konferenztisch. Sie nahmen Platz.

»Schönes Büro«, stellte Sophie fest.

»Ich habe auch einen tollen Balkon. Du bist aber sicher nicht vorbeigekommen, um die Aussicht zu genießen!«

Sophie schüttelte den Kopf. »Nein, leider nicht. Lasse, du musst uns einen Gefallen tun.«

Lasse sah sie überrascht an. »Und der wäre?«

»Die aufgezeichneten Bänder von der Show. Die habt ihr doch noch?«

»Logisch. Ich hatte gehofft, ich könnte sie meistbietend verkaufen, aber kein Sender hat sich getraut, ein sterbendes Hollywoodsternchen zu zeigen.«

Sophie schluckte ihren Ärger hinunter. Dass Lasse einmal so weit gehen würde, hätte sie nicht gedacht.

»Wir müssen die Bänder sehen. Alle.«

»Was? Ihr wollt euch die Bänder ansehen? Warum das?«

»Lasse, bitte. Es ist wichtig.«

»Erst sagst du mir mal, worum es hier eigentlich geht! Und wenn ich euch das Material tatsächlich ansehen lasse, dann nur mit mir zusammen, klar? Also, was läuft hier?«

*

Lasse führte sie in sein Studio. Sophie hatte ihm nichts von den Briefen erzählen müssen. Es hatte schon gereicht, einen bloßen Verdacht zu äußern, um seine Neugier zu wecken. Der Raum war zugestellt mit technischem Gerät. Neben diversen professionellen Videorekordern, dem Schnittplatz, Computern und zwei großen Monitoren fand sich gerade noch Platz für ein kleines Sofa. Sophie und Ben setzten sich. Ronja rollte sich zu ihren Füßen ein und döste.

»Also gut. Das hier ist das Erste.« Lasse legte ein Tape ein und verdunkelte den Raum. »Da müssen Lauras Vorbereitungen in der Küche drauf sein«, erklärte er und startete das Band.

Sophie fröstelte. Es war schwer zu ertragen, Laura plötzlich wieder so lebendig vor sich zu sehen. Sie sah großartig aus. Es war nur schwer vorstellbar, dass diese Frau kurze Zeit später tot zusammengebrochen war. Wer hätte denn so etwas ahnen können? Sophie lief es kalt den Rücken hinunter. Eine Person hatte es sogar sicher gewusst.

Tape: Laura in der Küche:

Laura stand an der Arbeitsfläche. Vor ihr lagen unter anderem Avocados, Tomaten, Staudensellerie und ein Stück Thunfisch. Sie wirkte sehr konzentriert. Ein Koch reichte ihr ein Messer und verriet ein paar Tipps. Lasse gab ihr die letzten Anweisungen, dann ging er aus dem Bild. »Ruhe. Wir drehen. Und bitte!«

Laura strahlte auf Kommando. »Ich schneide jetzt den Thunfisch für meine Vorspeise.«

Kein Zuschauer würde je erfahren, dass der Koch den ersten Gang bereits fertig zubereitet hatte. Laura würfelte die Zutaten nur für die Kamera. Sie stellte sich gar nicht ungeschickt an. Sie hackte Koriander und

rührte die Tomatensauce an. Charmant beschrieb sie
dabei die einzelnen Arbeitsschritte und immer wieder
lächelte sie in die Kamera. Stolz präsentierte sie den
ersten Teller.

»Voila! Das ist meine Vorspeise. Thunfisch-Ceviche mit frischem Koriander.«

»Und danke«, hörte man Lasse aus dem Off.

Lauras Lächeln war sofort aus ihrem Gesicht
gewischt.

»Wir machen jetzt noch ein paar Close-ups.«

Es folgten noch mehrere Einstellungen, die den
fertig angerichteten Teller zeigten.

Lasse drückte die Pausetaste der Fernbedienung.

»Das haben wir ohne Laura aufgenommen. Sie
befand sich schon wieder in der Maske. Sie hatte auf
eine kurze Unterbrechung bestanden und wollte,
dass Ricky ihr Make-up noch mal überprüft. Die
Technikcrew hat in der Zeit die Kameras und Scheinwerfer umgebaut. Nach etwa 20 Minuten konnten
wir weitermachen«, erklärte Lasse und ließ den Film
weiterlaufen.

Als Nächstes sah man die geschlossene Haustür.
Laura trat ins Bild. Sie wirkte angespannt.

»Jetzt kommen die Gäste«, flüsterte Lasse. Seine
Stimme war auch auf dem Tape zu hören.

»Also gut, Laura. Wenn wir hier gleich so weit sind,
wird es an der Tür klingeln. Wie immer werden die
drei Gäste gleichzeitig eintreffen. Du gehst zur Tür

und öffnest. Du begrüßt deine Gäste und bittest sie ins Wohnzimmer zum Aperitif. Wir unterbrechen dann nach etwa zehn Minuten und drehen in der Küche weiter. Dort kannst du dann berichten, wie du dich mit den Gästen fühlst, und dabei die Vorspeisenteller dekorieren. Alles klar?«

Laura nickte, atmete tief durch und setzte ihr Hollywoodlächeln auf.

»Also gut. Ruhe bitte, wir drehen. Und bitte!«

Es klingelte. Laura strich sich durchs Haar und stolzierte zur Tür. Als sie die Gäste sah, glaubte Sophie für den Bruchteil einer Sekunde fast Angst auf ihrem Gesicht entdecken zu können.

»Ich werde verrückt«, lachte Laura und fiel dem ersten Gast um den Hals, um ihn mit zwei Küsschen auf die Wangen zu begrüßen. »Sascha! Mein Gott, ist das lange her.« Sie erblickte den zweiten Gast und wurde noch euphorischer. »Marcello! Ich glaube es nicht. Du siehst fantastisch aus.«

»Und du bist schöner denn je«, schmachtete Marcello Mari und gab ihr einen formvollendeten Handkuss, bevor er ihr um den Hals fiel.

»Du bist und bleibst der perfekte Gentleman.«

»Alter vor Schönheit, heißt es doch!«, polterte Victor Rubens und schob sich ins Bild.

»Nein. Das ist wirklich eine Überraschung. Victor!«

Sophie konzentrierte sich auf Laura. Es war unmöglich zu beurteilen, ob sie sich tatsächlich freute.

»Gut, dass du dich entschlossen hast, auch wieder in Deutschland zu arbeiten.« Rubens lachte und

158

tätschelte ihr den Rücken. »Wir haben nicht so viele Prachtmädchen deines Formats.«

»Alter Charmeur.« Laura löste sich und sah ihre drei Gäste an. »Darf ich euch einen Aperitif anbieten? Einen Martini-Cocktail. Er ist der Auftakt zu meinem Hollywooddinner.«

Die Herren nahmen die Gläser. Die vier stießen an, und es folgten ein paar Minuten seichter Plauderei, in der sich die Runde mit Komplimenten überschüttete.

»Ihr Lieben, bitte nehmt doch im Esszimmer Platz.« Lauras Wangen glühten. Sie schien aufgeregt wie ein junges Mädchen zu sein. »Ich hole schnell die Vorspeise und bin gleich wieder zurück. Nicht weglaufen.«

»Wir laufen bestimmt nicht weg. Wir haben doch alle viel zu lange auf einen Abend mit dir warten müssen«, erklärte Sascha Richter aufgesetzt. Sein Lachen wirkte viel zu künstlich, um ehrlich gemeint zu sein.

Lasse machte Licht, um das nächste Tape herauszusuchen.

»Das ist jetzt das Band der zweiten Kamera. Im Grunde genommen zeigt es nur die Gegenschüsse. Willst du das trotzdem sehen?«

Sophie schüttelte den Kopf. »Vielleicht später.«

»Also gut, dann käme jetzt die Nummer drei. Laura in der Küche. Wie sie der Vorspeise den letzten Schliff gibt und ihre Meinung zu den Gästen kundtut. Vorher ist sie noch ausgeflippt. Ich weiß aber nicht mehr, ob die Kamera da mitgelaufen ist.«

»Ihr dreht nur mit zwei Kameras?«

»Nein. Mit drei. Die dritte ist allerdings unbesetzt. Sie zeigt nur eine Totale des Esstisches mit den Gästen, damit wir Schnittbilder haben. Wir lassen sie meistens die ganze Zeit durchlaufen.«

»Ihr habt sie laufen lassen?«, fragte Sophie aufgeregt nach. »Du meinst, die anderen Gäste wurden weitergefilmt, als ihr eigentlich mit Laura in der Küche gedreht habt?«

»Könnte sein.«

»Ich will das Band sehen! Ist doch interessant zu hören, was die Herren sich hinter Lauras Rücken zu erzählen hatten.«

Lasse löschte das Licht. Sophie hielt vor Spannung die Luft an. Das Band zeigte den Esstisch. Die drei Männer schenkten sich bereits Wein ein.

»Meine Herren, ihr entschuldigt mich? Ich muss mal austreten«, sagte Victor Rubens. Er schob den Stuhl zurück und verschwand aus dem Bild. Das Öffnen und Schließen einer Tür war zu hören. Er hatte das Esszimmer verlassen.

»Ich kann nicht glauben, dass man ausgerechnet uns drei ausgewählt hat«, meinte Sascha Richter und nippte am Wein.

»Du warst ja auch schon immer zu dämlich.« Marcello Mari lehnte sich zurück und streckte sich. »Die sind hier gar nicht an einem harmonischen Abend interessiert. Der Produktionsfirma wäre es doch am liebsten, wenn wir uns am Ende die Köpfe einschlagen. Einschaltquote.«

»Klar, dass du da nicht Nein sagen konntest«, giftete Richter. »Du würdest doch alles tun, um in die Presse zu kommen.«

»Das ist Teil des Berufs. Das kannst du natürlich nicht wissen. Als Schauspieler arbeitest du doch schon lange nicht mehr. Was mich ehrlich gesagt auch nicht wundert. Nach der armseligen Vorstellung. Die liebe Laura hat dich damals ganz schön alt aussehen lassen.«

»Du kannst mich nicht provozieren, Marcello. Mich hat sie nicht aus ihrem Bett geworfen.«

»Du warst ja auch nie drin in ihrem Bett. Du hast es nicht mal von Weitem gesehen.«

Sascha schenkte sich Wein nach.

»Darfst du eigentlich trinken?«, fragte Mari übertrieben besorgt. »Wundert mich. Es ist doch allgemein bekannt, dass du massivste Alkoholprobleme hast. Alkis sollten doch besser die Finger von dem Zeug lassen, oder?«

»Warum hältst du nicht deine arrogante Fresse?«

»Puh, nun sei mal nicht gekränkt. Ich denke, du solltest dir nur nicht die Chance verbauen, vielleicht doch noch mal irgendwo eine Nebenrolle spielen zu dürfen.« Er strahlte sein Gegenüber an und ließ sein perfektes Gebiss blitzen. Es wirkte eher wie eine Drohgebärde. »Deutschlands Erfolgsproduzent sitzt mit am Tisch. Wenn du dich gut hältst und lieb bitte bitte sagst, darfst du vielleicht den Pferdepfleger in seiner nächsten Schmalzette spielen.«

Selbst in der Totalen erkannte man, dass Sascha

Richter bis ins Mark getroffen war. Jegliche Farbe war aus seinem Gesicht gewichen.

»Marcello, ich warne dich. Ich habe nicht das geringste Problem damit, einer großen deutschen Tageszeitung zu erzählen, was für ein Typ du wirklich bist. Mit den Leuten, die ganz unten sind, sollte man immer rechnen. Die haben nämlich nichts mehr zu verlieren!«

17

Robert Feller saß in seinem Büro und googelte im Internet. Er suchte nach Zusammenhängen zwischen dem Opfer und den Dinnergästen. Vielleicht hatte einer von ihnen Laura Krone gehasst. So sehr gehasst, dass er sie umgebracht hatte. Robert hasste im Moment vor allem Stefan. Auf das wichtigste Turnier des Golf Clubs Falkenstein hatte er sich seit Wochen gefreut. Doppelt bitter war, dass er gespielt hatte wie ein Gott. Die ersten neun Loch Par. Selbst ein Profi hätte sich über so ein Ergebnis gefreut. Dr. Rosebrucker, ein alter Freund seiner Mutter, der mit ihm in einem Flight gewesen war, hatte sich schwer beeindruckt gezeigt. Und dann hatte das Handy vibriert. Es war verboten, ein eingeschaltetes Mobiltelefon mitzuführen. Man würde disqualifiziert werden. Er hatte auf das Display geschielt und sofort Stefans Nummer erkannt. Bevor er das Gespräch annahm, hatte er Dr. Rosebrucker noch schnell erklärt, dass es sich um einen polizeilichen Notfall handelte, doch der hatte nur die Nase gerümpft. Robert hatte seine Gedanken regelrecht lesen können. Unerhört, das Verhalten während eines Turniers. Warum hatte der Junge auch nichts Anständiges studiert? Robert stöhnte und gab neue Suchbegriffe ein, während er seinen Gedanken nachhing. Seine ganze Verwandtschaft und alle Bekannten seiner Eltern hatten nie verstanden, warum der liebe Robert Polizist werden wollte, anstatt Jura zu studieren oder zumindest in die Wirtschaft zu gehen. Das war doch keine angemessene Arbeit! An diesem Tag hätte Robert ihnen allen gerne recht gegeben. Was für ein Job! Statt seinen freien Tag zu genießen, saß er nun vor dem Computer. Victor Rubens und Laura Crown. Es wurden unzählige Einträge angezeigt. Wie stellte Stefan sich das vor? Sollte er das alles lesen? Stefan behandelte ihn noch immer wie einen Azubi. Anscheinend war es für Stefan wichtig, ihn klein zu halten. Der hübsche Robert aus gutem Hause, unter diesem Image litt er nun schon, seit er denken konnte. Wütend tippte er das Wort ›Mord‹ mit in die Suchleiste. Plötzlich war Robert wieder bei der Sache. Wie vom Schlag getroffen starrte er auf den Bildschirm. Es gab tatsächlich diverse Einträge!

*

Sophie war aufgesprungen und näher an den Monitor herangetreten. Sie konnte kaum glauben, was sich da zwischen den Männern abgespielt hatte.

»Mari und Richter sind ja regelrecht verfeindet!«

»Ich bin, ehrlich gesagt, ziemlich baff«, gab Lasse zu. »Ich habe das ja vorher auch noch nicht gesehen. Mir war klar, dass die beiden sich nicht besonders mögen, aber das hier? Wow!«

»Was kommt jetzt?«

»Das Band mit Laura in der Küche.«

»Du meintest vorhin, sie sei ausgeflippt«, mischte sich jetzt auch Ben ein. »Warum?«

»Irgendwas wegen Sascha Richter, glaube ich.« Lasse wechselte bereits das Band. »Ehrlich gesagt, bin ich nicht näher darauf eingegangen. Ich habe nur versucht, sie zu beruhigen, damit sie nicht den Dreh abbricht.«

»Was sie dann später ja noch unfreiwillig getan hat.«

Laura stand in der Küche. Diese zitternde und latent hysterische Frau hatte mit der Laura aus dem Wohnzimmer nichts gemein.

»Oh mein Gott! Wo ist dieser Lasse?«, kreischte sie.

»Hier bin ich. Gibt es ein Problem?«

»Und ob es ein Problem gibt. Man hätte mich warnen müssen. Sascha hasst mich!«

»Das ist doch nicht wahr.«

»Ich werde wohl am besten wissen, was hier wahr ist und was nicht!« Laura wirkte vollkommen aufgelöst.

»Soll ich weiterlaufen lassen?«, fragte ein Kameramann.

Die Kamera schwenkte hin und her. Lasse war kurz im Bild.

»Laura, du machst das doch ganz toll. Kein Zuschauer wird merken, dass du mit Richter ein Problem hast. Mach einfach so weiter. Bis jetzt bist du doch supercool rübergekommen!«

Laura sah an der Kamera vorbei. »Ich muss mich wirklich erst kurz sammeln. Das Ganze ist schlicht eine Zumutung. Wo ist mein Glas?«

Laura griff sich das Martiniglas und verließ den Raum.

»Sie war etwa 15 Minuten in der Maske. Dann konnten wir weitermachen«, erklärte Lasse leise.

In der nächsten Einstellung wirkte Laura wie ausgewechselt.

Sie lächelte und entschuldigte sich beim Team für die kurze Pause.

»Meine Liebe, bist du so weit?«, hörte man Lasse aus dem Off fragen.

»Ob ich so weit bin? Klar bin ich so weit.« Laura strahlte in die Kamera. »Glaube mir, ich bin froh, wenn ich es endlich hinter mir habe.«

Sophie bekam eine Gänsehaut, als sie Laura diesen Satz sagen hörte.

18

Es war bereits nach 20 Uhr. Sie hatten sich noch angesehen, wie die Dinnerrunde ihre Vorspeise genoss. Nichts deutete auf die Konflikte hinter der Kamera hin. Die Gäste lobten den ersten Gang in den höchsten Tönen. Laura mimte die charmante Gastgeberin, und selbst Mari und Richter spielten ihre Rollen hervorragend.

Sophie streckte ihre Beine aus. Ihr Rücken schmerzte. Sie hatte genug gesehen. Nach der Vorspeise war sie ja selbst am Drehort eingetroffen. Das musste sie sich nicht heute Abend noch mal auf Video anschauen. »Kannst du mir eine Kopie machen?«, fragte sie müde.

»Wovon?«, wollte Lasse wissen.

»Am besten von dem ganzen Material.«

»Von dem ganzen Zeug? Was willst du damit?«

»Es der Polizei geben.«

Sie konnte Bens verwunderten Blick regelrecht spüren. Lasse starrte sie überrascht an.

»Sophie, ich will versuchen, das zu verkaufen. Ich muss die Crew bezahlen, auch wenn die Sendung geplatzt ist. Ich will zumindest ein bisschen Geld wieder reinholen und die Aufnahmen den Boulevardmagazinen anbieten.«

Sophie sah ihn eindringlich an. »Du kannst das nur vernünftig verkaufen, wenn eine starke Geschichte dahintersteckt. Mord wäre so etwas. Aber ein Mord wird das nur, wenn die Polizei auch in die Richtung ermittelt. Im Moment gehen die nämlich von versehentlicher Selbsttötung aus.«

»Lieber den Spatz in der Hand als die Taube auf dem Dach. Oder wie man so schön sagt. Sophie, ich brauche Geld. So einfach ist das. Was macht dich überhaupt so sicher, dass Laura ermordet wurde?«

Sophie würde ihm nichts von den Briefen erzählen. Noch nicht. Ihre Erklärung musste reichen. »Ich weiß es eben.«

*

Stefan kramte seine Sachen zusammen und war im Begriff, das Büro endlich zu verlassen, als Robert eintrat.

»Du bist noch da?«, fragte er überrascht.

»Witzig! Wer hat mir denn den Auftrag erteilt, mal ein bisschen in der Vergangenheit zu wühlen?«

Stefan zuckte nur lässig mit den Schultern. »Und? Hast du was?«

»Allerdings!«

Robert warf ihm ein paar ausgedruckte Seiten auf den Schreibtisch.

»Und?«

»Ich bin nicht dein persönlicher Praktikant. Warum liest du es dir nicht einfach selbst durch? Es ist jetzt 20.30 Uhr und eigentlich habe ich frei.«

»Ach, machst du jetzt auf beleidigte Leberwurst?«

Robert sah ihn seltsam an. »Weißt du was? Ich habe echt keinen Bock mehr auf deine großkotzige Art.

Wenn ich nicht wüsste, dass du dich deiner Familie gegenüber großartig verhältst und deine Kinder und deine Frau dich aufrichtig lieben, würde ich dich für einen abgrundtief entsetzlichen Menschen halten!«

Stefan zog die Augenbrauen hoch und starrte Robert an.

»Glotz von mir aus wie Bambi. Ich habe Feierabend.« Robert verließ das Büro, ohne sich zu verabschieden.

Stefan saß einen Augenblick da und dachte über Roberts Worte nach. Hatte er ihn wie einen Praktikanten behandelt? Ja, wahrscheinlich schon. Stefan schnalzte mit der Zunge und fingerte eine Zigarette aus der Schachtel. Ob er ihn nun mochte oder nicht, Robert war ein großartiger Kripobeamter. Gerade weil sie im Privatleben kaum Gemeinsamkeiten hatten, arbeiteten sie unbefangen und neutral zusammen. Er selbst war Familienvater. Seine Frau und seine drei Kinder lebten auf Fehmarn. Auch wenn er unter der Woche in einem kleinen Apartment in Lübeck hauste, genoss er doch, wann immer er Zeit hatte, sein Familienleben. Robert war Single, von Haus aus reich, und im Gegensatz zu ihm hatte er ein gepflegtes Erscheinungsbild. Robert hätte auch in einem Sack besser ausgesehen als er selbst. Stefan griff nach den Computerausdrucken, die Robert für ihn gemacht hatte. Er überflog die Seiten mit offenem Mund. Seine Zigarette hielt er unangezündet in der Hand. Das waren Informationen, mit denen er nie und nimmer gerechnet hatte. Victor Rubens. Vor sieben Jahren hatte es auf einer Premierenparty in seiner Privatvilla einen Unfall gegeben. Einen tödlichen Unfall. Es war sogar von Mordverdacht die Rede.

*

Ben konnte es gar nicht erwarten, dass sie endlich aus dieser Dunkelkammer herauskamen. Er brauchte dringend frische Luft. Außerdem knurrte sein Magen schrecklich. Auf Ibiza würde er jetzt irgendwo was essen gehen. Vielleicht am Strand in Talamanca. Er würde auf das Meer sehen und sich zu seiner Lieblingspizza ein kühles San Miguel gönnen. Zum ersten Mal vermisste er seine neue Heimat in Spanien.

Sie verließen das Loft und fuhren mit dem Fahrstuhl nach unten. Ronja sprang begeistert herum. Ben spürte den warmen Wind im Gesicht und fragte sich, warum er in Hamburg war.

»Hast du auch Hunger?«, fragte Sophie.

»Kannst du Gedanken lesen?«

»Leider nicht, aber deinen Magen knurren hören.«

Ben musste lachen. Ja, er war in Hamburg, um Sophie ein ganz besonderes Geschenk zu machen.

»Ich lade dich ein. Chinesisch vom Feinsten! Das Hotel Atlantic ist gleich um die Ecke. Im Tsao Yang kann man super essen.«

»Warum nicht? Mittlerweile bin ich so hungrig, dass sie mir auch eine frittierte Ratte mit acht Köstlichkeiten servieren dürfen.«

»Das wird nicht auf der Karte stehen, aber man ist dort stets bemüht, dem Gast jeden Wunsch zu erfüllen.«

Das Hotel war nur einen Steinwurf entfernt. Das Restaurant war wirklich schön. Für seinen Geschmack allerdings etwas zu edel. Er fühlte sich in einer solchen Umgebung immer ein bisschen unwohl. Sie bekamen einen Tisch mit Alsterblick. Nachdem sie bestellt hatten, sah Sophie ihn mit großen Augen an.

»Jetzt sag schon. Was hältst du von den Aufnahmen?«

»Ich halte von deiner verdammten Schnüffelei gar nichts.«

»Das hast du bereits ein Dutzend Mal erwähnt und ich habe es auch zur Kenntnis genommen. Aber du musst doch zugeben, dass Richter und Mari sich unglaublich verhalten haben. Die beiden hassen sich.«

»Sie leben aber noch«, erinnerte Ben.

Sophie ging nicht darauf ein. »Und dieser plötzliche Wandel von Laura …«

»Spricht für die Theorie, dass sie irgendwelche Drogen genommen hat. Hör mal, ich habe Hunger wie ein Wolf und ich neige dazu, dann aggressiv zu werden, wenn mich jemand nervt. Und im Moment nervst du. Und zwar gewaltig.«

Sophie schien ein bisschen beleidigt zu sein, doch sie schnitt das Thema nicht mehr an. Fast schweigend genossen sie das hervorragende Essen.

»Danke für die Einladung«, meinte Ben versöhnlich, als sie zurück in die Lobby gingen. »Das war wirklich lecker. Ich habe jetzt sogar genug Kraft, um deine Mordtheorien zu ertragen. Aber bitte erst, wenn wir in deinem Garten sind und ich auf der Liege ein kaltes Bier trinken kann.«

Sophie nickte grinsend. Dann blieb sie abrupt stehen, stieß ihn mit dem Ellenbogen an und deutete auf einen Kerl, der gerade an ihnen vorbeigerauscht war. »Wir müssen noch kurz an die Bar.«

»Wir könnten aber doch …«

Sophie war bereits losmarschiert. Ben stöhnte und folgte ihr dann. Sie begrüßte den Mann bereits. Ben erkannte ihn sofort wieder, schließlich hatte er ihn gerade noch auf dem Video gesehen.

»Sophie, schön, Sie zu sehen.«

»Was für ein Zufall. Darf ich vorstellen? Marcello Mari, Ben Lorenz.«

Zufälle gab's! Ben beschloss, die Rolle zu spielen.

»Herr Lorenz.« Mari gab ihm seine Hand.

»Freut mich, Sie kennenzulernen!« Ben wischte sich unauffällig die Hand an seiner Jeans ab. Er hatte das Gefühl, Aalschleim an seinen Fingern zu haben.

»Wie geht es Ihnen?«, hörte er Sophie mitfühlend fragen.

»Sicher, keine schöne Sache.« Mari lächelte traurig. »Aber ›the show must go on‹, oder? Sie wissen doch, wie das ist.«

»Ich meine nur, weil Sie und Laura sich doch einmal sehr nahegestanden haben.«

»Ach, du meine Güte! Die Geschichte ist ungefähr ein Jahrzehnt her. Damals wurde von der Presse viel mehr drausgemacht, als eigentlich war. Verstehen Sie mich nicht falsch. Was passiert ist, ist natürlich schrecklich. Aber es ist einer Frau passiert, die ich gar nicht mehr kannte. Laura und ich hatten überhaupt keinen Kontakt mehr.«

*

Stefan Sperber fuhr über die Fehmarnsundbrücke. Er wollte nur noch nach Hause. Jetzt brauchte er Tina. Seine schöne, kluge Frau würde ihn aufheitern. Sie würde ihm sagen, dass er im Grunde genommen kein schlechter Kerl sei und dass sie ihn lieben würde. Stefan atmete tief durch, doch das beklemmende Gefühl wollte nicht von ihm abfallen. War er wirklich so ein unsensibler Klotz, wenn es um seinen Job ging? Behandelte er seine Kollegen ungerecht? Er parkte den Wagen und ging ums Haus. Tina wartete bereits auf der Terrasse.

»Schatz, da bist du ja endlich.« Sie schloss ihn in die Arme. Er hielt sie ganz fest. »Ist alles in Ordnung?«

Stefan schüttelte den Kopf. »Ich bin ein schlechter Chef.«

Tina starrte ihn verwundert an. »Ein schlechter Chef? Das ist doch Quatsch. Jetzt setz dich.«

Stefan nahm Platz. Auf dem liebevoll gedeckten Tisch stand eine Schale mit Nordseekrabben und ein Korb mit frischem Brot. Er hatte keinen Appetit.

»Greif zu. Du musst doch Hunger haben.«

»Ich hatte eine Pizza, heute Mittag.«

»Es ist gleich zehn. Da wird in deinem Magen ja wohl wieder Platz für ein paar Krabben sein.«

Er trank einen Schluck Wein und kramte die Zigarettenschachtel aus seiner Tasche.

Tina sah ihn besorgt an. »Was ist los?«

»Robert Feller ist mein bester Mann. Er ist ein hervorragender Kripobeamter. Sein einziges Manko ist, dass ihm bei Obduktionen schlecht wird.«

»Den meisten Menschen würde schlecht werden, vergiss das nicht.«

»Robert hat mir heute an den Kopf geworfen, dass ich ihn wie einen Praktikanten behandle. Das hat mich echt getroffen. Stell dir vor, dein Mann hat nachgedacht. Robert hat recht. Ich bin ständig aufbrausend und ich sollte die Arbeit der Kollegen mehr loben.«

»Gut.« Tina lächelte ihn zufrieden an. »Dann weißt du doch, was du tun musst. Entschuldige dich bei Robert und erkläre ihm, dass es nicht persönlich gemeint war. Können wir jetzt essen?«

»Sophie habe ich heute angedroht, sie wegen Behinderung der Ermittlungen ranzukriegen.«

»Sophie? Sie war es doch, die die Polizei gerufen hat.«

»Sie hat Beweismaterial zurückgehalten.« Stefan erzählte ihr die ganze Geschichte. »Ich bin ja froh, dass sie uns die Briefe gebracht hat. Vielleicht hätte ich ihr sogar danken müssen.«

»Du isst jetzt und ich rufe sie an. Ich werde ihr gegenüber andeuten, dass es dir leidtut.«

Er sah sie dankbar an.

»Ach, Stefan, du wirst nie ein Lämmchen werden. Und das will auch niemand.«

Tina ging ins Haus, um in Ruhe telefonieren zu können. Stefan schloss für einen Moment die Augen. Die Anspannung löste sich und plötzlich hatte er wieder Appetit. Seine Frau hatte recht. Ihm würde schon kein Zacken aus der Krone fallen, wenn er ab und zu mal Danke sagte. Am Ende des Tages saßen sie doch alle im selben Boot. Sie wollten Verbrechen aufklären und die wahren Täter finden.

*

Ben war froh, als er am Ende dieses langen Tages endlich mit einem Bier auf der Gartenliege saß. Ronja hatte sich am Fußende zusammengerollt und schlief. Sophie war noch im Haus. Das Telefon hatte geklingelt. Ben nahm an, dass sie das Gespräch angenommen und sich festgequatscht hatte. Ihm war es ganz recht, ein paar Minuten Ruhe zu haben. Er war schon halb eingenickt, als Sophie sich zu ihm gesellte. Sie hatte ein Glas Rotwein in der Hand.

»Was für ein Tag!«, stöhnte sie und ließ sich auf die zweite Liege plumpsen, ohne auch nur einen Schluck Wein zu verschütten. »Das war Tina am Telefon. Ich soll dich schön grüßen.«

»Danke. Und? Hat Stefan sich bei ihr beklagt, dass du die Briefe zurückgehalten hast?«

»Nein. Tina hat eher durchscheinen lassen, dass

Stefan selbst der Meinung war, er sei etwas zu ruppig gewesen. Damit habe ich wirklich nicht gerechnet. Er war doch so wütend.«

»Das kannst du wohl sagen! Du solltest seine Nerven nicht überstrapazieren. Allein wegen Tina. Sie sitzt doch wieder zwischen den Stühlen. Ich finde, wir sollten das Abenteuer jetzt hier beenden.«

»Ich habe nachgedacht.«

»Ach ja?« Ben machte sich auf das Schlimmste gefasst.

»Ich finde, wir haben heute allerhand erreicht. Wir haben gesehen, dass sich die Dinnerrunde nicht abkann.«

»Die Herren konnten sich gegenseitig nicht leiden«, erinnerte er.

»Richter hat Mari provoziert, indem er ihm vorhielt, dass er damals aus Lauras Bett geflogen sei. Also hat sie vermutlich Schluss gemacht.«

Ben sah sie skeptisch an. »Und darum vergiftet er sieben Jahre später ihr Essen? Wirklich, Sophie, das ist ganz schön weit hergeholt und es gibt nicht den geringsten Beweis.«

»Immerhin hatte er einen Grund, ihr in Deutschland kein Comeback zu wünschen. Und Sascha Richter hat nach seiner schwachen Vorstellung in ›Die mexikanische Nanny‹ kaum noch Angebote bekommen.«

»Schlecht gespielt hat er ja wohl selbst. Das kann er Laura doch nicht in die Schuhe schieben.«

»Du hast ihn auf dem Video gesehen. Der Typ

175

ist kaputt. Ich glaube nicht, dass der noch wirklich rational denkt.«

»Sophie! Jetzt mach aber mal einen Punkt! Was ist mit Victor Rubens? Auch verdächtig? Willst du jetzt vielleicht behaupten, er habe Laura aus Amerika zurückkommen lassen, um sie umzulegen, weil er dann Presserummel hat? Du hast keine Spur und keine Ahnung. Lass es gut sein.«

Sophie sah ihn beleidigt an. »Wir sind doch noch ganz am Anfang.«

»Ich für meinen Teil bin bereits am Ende der Geschichte. Wir wissen lediglich, dass zwei Teilnehmer der Dinnerrunde sich nicht leiden konnten. Okay. Laura ist tot. Fakt! Aber nichts weist darauf hin, dass einer der Herren schuldig ist. Wahrscheinlich ist Laura selbst ihr schlimmster Feind gewesen. Und sie hat sich selbst auf dem Gewissen, weil sie einfach übertrieben hat.«

»Und was ist mit den Briefen?«

Ja, was war mit den Briefen? Darauf wusste Ben auch keine Antwort.

Samstag

Sophie war früh wach. Sie hatte schlecht geschlafen. Laura war durch ihre Träume gegeistert. Ihr Tod ließ sie nicht zur Ruhe kommen. Außerdem hatte sie sich in der gestrigen Nacht noch furchtbar mit Ben gestritten. Er wollte einfach nicht verstehen, warum sie die ganze Sache so beschäftigte. Ben hatte sogar angekündigt, ihr nicht weiter helfen zu wollen. Sophie setzte sich auf und massierte sich den steifen Nacken. Ronja begann sofort, mit dem Schwanz zu wedeln und zu fiepen. Die kleine Hundedame hatte sich wieder in ihr Schlafzimmer geschlichen.

»Wollen wir raus?«, flüsterte Sophie.

Ronja sprang auf und bellte.

»Pst. Ben schläft sicher noch.«

Sophie schlüpfte in eine Jogginghose und ein T-Shirt und schnappte sich ein Paar Sneakers. Leise verließ sie mit Ronja das Haus. Es war ein herrlicher Morgen. Die Sonne schien und ein frischer Wind jagte die wenigen Wolken über den blauen Himmel. Sie liefen am Elbstrand entlang. So früh waren noch nicht viele Menschen unterwegs. Es war wundervoll, wieder mit einem Hund zusammen zu sein. Fast wie früher, als Pelle bei mir war, dachte Sophie wehmütig. Vielleicht sollte sie doch darüber nachdenken, sich wieder einen Hund anzuschaffen. Obwohl sie sich selten einsam fühlte, wäre es wunderbar, wieder einen Gefährten auf vier Pfoten zu haben. Nur einen braunen Labrador würde sie nicht mehr haben wollen. Es gab nur einen Pelle. Vielleicht sollte sie einfach mal ins Tierheim fahren, dachte Sophie gerade, als Ronja plötzlich losschoss wie ein Jagdhund nach einem Kaninchen.

»Ronja!«, brüllte Sophie so laut sie konnte.

Ronja dachte nicht daran, stehen zu bleiben. Ein gutes Stück entfernt ging ein Mann mit einem weißen Königspudel spazieren. Wer hatte heute noch so einen

177

Hund?, fragte sich Sophie. Königspudel waren in den 50er-Jahren en vogue.

»Die will nur spielen!«, rief sie und lief eilig weiter. Sie hatte Angst, dass Ronja in eine Beißerei geraten könnte. Ronja war außer Rand und Band. Freudig bellend sprang die junge Hündin den Pudel an wie ein Känguru. Das Tier fiel um wie ein Stein. »Sie meint das nicht böse«, keuchte Sophie außer Atem und lief schneller. Der Mann gab ihr ein Zeichen, dass alles in Ordnung sei. Plötzlich traute sie ihren Augen nicht. Robert Feller?

»Robert?«, fragte sie verdutzt, als sie angekommen war.

»Guten Morgen, Sophie.«

Robert trug eine verwaschene Jeans und ein ausgeleiertes Sweatshirt.

»Mein Gott, ich hätte dich in diesem Look fast nicht erkannt.«

»Normaler Freizeitlook. Jeans, Pulli …«

»Klar. Für mich gehörst du nur zu den Menschen, die sogar im Designerpyjama schlafen.«

»Da kann ich dich beruhigen. Ich schlafe nackt. Und die Jeans ist natürlich eine Edeljeans. Used Look. Mit Klamotten solltest du dich eigentlich auskennen.«

»Wie kann sich ein einfacher Kommissar nur so was leisten?«

»Ich esse nicht viel und lass mich sonst von reichen Frauen finanziell unterstützen.«

Sophie musste lachen. Ihr war nie aufgefallen, dass Robert Humor hatte.

»Neuer Hund?«, fragte Robert.

Sophie blickte zu Ronja, die bellend versuchte, den Pudel zum Toben anzuregen.

»Nein. Ich bin noch nicht so weit. Der Hund gehört Ben.«

Robert nickte. »Was ist da denn alles drin?«

Sophie sah ihn empört an. »Alles drin? Ronja ist keine Promenadenmischung. Sie ist ein Podenco Ibicenco und damit direkter Nachfahre der ägyptischen Pharaonenhunde.«

»Soso. Pharaonenhund.« Robert schien ihr nicht so recht zu glauben. »Sie ist ganz schön lebhaft. Wie alt ist sie denn?«

»Erst ein paar Monate.«

»Du solltest dir auch wieder einen Hund zulegen.«

Sophie nickte. »Ich fange an, darüber nachzudenken.«

»Ich finde ja, dass ein Golden Retriever zu dir passen würde.«

»Ach, diese Moderasse? Hältst du mich für eine Tussi?«

»Nein, ich meinte nur …«

»Königspudel, schneeweiß. Alle Achtung. So einen Hund hätte ich dir allerdings auch nicht zugetraut. Oh! Sind das Swarovskikristalle am Halsband? Nicht, dass wir uns missverstehen. Ich mag Schwule! Ein paar meiner besten Freunde sind schwul. Aber du? Polizist, schwul und ein George-Michael-Lookalike? Bisschen viel!«

Robert stöhnte. »Ich hasse diesen Hund. Er gehört meiner Mutter. Mum hat gerade ein neues Hüftgelenk bekommen. Was soll ich denn machen? Mutter liebt das Vieh definitiv mehr als mich. Wenn ich mich nicht angemessen um den Köter kümmere, enterbt sie mich. Der Hund ist auch noch dumm und kein bisschen erzogen. Manchmal möchte ich ihn wirklich an den nächsten Baum binden und schnell wegrennen.«

Sophie musste schmunzeln. Sie hätte nie vermutet, dass Robert so unter der Fuchtel seiner Mutter stand.

»Und? Wie kommt ihr in Lauras Sache weiter?«

Jetzt grinste Robert und schüttelte langsam den Kopf. »Netter Versuch. Auch wenn du mir lange nicht so unsympathisch bist wie meinem Chef, ich werde dir nichts sagen.«

Sophie hatte das auch nicht erwartet, trotzdem startete sie noch einen Versuch. »Du könntest mir zumindest verraten, ob ihr diese Morddrohungen ernst nehmt.«

»Ja, das tun wir schon. Wir haben ihre Telefonlisten überprüft und all das Zeug.«

»Ich gebe freiwillig zu, mit ihr telefoniert zu haben.«

»Sie hat anscheinend gerne telefoniert. Ihre Liste war verdammt lang. Allein mit diesem Marcello Mari hat sie mindestens einmal am Tag telefoniert.«

Sophie riss die Augen auf. »Was?«

Robert biss sich auf die Lippe. »Vergiss es!«

»Robert, ich habe Mari gestern rein zufällig an der Bar des Hotel Atlantic getroffen. Ich war mit Ben im ›Tsao Yang‹ essen.«

»Zufällig? Na klar! Hör zu …«

»Nein, hör du zu. Mari sagte mir, er habe seit Jahren keinen Kontakt mehr zu Laura!«

*

Robert Feller starrte Sophie an. Hatte er das gerade richtig verstanden? In Sophies Gegenwart war er immer ein bisschen nervös. Sie war genau sein Typ, zumindest optisch. Er bewunderte zwar ihre Art, Dinge anzupacken, aber für seinen Geschmack war sie ein bisschen zu tough.

»Das hat er gesagt?«, fragte Robert noch mal nach. »Er hätte seit Jahren keinen Kontakt mehr zu Laura?«

Sophie nickte.

»Dann hat er dich wohl angelogen. Interessant.«

»Aber warum?«

Robert versuchte, sich zu konzentrieren. Sophie war noch attraktiver, als er sie in Erinnerung gehabt hatte.

»Du schnüffelst also wieder herum?«

»Ja, wundert dich das?« Sophie sah ihn ungeduldig an. »Sie hat mir diese Briefe zukommen lassen!«

»Ich wünschte mir wirklich, du würdest dich raushalten. Stefan wird ausflippen.«

»Er muss es doch gar nicht erfahren. Wenn mir was auffällt, könnte ich dich …«

»Sophie, bitte halte mich nicht für einen Idioten.« Robert überlegte kurz. Umstimmen konnte er Sophie sowieso nicht. Und wenn sie ihre Informationen zuerst ihm mitteilte, könnte er vielleicht wirklich mal glänzen. Was hatte er schon zu verlieren? »Wir haben, wie gesagt, ihre Telefonrechnung überprüft. Sie hat mit Marcello Mari telefoniert und mit Victor Rubens, aber das kann man wohl außen vor lassen, weil die beiden ja berufliche Pläne hatten. Da sind noch etliche Nummern, die wir erst zuordnen müssen.«

»Ich kann das nicht nachvollziehen.«

»Was?«

»Sie haben mehrmals telefoniert. Vielleicht haben sie sich sogar getroffen! Glaubst du wirklich, dass weder Mari noch Rubens ihr verraten haben, dass sie die geheimen Dinnergäste sind?«

Robert überlegte kurz. »Ich hätte es an ihrer Stelle wahrscheinlich nicht verheimlichen können. Aber ich bin nicht im Filmbusiness und habe keine Ahnung, wie die da so ticken. Ist das so wichtig?«

»Laura wirkte wirklich überrascht, als sie die Tür geöffnet hatte!«

»Sie ist oder war immerhin Schauspielerin.«

Sophie nickte, doch Robert konnte ihr ansehen, dass sie skeptisch war.

»Ich muss zurück. Ich ruf dich an, wenn mir noch was auffällt.«

»Hier ist meine Karte. Da ist meine Handynummer drauf. Ich denke, es ist besser, wenn Stefan nicht erfährt, dass wir uns über den Fall unterhalten haben.«

Sophie lächelte ihn an. »Ich sage es ihm bestimmt nicht.«

Dann trabte sie mit der hübschen Hündin im Schlepptau zurück. Robert sah ihr nachdenklich hinterher. Es wäre in der Tat merkwürdig, wenn Mari und Rubens die ›Dinnerparty‹-Geschichte geheim gehalten hätten. Sophie glaubte nicht, dass es nur darum gegangen war, Laura den Spaß nicht zu verderben. Laura war anscheinend wirklich überrascht gewesen. Das hatten mehrere Zeugen ausgesagt. Schauspielerin hin oder her. Sie hatte wohl tatsächlich im Vorfeld nichts gewusst. Falls die Herren ihr nichts gesagt hatten, dann mussten sie dafür ihre Gründe gehabt haben. Robert rief nach dem Hund. Es war ihm immer peinlich, diesen beknackten Namen zu brüllen. »Alexander!« Wer nannte seinen Hund schon Alexander? Nur seine Mutter. Sie war ja auch nicht davor zurückgeschreckt, ihn auf Robert Traugott Gabriel taufen zu lassen. Er brauchte jetzt dringend eine kalte Dusche, bevor er sich wieder nach Lübeck aufmachte und Stefan unter die Augen trat. Plötzlich blieb er ruckartig stehen. Alexander keuchte beleidigt, als das Swarovskihalsband ihn bremste. Sophie war doch erst zum Hauptgang am Drehort erschienen. Wie konnte sie da wissen, dass Laura beim Eintreffen der Gäste ernsthaft überrascht gewirkt hatte?

19

Sascha Richter schlug verschwitzt die Decke zurück. Er trug noch immer die Klamotten vom Vortag. Sein Mund war trocken und sein Herz klopfte ihm bis zum Hals. Er hatte schlecht geträumt. Er hatte auf einer Müllkippe in Manila auf alten Plastiktüten rumgekaut. Widerlich. Er kroch aus dem Bett und erinnerte sich dunkel, in der Nacht stark betrunken noch eine Reportage über Straßenkinder in der philippinischen Hauptstadt gesehen zu haben. Ja, in seinem Suff hatte er sogar geweint und plötzlich seine Kinder ganz schrecklich vermisst. Sascha brauchte ein paar Minuten, um sich zu sammeln. Dann schlich er in die Küche. Er musste unbedingt einen sehr starken Kaffee haben. Die Verlockung, sich einen klitzekleinen Wodka zu genehmigen, war groß. Es kostete ihn viel Kraft, sich dagegen zu entscheiden. Zitternd wartete er, bis die erste Tasse durchgelaufen war. Nach der dritten fühlte er sich imstande, geradeaus zu gucken. Müll, Müll, wohin er sah. Er musste sich gar nicht nach Manila träumen, er hatte seine eigene Müllkippe direkt in seiner Küche. Auf der Arbeitsfläche lagen die Pizzakartons und die Styroporverpackungen der letzten Tage. Fliegen kümmerten sich bereits um die vergammelten Essensreste. Angewidert warf Sascha alles in einen Müllbeutel und blickte sich um. Die Arbeitsplatte klebte und auf der Spüle türmte sich dreckiges Geschirr. Die Früchte im Obstkorb hatte er vor Wochen gekauft. Fruchtfliegen steuerten die schimmelnden Äpfel und Birnen an. Sascha schluckte. Er lebte wie ein Asozialer. Wann hatte er sein Bett zuletzt frisch bezogen? Wann hatte er Wäsche gewaschen? Er hatte sich immer Mühe gegeben, die alltäglichen Dinge so gut wie möglich zu erledigen, aber seit ein paar Tagen bekam er nichts mehr mit. Er war wieder voll drauf. Ein Alkoholiker, der nur an den nächsten Drink dachte. Der Kaffee hatte ihn einigermaßen wach gemacht, aber auch starke Kopfschmerzen hervorgerufen. Er nahm die letzten Aspirin, die er finden konnte. Allmählich wirkten die Tabletten und er konnte nachdenken. Er war am Arsch. Das stand zweifelsohne fest. Er stand mit dem Rücken zur Wand. Zu verlieren hatte er schon lange nichts mehr. Er musste weg von der Wand. Er musste die Chance nutzen. Laura war tot. Diese wunderbare Tatsache musste er für sich ausschlachten. Wo bliebe sonst der Sinn? Er musste sich jetzt an die Presse wenden. Schließlich hatte er mit der Crown gearbeitet. Und er konnte nicht nur zu den Dreharbeiten von damals etwas erzählen. Er wusste viel pikantere Details. Ja, er würde die Bombe platzen lassen. Jetzt oder nie. Mit Sicherheit würde man ihn in eine Talkshow einladen. Und dann würde es vielleicht wieder aufwärtsgehen. Sascha suchte bereits nach der Telefonnummer einer großen Tageszeitung, als ihm plötzlich etwas Besseres einfiel. Warum sollte er sich nur mit der Tagespresse zufriedengeben? Warum nicht was Größeres? Ein Porträt in der ›Stars & Style‹ wäre doch was! Mithilfe eines guten Visagisten und mit dem richtigen Styling konnte er noch immer sehr gut aussehen. Man würde sich wieder an ihn erinnern. An den Herzensbrecher, den er immer so erfolgreich dargestellt hatte. Ja, er würde Sophie Sturm anrufen und hoffen, dass Marcello Mari ihm nicht zuvorgekommen war.

*

Ben fühlte sich wie gerädert. Die Nacht war zu kurz gewesen und er hatte vor lauter Ärger auch zwei Bier zu viel getrunken. Müde schlich er in die Küche, um ein großes Glas Mineralwasser zu trinken. Weder Sophie noch Ronja waren zu entdecken. Wahrscheinlich hatte Sophie den Hund zu einem Morgenspaziergang mitgenommen. Gut so. Dann hatte er ein bisschen Zeit, in Ruhe zu duschen und dabei zu überlegen, wie er sich am besten entschuldigen könnte. Er war gestern wirklich schroff gewesen, aber er hatte Sophie nur klarmachen wollen, dass sie die Finger von der ganzen Sache lassen sollte. Leider waren sie in einen Streit geraten. Sophie war sauer und enttäuscht gewesen, dass er, ihr Verbündeter, sie hängen lassen wollte. Er war ärgerlich geworden, dass sie ihre Freundschaft infrage stellte. Sophie war irgendwann aufgestanden und zu Bett gegangen. Ronja war ihr gefolgt. Er hatte noch ein oder zwei Stunden im nächtlichen Garten verbracht und sich gefragt, was eigentlich los war. Warum ärgerte es ihn so, dass sie den Tod an ihrer Bekannten aufklären wollte? An ihrer Stelle würde er genauso handeln. Im Grunde machte er sich einfach nur Sorgen, dass sie sich in Gefahr bringen könnte. Sophie war immer so intensiv in ihrem Handeln, dass es ihm Angst machte. Ihr durfte einfach nichts passieren. Nicht, dass er noch verliebt in sie war, dafür waren ihre Lebensmodelle einfach zu verschieden, doch er liebte sie auf eine ganz besondere Art. Sie war seine Schwester im Geiste. Seine eigene Zwillingsschwester war als Kleinkind gestorben. Vielleicht sah er in Sophie die erwachsene Schwester, die er nie haben würde. Aber das rechtfertigte nicht, dass er sich über ihre Gefühle hinwegsetzte. Er hätte es nicht so weit kommen lassen dürfen. Schuldbewusst deckte er den Tisch im Wintergarten. Er musste nicht lange warten, bis er Sophie und Ronja ins Haus stürmen hörte. Wortlos reichte er ihr einen Becher Milchkaffee.

»Nett von dir.«

Sophie klang ironisch. Sie war noch immer sauer.

»Hör mal, ich wollte keinen Streit! Ich bin nur der Ansicht, dass …«

»Ich habe Croissants geholt. Und über die neuesten Entwicklungen unterrichte ich dich gleich beim Frühstück.«

Ben starrte sie ungläubig an.

»Ja, du hast richtig gehört. Ich habe mal wieder etwas herausgefunden, obwohl ich gar nicht auf der Suche war.«

»Schlimm, dass ich das zugeben muss, aber wie du beim Brötchenholen auf neue Hinweise stößt, das verstehe ich wirklich nicht.«

Sophie lächelte geheimnisvoll. Obwohl sie ein paar Zentimeter kleiner war als er selbst, hatte er das Gefühl, dass sie auf ihn herabsah.

*

Sophie legte die Tüte mit den Croissants auf den gedeckten Tisch. Ben hatte sich alle Mühe gegeben, stellte sie erstaunt fest. Sogar Orangensaft mit Eiswürfeln gab es. Er schien ihre Auseinandersetzung ebenfalls zu bedauern. Also gut. Schwamm drüber. Sie würde nicht darauf herumreiten. Sie war auch zu aufgewühlt.

»Erzähl schon«, bohrte Ben.

Sophie nippte an ihrem Milchkaffee. »Rate mal, wen ich beim Gassigehen an der Elbe getroffen habe?«

Ben sah sie mit gespielter Neugier an. »Den Osterhasen?«

»Ne, Robert Feller. Du erinnerst dich?«

Ben riss die Augen auf. »Du fragst mich allen Ernstes, ob ich mich an diesen aalglatten Designerbullen erinnere? Der Typ wollte mich verhaften. Feller hat immer auf ›guter Cop‹ gemacht. Kommissar Sperber spielt einem zumindest kein Theater vor. Er ist tatsächlich genau so, wie man sich den bösen Part eines Ermittlerduos in einem amerikanischen Thriller vorstellt: cholerisch und übellaunig, aber zumindest berechenbar. Dieser Feller macht gern auf gut Freund. Er war und ist einfach ein verlogener und versnobter Pinsel.«

»Bist du fertig?«, fragte Sophie beleidigt.

Ben nickte und atmete tief durch.

»Ja. Also gut, du hast Kommissar Feller getroffen.«

»Genau.«

»Was macht der denn morgens an der Elbe?«

Sophie lachte. »Er führt den schneeweißen und unglaublich dümmlich getrimmten Königspudel seiner frisch operierten Mutter aus, um nicht enterbt zu werden.«

Ben grinste. »Was du nicht sagst. Ich finde, das passt zu ihm.«

Sophie ignorierte den Kommentar. »Erinnerst du dich, was Marcello Mari uns in der Bar über sein Verhältnis zu Laura erzählt hat?«

»Sie hatten keinen Kontakt mehr oder so ähnlich.«

Sophie nickte. »Stimmt genau, das hat er gesagt!«

»Aber?«, fragte Ben müde.

»Die Polizei hat die Telefonlisten überprüft. Er hat mindestens einmal täglich mit ihr gesprochen!«

Jetzt hatte sie Bens volle Aufmerksamkeit.

»Wow! Marcello Mari hat also gelogen!«

Sophie nickte nachdenklich. »Das steht fest. Die entscheidende Frage ist, warum?«

20

Ricky rauchte seine dritte Zigarette an diesem Morgen und trank den zweiten Espresso dazu. Er fühlte sich noch immer schlapp und übermüdet. Seit dieser Sache mit der Crown ging es ihm nicht besonders gut. Er bekam die Bilder nicht aus dem Kopf. Diese schöne Frau, sein perfektes Make-up und dann der Notarzt und das Ende. Zum Glück hatte er seinen nächsten Job erst am Abend. Er würde die Gäste einer Talkshow schminken. Bis er in der Maske des

Senders sein musste, hatte er genug Zeit, sich ein bisschen zu erholen. Ricky beschloss, sich ein langes Bad zu gönnen und anschließend im Café Gnosa in der Langen Reihe ein nettes Frühstück zu sich zu nehmen. Er musste etwas essen, sonst würde er bald zusammenklappen. Er war bereits dabei, das Wasser einzulassen und ein edles Badesalz zuzufügen, als das Telefon klingelte. Leise fluchend drehte er den Hahn zu und ging zurück ins Wohnzimmer, um das Gespräch anzunehmen.

»Ricky hier«, meldete er sich bemüht fröhlich.

»Kriminalpolizei hier«, antwortete ein Mann sachlich.

Die Polizei? Ricky ließ sich erschrocken auf sein Sofa sinken.

»Was kann ich für Sie tun?«

»Kommissar Sperber. Ich spreche doch mit Richard Kramer?«

»Ja.«

»Wir müssten Sie noch mal befragen. Es tut uns leid, wenn das unpassend kommt, aber wie sich herausgestellt hat, waren Sie am besagten Abend immer wieder für längere Zeit mit Laura Krone oder Crown in der Maske.«

Ricky nickte und bemerkte, wie lächerlich das eigentlich war. Der Kommissar konnte ihn schließlich nicht sehen.

»Sind Sie noch dran?«

»Ja, natürlich. Ich bin nur etwas überrascht. Wie kann ich Ihnen helfen?«

»Zeugen sind äußerst wichtig für uns. Vielleicht erinnern Sie sich noch an ein paar Kleinigkeiten, die für die Aufklärung der Todesumstände entscheidend sein könnten. Mein Kollege Kommissar Schölzel wird Sie aufsuchen. Wann passt es Ihnen?«

Ricky versuchte, sich zu konzentrieren. »Ich bin erst wieder für heute Abend gebucht. Mir wäre es am frühen Nachmittag am liebsten.«

»Das lässt sich einrichten. Vielen Dank.«

»Bis dann«, antwortete Ricky, aber dieser Sperber hatte bereits aufgelegt. Ricky fröstelte und freute sich noch mehr auf eine heiße Wanne. Was sollte er sagen? Er musste ehrlich sein. Er musste der Polizei von ihrem Drogenkonsum erzählen. Gut, er hatte sich eine Nase ausgeben lassen, aber vielleicht kam er gar nicht in die Verlegenheit, das erzählen zu müssen.

*

Sophie saß allein im Garten. Sie hatte ihr Notebook auf dem Schoß und versuchte, sich auf ihren Job zu konzentrieren. Ihr war klar, dass sie ihren Chefredakteur nicht länger hinhalten konnte. Sie musste möglichst schnell eine Story parat haben. Leider wollte ihr nichts und niemand einfallen. Ihre Gedanken schweiften immer wieder ab. Ben hatte sich nach dem Frühstück zu einem Trip an die Küste aufgemacht und Ronja mitgenommen. Sophie war erleichtert, dass der Streit beigelegt war. Noch mehr freute sie, dass Ben wieder an ihrer Seite war. Er hatte Verständnis gezeigt und zugegeben, dass er sich wahrscheinlich genauso verhalten würde wie sie, wenn es einen seiner Bekannten getroffen hätte. Ben war und blieb ihr engster Freund, auch wenn sie nur so wenig Zeit miteinander teilen konnten. Es war wirklich schön, dass er nun endlich bei ihr in Hamburg war. Sophie klappte seufzend das Notebook zu. Sie konnte noch stundenlang dasitzen, einfallen würde ihr nichts. Sie war viel zu sehr mit Laura und sich selbst beschäftigt. Seit sie Besuch hatte, merkte sie, dass sie wohl doch einsamer war, als sie es sich zugestanden hatte. Sie hatte auch immer zu viel um die Ohren. Wann kam sie denn mal dazu, über sich selbst nachzudenken? Da waren der Job und dann die neue Wohnung. Obwohl sie schon einige Wochen in der alten Villa wohnte, war ihre Küchenwand noch immer nicht gestrichen. Es gab unzählige kleine Baustellen in ihrem neuen Heim. Die Frage war, was sie zuerst machen sollte. Das Klingeln des Telefons riss sie aus ihren Gedanken. Sie rechnete mit einem Anruf ihres Chefredakteurs.

»Scheiße!«, rief sie in den Garten. Dann nahm sie das Gespräch an.

»Sophie Sturm.«

»Sophie? Sascha Richter hier.«

Sophie schloss die Augen, um sich besser konzentrieren zu können. Was zum Teufel wollte Sascha Richter von ihr?

»Sascha, was kann ich für Sie tun?«, grüßte sie mit gespielter Begeisterung.

»Wir könnten ein Interview machen. Ich könnte vielleicht einiges zu erzählen haben, was Ihre Zeitschrift exklusiv drucken dürfte.«

Sophie war ganz Ohr. »Was könnte das denn sein?«

»Mal schauen. Ich erzähle gerne alles über Laura. Sie war ein Miststück. Dafür will ich aber schöne Bilder und Starbehandlung.«

Sophie spürte, dass ihr Hals trocken wurde. Richter schlug ihr einen Deal vor. Warum nicht? Sie räusperte sich. »Wie wäre es heute Nachmittag um 15 Uhr? Ich bin allerdings gerade ziemlich beschäftigt. Könnten Sie zu mir an die Elbe kommen?«

»Kein Problem«, antwortete Richter sofort. Ihm schien die Sache verdammt wichtig zu sein.

Sophie überlegte kurz. »Kennen Sie die Elbkate? Das ist ein kleines Lokal mit Biergarten direkt am Elbwanderweg.«

»Ich kenne den Laden und ich werde pünktlich dort sein«, versicherte Richter. Er beteuerte noch einmal, wie sehr er sich auf das Interview freue, bevor er das Gespräch beendete.

Sophie schlug die Arme um ihren schlanken Körper. Richter wollte in die Medien. Seine Karriere war am Ende. Für ihn bedeutete Lauras Tod eine echte Chance, sich wichtigzumachen und aus der Versenkung aufzutauchen. Er würde versuchen, auf Lauras Kosten wieder auf die Beine zu kommen. Sophie war klar, dass die ›Stars & Style‹ nie einen Artikel über Sascha Richter drucken würde, aber das musste sie ihm ja

193

nicht erzählen. Eine Story hatte sie also noch immer nicht, dafür aber die perfekte Tarnung, etwas über Sascha Richter und seinen Hass auf Laura Crown zu erfahren.

21

Stefan Sperber saß mit Robert Feller und Ingo Schölzel im Konferenzraum des Polizeipräsidiums in Lübeck. Sie tranken schweigend ihren Kaffee und warteten auf Enno Gerken von der Spurensicherung. Stefan kochte bereits. Enno kam immer zu spät. Jedes Mal ließ er sie kostbare Minuten warten. Als die Tür endlich aufflog und Enno sie breit lächelnd mit einem fröhlichen ›Moin!‹ begrüßte, beschloss Stefan, dem Kollegen nach dem Meeting mal gehörig den Marsch zu blasen.

»Ist noch Kaffee da?«

Stefan ignorierte die Frage. »Wir haben mal wieder lange genug gewartet. Also, bitte, Enno. Wir sind ganz Ohr. Was habt ihr?«

Enno verzog die Mundwinkel und öffnete seine Aktentasche, um die Unterlagen hervorzuholen. »Na gut. Ich fange bei Laura Krone an. Die toxikologische Analyse der Proben, die wir von der Rechtsmedizin erhalten haben, ist wie folgt: Laura Krone hat seit Jahren Drogen genommen. Das hat die Haarprobe zweifelsfrei ergeben. Sie hat regelmäßig größere Mengen Alkohol konsumiert. Auch an besagtem Abend. Wir haben die Gewebeprobe ihrer Galle untersucht. Laura Krone hat regelmäßig Antidepressiva und Morphine zu sich genommen. Sie …«

»Sie hat also ständig was geschluckt«, unterbrach Stefan, um es auf den Punkt zu bringen.

Enno nickte. »Die Blutuntersuchung hat ergeben, dass sie an dem besagten Abend jede Menge konsumiert hat. Sie hat auch Kokain geschnupft.«

»Das wissen wir bereits. Konnte irgendein Gift nachgewiesen werden?«

Enno sah ihn erstaunt an. »Das ist alles Gift! Ich nehme an, du meinst so was wie Blausäure, Arsen oder Strychnin?«

»Bingo!«

»Nein. Sie hat kein Gift in diesem Sinne zu sich genommen oder verabreicht bekommen.«

»Was ist mit den Spuren vom Tatort?«

Enno seufzte. »Kann ich nicht doch erst mal einen Kaffee bekommen?«

Stefan nickte Ingo Schölzel zu. Der Beamte stand widerstrebend auf und holte eine saubere Tasse.

»Also gut«, fuhr Enno Gerken fort, nachdem er gierig ein paar Schlucke getrunken hatte. »Es gibt unendlich viele Fingerabdrücke. Natürlich die aller Anwesenden, aber leider auch die unzähliger Feriengäste, an die das Haus vermietet wurde. Die Suite im Hotel Atlantic wurde am Morgen des Todestages natürlich gesäubert. Wir haben keine verwertbaren

Abdrücke gefunden. Das Personal ist da anscheinend wirklich gründlich.«

»Verdammt!«

»Unter den persönlichen Sachen haben wir Medikamente gefunden. In der Nachtischschublade lag ein zusammengerollter Zehner, der eindeutig zum Koks schniefen verwendet wurde. Im Kleiderschrank hatte die Crown zwei Flaschen Wodka versteckt. Billiges Zeug aus einem Discounter.«

»Das sind alles Beweise für ihren ungesunden Lebenswandel, mehr aber auch nicht. Was ist mit den Briefen?«, hakte Stefan nach.

Enno blätterte in seinen Unterlagen. »Keine Fingerabdrücke, bis auf die von Laura Krone natürlich.«

Stefan war baff. Sophie war wirklich vorsichtig mit den Beweisstücken umgegangen.

»Die Buchstaben sind aus verschiedenen Zeitschriften ausgeschnitten. Alles Modemagazine. Vogue, Madame, Marie Claire … Beim Klebstoff handelt es sich um einen handelsüblichen Klebestift. Das Briefpapier ist in jedem Postshop zu erhalten.«

»Warum Postshop?«

Seine Kollegen sahen ihn verwirrt an.

»Es gibt doch auch in Schreibwarenläden und Supermärkten Umschläge. Vielleicht arbeitet der Drohbriefschreiber in einer Postfiliale. Oder er wohnt unmittelbar in der Nähe.« Bevor jemand seine Meinung dazu äußern konnte, klopfte es und Gerdt Hartwig trat ein.

»Chef? Ich habe da was Eigenartiges herausgefunden.«

Stefan zeigte auf einen freien Stuhl. Hartwig nahm umständlich Platz.

»Was?«

»Laura Crown ist bereits vor drei Wochen von Los Angeles nach Hamburg geflogen. Wir haben die Passagierlisten überprüft.«

»Ja, und?« Stefan verstand nur Bahnhof.

»Sie hat aber erst vor neun Tagen im Hotel Atlantic eingecheckt. Zwölf Tage nach ihrer Ankunft in Hamburg.«

Stefan nickte schweigend. In seinem Nacken begann es zu kribbeln. Interessant. »Also gut, irgendetwas stinkt hier gewaltig. An die Arbeit. Geht ihre persönlichen Sachen noch mal durch. Möglicherweise gibt es eine Quittung. Vielleicht hat sie mit einer Karte gezahlt. Und wenn da nichts ist, dann heißt es Klinken putzen. Irgendwo muss sie ja geschlafen haben.«

*

Sophie war bereits aus der Tür, als sie ihr Telefon im Flur klingeln hörte. Fluchend rannte sie zurück ins Haus. Auf dem Display las sie die bekannte Nummer. Ihr Chefredakteur hatte zwar auch ihre Handynummer, aber er versuchte es immer zuerst auf dem Festnetz. Sophie war sich sicher, dass es ihm nicht darum ging, Telefonkosten zu sparen. Er wollte gern kontrollieren. Also dann. Schnell nahm sie den Hörer ab.

»Sturm am Schreibtisch, selbstverständlich bei der Arbeit!«

»Sophie, warum meldest du dich denn nicht?«

Ja, warum wohl? »Ich hatte noch zu tun. Ich …«

»Was hast du?«, wurde sie schroff unterbrochen.

»Nichts«, gestand sie ehrlich. »So gut wie nichts jedenfalls. Sascha Richter möchte sich mit mir treffen. Aber ich glaube nicht …«

»Der Richter? Vergiss das. Ich wollte dich auch nur beruhigen. Wir haben endlich einen Promi für das Starporträt gefunden.«

Sophie fiel ein Stein vom Herzen. Für diese Ausgabe war sie raus und hatte Zeit. Zeit, sich um Lauras Geschichte zu kümmern und zu recherchieren.

»Ach, Sophie, eine Sache noch. Du warst doch für die Laura-Story bei der Aufzeichnung der ›Dinnerparty‹ und hast auch die anderen Gäste kennengelernt. Mir geht es um den Mari. Der wäre auch mal ein guter Kandidat für ein Starporträt. Nutz mal deine Connections und frag ihn persönlich. Dann können wir uns den Weg über das Management sparen.«

Sophie fragte sich, ob sie das richtig verstanden hatte. »Mari? Marcello Mari?«

»Ja. Ist ein guter Frauentyp. Da steht unsere Zielgruppe doch drauf. Irgendeinen Film wird der doch gerade machen. Wir bunkern den in zweiter Reihe.«

Sophie versprach, einen Termin mit Marcello Mari zu machen, und verabschiedete sich erleichtert. Das lief doch alles fantastisch. Sie musste nicht lügen und betrügen. Sie hatte mehr oder weniger den offiziellen Auftrag, Mari zu interviewen. Stefan würde an die

Decke gehen, wenn er davon erfahren sollte, aber er konnte ihr schließlich nicht verbieten, ihrer Arbeit nachzugehen. Sie würde Mari so schnell wie möglich anrufen! Und dann würde sie ein ganz besonderes Interview mit sehr speziellen Fragen vorbereiten. Fragen, mit denen Mari nie im Leben rechnen würde.

*

Endlich klingelte es an der Tür. Ricky wartete schon seit fast zwei Stunden. Früher Nachmittag war anscheinend ein sehr dehnbarer Begriff für die Polizei. Ricky drückte auf den Knopf, der die Haustür unten öffnete, und hoffte, dass er diese Sache schnell hinter sich bringen konnte. Mit schweren Schritten kam der Beamte die Treppen herauf. Ricky erkannte den Mann sofort wieder. Kommissar Schölzel war bei der Zeugenbefragung auf Fehmarn auch dabei gewesen. Zusammen mit diesem Sperber.

»Richard Kramer?«

Ricky nickte und streckte ihm die Hand entgegen.

»Kommissar Schölzel. Wir kennen uns bereits.«

»Ja, ich erinnere mich. Bitte treten Sie ein.«

Er führte den Beamten in sein Wohnzimmer. Schölzel setzte sich umständlich und fingerte ein fleckiges Notizbuch aus der Jackentasche.

»Herr Kramer. Ich muss Ihnen noch ein paar Fragen stellen. Jedes kleinste Detail könnte für uns wichtig sein.«

Ricky nickte. »Ich werde natürlich versuchen, Ihnen zu helfen. Was wollen Sie denn noch wissen?«

»War außer Ihnen und Frau Krone zu irgendeiner Zeit noch eine dritte Person in dem Raum, in dem Sie …«

»Sie meinen in der Maske. Den Raum, den wir zu Lauras persönlicher Maske umfunktioniert hatten.«

Schölzel nickte.

»Ja. Der Produzent, Lasse Anderson, war zwei- oder dreimal da, um mit Laura die nächsten Einstellungen zu besprechen.«

»Haben Sie den Raum, äh, die Maske auch mal verlassen?«

Ricky sah den Beamten verwirrt an. »Ja, natürlich! Ich musste mich auch um die drei anderen Gäste kümmern. Sie kamen zwar bereits fertig geschminkt ans Set, aber ich musste sie ständig nachpudern. Es war sehr warm und die Herren haben ganz gut gebechert. Zwischendurch haben die geglänzt wie lackiert.«

Schölzel schrieb sich Notizen in sein Büchlein.

»Es ist aber nie jemand allein in der Maske gewesen, außer Ihnen und Frau Krone natürlich?«

Ricky schüttelte nachdenklich den Kopf. »Das kann ich Ihnen nicht versprechen. Wissen Sie, an diesem Abend war jede Menge los. Das Haus war schön, aber klein. Da waren die Kameraleute, die Assistenten, Tonleute. Es herrschte ein ziemliches Durcheinander, wenn Sie verstehen, was ich meine. Ich habe auf nicht viel mehr geachtet, als dass alle Dinnergäste, und natürlich besonders Laura Crown, gut aussehen. Um ehrlich zu sein, hätte jeder der Anwesenden Laura in der Maske aufsuchen können, ohne dass ich davon etwas bemerkt hätte. Ich war beschäftigt. Es tut mir leid, aber es konnte doch niemand ahnen ...«

»Schon gut. Aber dass Laura gekokst hat, das haben Sie schon mitbekommen?«

Ricky schluckte. »Sie haben mich danach nicht direkt gefragt.«

»Das heißt also ja?«

Ricky nickte.

»Herr Kramer. Sie sind Zeuge. Sie müssten doch wissen, dass jedes noch so kleine Detail wichtig sein könnte. Wieso haben Sie das nicht gleich an dem Abend ausgesagt?«

Ricky zuckte mit den Schultern. »Vielleicht habe ich mich nicht getraut.«

»Weil Sie mitgekokst haben?« Schölzel sah ihn angewidert an.

»Was soll ich denn jetzt sagen?«

»Am besten gar nichts. Ich bin nicht hier, um Sie wegen illegalen Drogenkonsums dranzukriegen.« Schölzel atmete tief durch. »Ich kann also festhalten, dass Sie nicht ausschließen können, dass eine dritte Person allein oder auch mit Laura zusammen in der Maske war, als Sie diese verlassen mussten, um die anderen Dinnergäste nachzupudern?«

»Das ist richtig.«

»Und Frau Krone hat gekokst. Noch was?«

»Alles andere wissen Sie schon. Sie war von himmelhoch jauchzend bis zu Tode betrübt. Manisch. Zum Schluss war sie todmüde und sie fühlte sich krank. Sie war echt durch den Wind.«

Schölzel verabschiedete sich kurze Zeit später und nahm ihm das Versprechen ab, sich zu melden, wenn ihm noch etwas einfallen sollte. Ricky stand erschöpft, aber erleichtert an der verschlossenen Tür. Er hatte sich doch ganz geschickt angestellt. Und er war sehr höflich gewesen. Dass er gekokst hatte, schien die Polizei in diesem Fall nicht besonders zu interessieren. Darüber musste er sich zum Glück keine Sorgen mehr machen.

22

Sophie ging an die Elbe und lief am Strand entlang in Richtung Teufelsbrück. Sie wünschte sich, Ben hätte ihr Ronja dagelassen. Mit der lustigen Hündin wäre der schöne Spaziergang perfekt gewesen. Sie hatte es nicht weit zur Elbkate. Das kleine Restaurant mit dem Biergarten lag unterhalb Schröders Elbpark direkt am Wasser. Der Biergarten war voller Menschen, trotzdem erblickte sie Sascha Richter sofort. Er saß auf einer Bank und schaute unruhig umher. Er stand auf, als er sie erkannte, und machte ein paar Schritte auf sie zu.

»Sophie, schön, Sie zu sehen«, begrüßte er sie sichtlich nervös.

Sophie gab ihm die Hand. »Setzen wir uns doch. Ist das nicht eine herrliche Aussicht?« Sophie ließ den Blick über die Elbe schweifen. Auf der anderen Uferseite lag Finkenwerder und der Waltershofer Hafen.

Sascha nickte. Es war offensichtlich, dass es ihn nicht im Geringsten interessierte.

»Was möchten Sie trinken? Hier ist Selbstbedienung. Ich geh mal zur Ausgabe«, bot Sascha an. Sophie schielte auf den Tisch. Richter hatte sich offensichtlich bereits ein Bier gegönnt.

»Ich nehme einen Latte macchiato und …« Sie wusste, dass es verwerflich war, einen Alkoholiker auf einen Drink einzuladen, aber Richter hatte schon mindestens ein Bier intus und bei der ›Dinnerparty‹ hatte er auch ordentlich gebechert. »Und bei diesem spanischen Wetter einen kleinen spanischen Brandy, bitte.«

»Klingt gut. Ich lade Sie ein.«

Richter verschwand und Sophie versuchte, ihr schlechtes Gewissen zu beruhigen. Er war ein erwachsener Mann, und wenn der Schnaps seine Zunge lockern sollte, hätte sie nichts dagegen.

Richter kehrte nach zehn Minuten mit einem Tablett zurück.

»Wann kommt der Fotograf?«, fragte er, als er den Kaffee und zwei doppelte Brandys auf dem Tisch abstellte.

Sophie stutze. »Welcher Fotograf?«

»Na, ich bin davon ausgegangen, dass wir ein Bild

machen lassen. Für das Porträt. Sie kennen doch meine Bedingungen.«

Sophie lächelte reserviert. »Sascha, Sie sind doch Profi. Sie wissen ganz genau, wie es läuft. Ich mache jetzt ein erstes Interview. In einer Redaktionskonferenz wird dann besprochen, wann beziehungsweise ob wir eine Story daraus machen.«

»Ich hatte mich doch klar ausgedrückt«, zischte Richter wütend.

Sophie stand auf. »Dann tut es mir leid!«

Richter atmete tief durch. »Setzen Sie sich! Wir machen das Interview, und Sie werden alles tun, um diese Story durchzubringen. Haben Sie mich verstanden?«

Sophie dachte bei sich, womit er sie einschüchtern wollte. Sie hätte ihn gerne gefragt, was er sich eigentlich einbildete, aber sie schluckte ihre Wut herunter und kramte Block und Kugelschreiber aus der Tasche.

»Herr Richter, Sascha, Sie wollten mir etwas über Laura erzählen und über den Abend, an dem sie überraschend starb.«

»Tragisch. Diese wunderschöne Frau. Laura war sicher die schönste Schauspielerin, die wir in Deutschland hatten. Sie hätte es in Amerika schaffen können. Sie ähnelte der Zeta Jones, finden Sie nicht auch?«

Sophie nickte. Die Frauen hatten tatsächlich eine gewisse Ähnlichkeit, nur dass Lauras Augen eisblau waren. Sophie konzentrierte sich auf die nächste Frage.

»Sie haben damals ›Die mexikanische Nanny‹

mit ihr gedreht. Der Film war Lauras Durchbruch. Sie waren damals ein recht erfolgreicher deutscher Soapstar. Haben Sie den Film als Chance gesehen?«

Sophie hatte fast einen Krampf in der Zunge. Nie im Leben würde sie solche Fragen in einem echten Interview stellen. Richter sah sie gedankenverloren an. Dann trank er einen großen Schluck Brandy.

»Als Chance?«, nahm er den Faden wieder auf. »Ja, allerdings. Das Drehbuch war wundervoll. Ich, einsamer Witwer mit drei kleinen Kindern, suche eine Nanny. Die Nanny kommt aus Mexiko und wir verlieben uns. Ihr Freund, ein feuriger Kerl ...«

»Marcello Mari.«

»... will sie für sich zurückgewinnen und nach diversen Irrungen und Wirrungen wären die Nanny und der Witwer glücklich verheiratet und die Kinder hätten eine neue Mutter gehabt.«

»So endete der Film aber nicht.«

Richter kippte den Rest Brandy hinunter. »Nein, so war er nur geplant. Der Film war ganz anders. Und ich war am Ende der Idiot. Dabei sollte ich die Hauptrolle spielen. Es sollte um den Witwer gehen und wie er sein Leben meistert. Eine interessante Charakterrolle. Der Arbeitstitel war ›Papa und die Nanny‹. Laura und Mari waren im ursprünglichen Drehbuch nur Nebenfiguren!«

Sophie war ehrlich überrascht. Natürlich wurden Drehbücher umgeschrieben, aber dass man während der laufenden Dreharbeiten die gesamte Handlung änderte, das war mehr als ungewöhnlich.

»Der Film hat mich mein Leben gekostet«, jammerte Richter weiter. »Die Kritiker haben mich in der Luft zerrissen. Mit Recht. Als ich den Film auf der Premierenparty bei Rubens zum ersten Mal in voller Länge gesehen habe, hätte ich mir eine Kugel in den Kopf jagen können. Ich bekam nach der Ausstrahlung kaum noch Angebote. Meine Frau zog mich gerne damit auf. Sie ist ja selbst Schauspielerin und hat auch immer einen Job – auch heute noch. Ich fing an zu saufen. Am Ende hat sie mich sitzen lassen und die Kinder mitgenommen. Ich war schlimmer dran als die arme Sau in dem blöden Film. Der hatte ja zumindest noch seine Kinder.«

Sophie schluckte. Irgendwie tat Sascha Richter ihr plötzlich leid. »Ich verstehe nicht, warum ein Drehbuch derart umgeschrieben werden kann, wenn die Dreharbeiten bereits begonnen haben?«

Sascha starrte sie entgeistert an. »Ich dachte immer, Sie seien eine intelligente Frau! Das gibt es doch gar nicht.« Sascha griff sich den von ihr nicht angerührten Brandy und kippte ihn auf ex. »Laura hat mit Rubens geschlafen! Ihm vorgegaukelt, sie würde ihn lieben. Das volle Programm. Der alte Sack war so geschmeichelt und so süchtig nach Laura, dass er das Drehbuch immer wieder umschreiben ließ, bis Laura plötzlich die Hauptrolle hatte.«

Sophie schnappte nach Luft.

»Da waren Sie wohl ziemlich sauer?«

»Sauer?« Sascha Richter sah sie aus schmalen Augen an. »Sie haben ja keine Ahnung. Ich war wütend. Ich habe Laura gehasst.«

23

Robert Feller fuhr mit seinem Porsche in die Einfahrt von Victor Rubens' Villa am Kellersee. Er musste unbedingt mehr über den Todesfall vor sieben Jahren erfahren. Und natürlich wollte er mehr über den Abend wissen, an dem Laura Krone zu Tode gekommen war. Was für ein schönes Anwesen, dachte Robert neidlos, als er aus dem Wagen stieg. Er freute sich immer über hübsche Häuser und interessante Wohnungen. Es war einfach schön, wenn Menschen Geschmack bewiesen. Seine Mutter besaß selbst ein paar wunderbare Immobilien, um die er sich in ihrem Namen gerne kümmerte. Robert ging auf das Tor zu und klingelte.

»Ja?«

»Kriminalpolizei! Mein Name ist Feller. Ich würde gerne mit Herrn Rubens sprechen.«

Das Tor öffnete sich automatisch. Feller ging hindurch und lief den Weg entlang bis zur Haustür. Rubens stand bereits im Eingang.

»Kommissar Feller.« Rubens reichte ihm die Hand. Er hatte einen sympathisch kräftigen Händedruck.

»Es tut mir leid, dass ich Sie stören muss, aber es gibt noch ein paar Fragen.«

Rubens nickte ernst und trat zur Seite. »Natürlich. Bitte kommen Sie rein.«

Robert wurde durch das Haus auf die Terrasse geführt. Rubens wollte mit Kaffee nachkommen.

Robert setzte sich und sah sich um. In einem Eimer schwammen ein paar kleine Fische. Er vermutete, dass es sich um Köderfische handelte. Der Mann musste ja angeln, wenn er diesen herrlichen See direkt vor der Haustür hatte. Nach ein paar Minuten kam Rubens zurück und balancierte zwei Tassen. Er stellte sie so umständlich auf den Tisch, dass der Kaffee in die Untertassen schwappte.

»Ach, das tut mir leid.« Rubens lächelte entschuldigend. »So was mach ich selten selbst, wissen Sie. Ich bin allein zu Hause. Meine Frau ist mit einer Freundin für ein paar Tage nach Sylt gefahren. Und meine Haushälterin hat gestern ihren wohlverdienten Jahresurlaub angetreten.«

Robert nickte verständnisvoll und kippte den Kaffee aus dem Unterteller zurück in die Tasse.

»Herr Rubens, ich muss Ihnen noch ein paar Fragen stellen.«

Rubens nickte. »Das ist mir natürlich klar. Was wollen Sie denn wissen?«

Robert Feller nahm sein Notizbuch aus der Sakkotasche. Nicht, dass da irgendetwas von Bedeutung stand, aber die Geste beeindruckte immer wieder, hatte er in den letzten Jahren festgestellt.

»Waren Sie zu irgendeiner Zeit an dem Abend mit Laura Krone allein in ihrer Maske oder haben Sie die Maske betreten, als sonst niemand da war?«

»Ob ich was? Natürlich war ich in ihrer Maske!« Rubens sah ihn empört an. Sein Gesicht wurde dunkelrot. »Sie hatte einen Vertrag mit meiner Produktionsfirma. Wenn ich ihr schon ein so großartiges Comeback ermögliche, will ich nicht, dass am Ende noch was schiefgeht. Selbstverständlich habe ich mit ihr geredet und versucht, ihr klarzumachen, dass sie den Auftritt in der ›Dinnerparty‹ als eine Werbung in eigener Sache verstehen müsste. Sie musste schön und sympathisch rüberkommen. Sonst wäre die Sache eher kontraproduktiv für das Filmprojekt gewesen. Zwischendurch waren wir auch mal allein. Der Maskenbildner hatte sich ja um alle Dinnergäste zu kümmern. Und unter vier Augen haben wir dann auch über die alten Zeiten geplaudert. Was denken Sie denn? Das ist doch kein Verbrechen!«

»Natürlich nicht«, versuchte Robert ihn zu beschwichtigen. Rubens regte sich viel zu sehr auf.

»Aber aufgrund der Umstände …«

»Ach, spielen Sie jetzt auf diese alte Geschichte an?«

Robert sah ihn erstaunt an und hielt seine nächste Frage zurück. Rubens schien weiterreden zu wollen. Er wirkte aufgeregt.

»Es war ein Unfall!« Rubens zog ein Taschentuch aus seiner Hosentasche und wischte sich den Schweiß von der Stirn. »Man hat mich damals oft genug befragt, aber eine Tatsache bleibt eine Tatsache. Es war ein Unfall. Krista ist unglücklich gestürzt.«

*

Sophie lief nicht direkt zurück nach Hause. Sie beschloss, ihren Spaziergang zu verlängern und noch etwas an der Elbe entlangzuspazieren. Sie brauchte Bewegung und sie musste nachdenken. Am Elbstrand tummelten sich Hunderte von Menschen. Manche hatten einen Grill aufgestellt und saßen mit Freunden oder der Familie im warmen Sand. Sophie nahm das alles wahr, doch ihre Gedanken kreisten immer um dasselbe Thema: Laura und Victor Rubens. Es fiel ihr schwer, das zu glauben, dabei war es die einzig logische Erklärung. Die beiden hatten ein Verhältnis gehabt. Und es passte zu Laura. Sie war zu ehrgeizig. Ihr waren alle Mittel recht gewesen, um an ihr Ziel zu kommen. Sie war schön und berechnend gewesen. Laura hatte eine geheimnisvolle Macht. Sophie wollte gar nicht weiter darüber nachdenken, womit Laura noch so hatte glänzen können, außer mit ihrem sensationellen Body. Victor Rubens musste Wachs in ihren Händen gewesen sein.

Nach einer halben Stunde kehrte Sophie um. Die vielen Menschen gingen ihr plötzlich auf die Nerven und sie sehnte sich nach der Ruhe in ihrem grünen Paradies. Sie war froh, endlich wieder zu Hause zu sein. Sophie ging in den Garten und sofort rannte die kleine Ronja wild bellend auf sie zu.

»Hallo, meine Süße!« Sie knuddelte die Hündin ausgiebig. »Wo ist denn dein Herrchen?«

»Herrchen ist bei der Arbeit. Feuer machen.«

Sie lief zu Ben. Ronja folgte ihr schwanzwedelnd.

»Es ist noch so viel Kram im Kühlschrank! Da dachte ich, wir hauen es auf den Grill, bevor alles schlecht wird.«

Sophie ließ sich auf der Liege nieder und streckte ihre langen Beine aus.

»Sehr guter Einfall. Wie herrlich! Zu meinem Glück fehlt mir eigentlich nur ein Glas Weißwein.«

Ben hatte verstanden, und zwei Minuten später hielt sie ein Glas gut gekühlten Chardonnay in der Hand.

»Wie war dein Tag?«

»Super!« Ben strahlte. »Ich war bei Olli. Du würdest die Surfschule und vor allem das Bistro nicht wiedererkennen. Alles ist jetzt modern und schick. Die alte Wohnung von Hanjo hat er komplett umgebaut. Es erinnert nichts mehr an die verstaubten Räume.«

Sophie lief es eiskalt den Rücken herunter, als sie sich an das Badezimmer erinnerte, in dem sie beinahe ertränkt worden war.

»Olli geht es also gut?«

»Dem geht es supergut. Ich soll dich schön grüßen. Was hast du denn heute gemacht?«

Sophie zündete sich eine Zigarette an und blies den Rauch langsam aus. »Sascha Richter hat mich angerufen.«

»Was? Warum?« Ben starrte sie erstaunt an.

»Er hofft darauf, dass ich ein Interview mit ihm in die ›Stars & Style‹ bringen kann.«

»Was aber nicht geht?«

»Genau, was aber nicht geht, weil kein Mensch mehr weiß, wer Sascha Richter überhaupt ist.«

»Also, sinnlose Arbeit.«

»Weiß ich nicht.« Sophie lächelte hintergründig.

»Richter hat in seiner Alkohollaune ein bisschen geplaudert …«

»Du wolltest überhaupt kein Interview machen!«

»Und er hat mir erzählt, dass Laura mit Rubens ein Verhältnis hatte. Ein ernstes. Rubens hat für seine Flamme die Drehbücher umschreiben lassen.«

Ben machte große Augen. »Laura hatte was mit dem alten Sack? Das kann ich kaum glauben.«

»Sie hatte den alten Sack sogar richtig im Griff, wie es scheint. Sascha Richter hat mir erzählt, dass sie es geschafft hat, aus ihrer Nebenrolle eine Hauptrolle zu machen. Sascha ist bis zur Lächerlichkeit aus dem Script geschrieben worden. Er konnte nichts dafür, aber in dem Film wirkte er wohl nur noch wie ein Laiendarsteller.«

»Kein Wunder. Wahrscheinlich hat er jeden Tag einen neuen Text bekommen.«

Sophie nickte. »Möglich. Auf jeden Fall macht Sascha Richter Laura für seinen bodenlosen Abstieg verantwortlich. Er hat sie mit jeder Faser seines Körpers gehasst.«

»Das vermutest du?«

Sie sah Ben direkt in die Augen.

»Nein, das hat er mir selbst gesagt.«

*

Ben schüttelte den Kopf und machte sich am Grill zu schaffen. Ihm gefiel die ganze Sache gar nicht. Sophie steckte ihren hübschen Kopf schon wieder viel zu tief in die Sache. Heute, als er Olli auf Fehmarn besucht hatte, war ihm bei der Hausbesichtigung der kalte Schweiß ausgebrochen. Auch wenn Olli gründlich renoviert hatte und nun alles modern und frisch wirkte, hatte er die ursprünglichen Räumlichkeiten immer wieder vor sich gesehen. Diese grausamen Fotografien von den ermordeten Frauen und Sophie, die mehr tot als lebendig in der Badewanne gelegen hatte.

»Sascha Richter hat auf jeden Fall noch immer ein ernsthaftes Alkoholproblem. Hörst du mir eigentlich zu?«

»Bitte?« Ben schreckte aus seinen Gedanken auf. »Ich werde mal das Zeug auf den Grill werfen.«

Sophie blitzte ihn wütend an. »Wenn es dich nicht interessiert, dann kann ich ja auch einfach meine Klappe halten.«

Ben legte das Grillgut auf den Rost und gönnte sich einen ausgiebigen Schluck Bier. »Sophie, ich höre dir zu, auch wenn mir nicht gefällt, in was du dich da reinhängst. Die Sache mit Laura und Rubens finde ich schräg, aber ich glaube nicht, dass sie die erste Schauspielerin war, die sich auf der Karriereleiter hochgeschlafen hat.«

Sophie kraulte Ronja und sah beleidigt auf den Rasen. »Und was denkst du über Sascha Richter? Er ist doch die dumme Nuss in der Geschichte. Der Film war sein Ende.«

Ben wendete die Steaks. »Ich kann ja nachvollziehen, dass er wütend war und ist. Wer wäre das nicht? Ich kann mir aber nicht vorstellen, dass er vorher ein perfektes Familienleben geführt und nichts getrunken hat. So was passiert doch nicht von jetzt auf gleich.«

Sophie zog die Augenbrauen hoch und nickte. »Das mag alles sein. Er war ja ganz gut beschäftigt, auch wenn die Rollen, die er gespielt hat, eher Nebenrollen waren.«

»Er hat anscheinend genug verdient mit diesen sogenannten Nebenrollen!« Ben wollte nichts mehr davon hören. Gab es denn überhaupt kein anderes Thema mehr?

Sophie sprang von der Liege auf.

»Ich habe vor ein paar Stunden selbst mit Sascha Richter gesprochen. Er ist fertig und für ihn ist Laura verantwortlich für seinen furchtbaren Zustand. Ohne ihre Einmischung wäre Richter vielleicht groß rausgekommen. Für ihn ist sie der Sündenbock.«

»Auf was willst du eigentlich hinaus?«

»Ich bin mir sicher, dass er Laura jahrelang hasste. Er hat ihr die Schuld an seinem verkorksten Leben gegeben. Ihretwegen hat sich seine Frau von ihm getrennt. Wegen ihr sieht er seine Kinder kaum noch. Nicht, dass sie aktiv dazu beigetragen hat. Nein. Sie hat sich über Richter und Konsorten gar keine Gedanken gemacht, weil sie selbst der Mittelpunkt ihrer Welt gewesen ist.«

Sophie zündete sich die nächste Zigarette an und wühlte in ihrer Handtasche. »Ich muss telefonieren. Ich rufe den Mari an.«

»Was soll das?«

»Stell dir vor, ich habe den offiziellen Auftrag meines Chefredakteurs, Mari zu interviewen.«

Ben zuckte mit den Schultern und tat so, als würde er sich auf die Steaks konzentrieren. In Wirklichkeit dachte er, dass er an Richters Stelle Laura auch gehasst hätte. Aber er käme nie auf die Idee, einen anderen Menschen zu töten.

*

Marcello Mari saß auf seinem großen Balkon in Uhlenhorst und tippte nervös mit den Fingernägeln gegen sein Gin-Tonic-Glas. Heute lief alles falsch. Erst hatte dieser Kommissar Schölzel ihn aufgesucht. Sie hatten natürlich herausgefunden, dass Laura ihn mehrmals angerufen hatte. Und wenn schon. Er hatte souverän ausgesagt, dass er für diese Tatsache wohl kaum etwas konnte und sich von ihr eher belästigt gefühlt habe. Unter Kontakt haben, würde er etwas anderes verstehen. Dieser Schölzel hatte sich damit zufrieden gegeben. Kaum war der unangenehme Kripobeamte aus der Tür, hatte das Telefon geklingelt. Sascha Richter wagte es, ihm den Tag komplett zu versauen. Was bildete sich der Typ nur ein? Glaubte er wirklich, er würde sich erpressen lassen? Selbst wenn er wollte, er konnte Sascha nicht helfen. Keiner würde Richter eine Rolle geben. Er war in der Szene als Trinker bekannt. Niemand würde das Risiko eingehen, mit einem zitternden Wrack zusammenzuarbeiten. Marcello zuckte zusammen, als das Telefon wieder klingelte. Er würde Sascha sagen, dass er zur Hölle fahren sollte.

»Ja!«, fauchte er schroff.

»Spreche ich mit Marcello Mari? Hier ist Sophie Sturm von der ›Stars & Style‹.«

Er riss erstaunt die Augen auf. »Ja, ich bin's, Marcello. Entschuldigen Sie den rüden Ton, aber ich dachte, es ist mal wieder dieser versoffene Penner, Sasch...« Er biss sich auf die Lippen. Er hatte einen Fehler gemacht.

»Sascha Richter hat Sie angerufen? Was wollte er denn?«

Zu spät. Er würde ihr irgendetwas erwidern müssen.

»Mich erpressen. Dieser Spinner versucht, mir Angst einzujagen. Er will mit einer großen Boulevard-Zeitung sprechen und Dinge über mich erzählen.«

»Was für Dinge?«

Verdammt. Er war auf so ein Gespräch überhaupt nicht vorbereitet. Er musste sich konzentrieren und so gelassen wie möglich wirken. »Keine Ahnung, was er sich in seinem kranken Kopf so einbildet. Es geht mir auch am Allerwertesten vorbei. Ich habe ihm gesagt, er soll sich erst wieder melden, wenn er wirklich einen Redakteur gefunden hat, der ihm die Geschichte abkauft.« Er bemühte sich um einen lässigen Plauderton und lachte leise. »Jetzt sagen Sie nicht, dass Sie diese Redakteurin sind?«

»Nein, bin ich nicht. Ich möchte eine Geschichte mit Ihnen machen.«

Marcello grinste und ballte die Faust.

»Na, das klingt doch großartig. Gerne.«

»Schön, dann treffen wir uns am besten gleich morgen. Passt es Ihnen am frühen Abend im Au Quai?«

Gute Wahl. Er mochte das Restaurant sehr. »Selbstverständlich. Ich werde uns einen Tisch auf der Terrasse reservieren.« Er würde versuchen, sie auf ein paar Drinks einzuladen und seinen Charme spielen lassen. Sophie war eine sehr attraktive Frau.

»Ach, was will Richter denn eigentlich von Ihnen?«

»Er will, dass ich ihm helfe, wieder einen Job zu kriegen.«

»Und wenn Sie das nicht versuchen, was dann? Welches dunkle Geheimnis von Ihnen glaubt er denn zu kennen?«

Mari stöhnte. »Wissen Sie, Sophie, darüber zerbreche ich mir schon den ganzen Abend den Kopf. Ich habe keine Ahnung. Ich habe langsam den Verdacht, dass ich ein furchtbar langweiliger Mensch bin.«

Sophie lachte. »Vielleicht will er ja das erzählen. Der Frauenschwarm Marcello Mari ist im wirklichen Leben todlangweilig.«

Mari lachte mit. »Dann wäre mein Image als Frauenheld natürlich im Eimer.«

Sie verabschiedeten sich. Mari legte auf und leerte seinen Drink in einem Zug. ›Stars & Style‹. Ein Starporträt wäre wunderbar. Würde dieser kranke Mann ihm Steine in den Weg werfen können? Nicht unwahrscheinlich. Er ahnte, was Sascha Richter wissen könnte. Irgendeine seiner Exfreundinnen hatte Richter wahrscheinlich erzählt, dass er Frauen nicht gerade mit

Samthandschuhen anfasste. Schlimmer noch. Er hatte eine sadistische Ader, die er gern auslebte.

24

Sonntag

Sophie wachte mit leichten Kopfschmerzen auf. Sie rieb sich die müden Augen und verfluchte ihre Genusssucht. Jetzt hatte sie die zu erwartende Quittung bekommen. Der Abend mit Ben war noch sehr schön gewesen. Nach ihrem Anruf bei Marcello Mari hatte sie entschieden, dass sie in der Laura-Sache erst einmal genug Recherche betrieben hatte, und sich vorgenommen, das Thema an diesem Abend nicht mehr aufzugreifen. Zusammen mit Ben hatte sie sich über die Steaks hergemacht und in der lauen Sommernacht mit ihm noch lange über Gott und die Welt geredet. Dabei hatten sie zwei Flaschen Rotwein getrunken und viel zu viel geraucht. Sophie widerstand der Versuchung, einfach wieder einzuschlafen. Sie musste sich bewegen. Eine Runde Jogging würde ihren verkaterten Kopf wieder frei werden lassen. Sophie schlich sich mit Ronja aus dem Haus und trabte zur Elbe. Sie fragte sich gerade, warum sie nicht einfach Aspirin genommen und sich anschließend ein heißes Bad gegönnt hatte, als sie in der Ferne am Strand den

weißen Königspudel entdeckte. Robert Feller. Ihre
Kopfschmerzen waren plötzlich vergessen. Sie nahm
Tempo auf und lief in Richtung Pudel.

»Morgen«, begrüßte Robert sie. Er war verschwitzt,
machte aber einen fitten Eindruck.

»Hallo«, keuchte Sophie und blieb stehen. Sie war zu
schnell gerannt und japste nach Luft. Wahrscheinlich
hatte sie eine knallrote Birne. Peinlich.

Robert grinste zufrieden. »Ich habe acht Kilometer
hinter mir.«

»Schön für dich. Ich etwa 800 Meter!«

Er sah sie erstaunt an.

»War ein langer Abend gestern.« Sophie hatte keine
Lust, sich zu verteidigen und ging zum Angriff über.
»Ich habe ein paar Neuigkeiten. Warum trinken wir
nicht einfach einen Kaffee zusammen?«

»Du ziehst wirklich alle Register! Ich habe generell
nichts gegen Kaffee. Aber direkt nach dem Joggen? So
früh hat hier auch noch nichts geöffnet.«

Zusammen mit den Hunden spazierten sie am
Strand entlang. Die Sonne schien und die Elbewellen
glitzerten im frühen Morgenlicht. Hamburg zeigte
sich von seiner schönsten Seite. Sophie wünschte sich,
sich besser konzentrieren zu können. Sie musste das
Gespräch irgendwie auf den Fall lenken. Die Polizei
hatte sicher schon die Laborergebnisse über die Briefe.
Sie musste Robert dazu bringen, ein bisschen was über
den Ermittlungsstand auszuplaudern.

»Ich habe mit Sascha Richter gesprochen.«

Robert sah sie fragend an.

»Er hat jahrelang eine irre Wut auf Laura gehabt. Er macht sie sozusagen verantwortlich für sein beschissenes Leben.«

»Aha.«

»Aha? Wenn da Fingerabdrücke auf den Briefen waren, dann würde ich die vielleicht mal mit denen von Sascha Richter vergleichen.«

»Was für eine tolle Idee«, meinte Robert mit gespielter Begeisterung. Dann sah er sie ernst an. »Sag mal, Sophie, hältst du uns eigentlich für bescheuert?«

Sophie schluckte und schüttelte den Kopf. »Ihr habt keine Fingerabdrücke gefunden!«

»Nein. Nicht einmal deine. Alle Achtung. Gut gemacht. Stefan wäre ausgeflippt. Du solltest dich zurückhalten. Es handelt sich hier nicht um ein Spiel. Hast du nichts dazugelernt? Oder hast du schon vergessen, wohin dich deine privaten Ermittlungen bereits einmal fast gebracht hätten? Ich erinnere dich gerne. Ins Grab, Sophie. Ins Grab.«

*

Sophie starrte stur auf die Elbe. Robert nutzte die Chance, sie unbemerkt betrachten zu können. Haarsträhnen, die sich aus ihrem Zopf gelöst hatten, flatterten im Wind. Ihre Mundwinkel waren mürrisch nach unten gezogen. Eigentlich sah sie fast aus wie ein bockiges kleines Mädchen. Sie tat ihm plötzlich ein bisschen leid. Natürlich mischte sie sich viel zu sehr ein, aber sie war schließlich persönlich betroffen. Das

Opfer war vor ihren Augen gestorben und sie hatte vorher alles versucht, es wiederzubeleben.

»Meine Freunde nennen mich Rob«, hörte er sich plötzlich sagen.

Sie sah ihn erstaunt an. »Machst du Witze?«

»Nein. Ich hasse den Namen Robert.«

»Das meine ich nicht. Ich bin nur verwundert, dass du mich zu deinen Freunden zählst.«

»So war das gar nicht gemeint«, erklärte Robert etwas beleidigt.

Sophie lächelte plötzlich. »Ich weiß nicht, warum ich gerade so zickig bin. Wahrscheinlich liegt es an meinem Kater. Hör mal, Robert, ich meine Rob, ich weiß, dass du dich auf dünnem Eis bewegst, wenn du mir Polizeiinterna erzählst.«

»Du kennst Stefan ja gut genug, um dir vorstellen zu können, wie er ausflippt, wenn er davon Wind bekommt.«

Sophie grinste. »Rumpelstilzchen wäre ein Dreck dagegen.«

Robert nickte. »Allerdings. Aber jetzt mal im Ernst, Sophie, das ist hier kein Wettbewerb. Wir haben alle ein gemeinsames Ziel. Wir wollen herausfinden, was wirklich mit Laura passiert ist. Der Unterschied ist nur, dass ich für die Polizei arbeite und du nicht.«

Sophie verschränkte die Arme vor der Brust und bohrte mit der Spitze ihres Turnschuhs unbehaglich im Sand.

»Sascha Richter versucht, Marcello Mari zu erpressen.«

»Was?«

»Ich soll den Mari für die ›Stars & Style‹ interviewen. Das war wirklich nicht meine Idee. Frag meinen Chefredakteur. Ich muss natürlich zugeben, dass ich das als wunderbare Fügung des Schicksals hingenommen habe. Mari hat mir bereits am Telefon erzählt, dass Richter von ihm fordert, ihn wieder ins Geschäft zu bringen.«

»Sonst noch was?«, fragte Robert streng.

»Richter behauptet, etwas gegen Mari in der Hand zu haben. Mari weiß aber nicht, was das sein könnte. Er hält sich für langweilig.«

»Nimmst du ihm das ab?« Robert schüttelte nachdenklich den Kopf. »Du wirst dich natürlich mit ihm treffen?«

»Logisch!«

»Und dann rufst du mich an …«

»Warum sollte ich das tun? Von dir habe ich noch nicht wirklich was Neues erfahren.«

Robert schüttelte den Kopf. »Warum mache ich das nur? Ich muss verrückt sein. Aber gut. Viel Neues gibt es sowieso nicht. Wir wissen nun endlich, in welchem Hotel Laura gewohnt hat.«

Sophie sah ihn erstaunt an. »Im Hotel Atlantic. Das habe ich Stefan doch selbst gesagt.«

»Sie war schon einige Tage länger in der Stadt und in der Zeit ist sie in einer eher günstigen Unterkunft auf St. Pauli abgestiegen. Ihre Kreditkartenabrechnung belegt das. Leider kann sich vom Personal niemand an sie erinnern.«

»Sie wird sich nicht als Laura Crown zu erkennen gegeben haben. Vielleicht hat sie für eine Rolle recherchiert und sich verkleidet?«

»Möglich. Wir prüfen aber auch, ob sie vielleicht in finanziellen Schwierigkeiten steckte.«

Sophie sah ihn skeptisch an.

»Interessanter ist da eine andere Sache auf die wir gestoßen sind. Es gab schon mal eine ›Dinnerparty‹. Zur Premiere von ›Die mexikanische Nanny‹. Damals fand sie bei Victor Rubens statt. In seiner Villa am Kellersee. Mehr darf ich dir beim besten Willen nicht sagen, nur, dass die Party ziemlich unschön zu Ende gegangen ist.«

*

Sophie verabschiedete sich von Robert und spazierte mit Ronja nach Hause. Sie hatte keine Lust mehr zu joggen. Lieber wollte sie den schönen Morgen genießen und drüber nachdenken, was Robert, oder besser ihr neuer Freund Rob, gemeint haben könnte, als er von einem unschönen Ende der Party sprach. Sie brachte Brötchen mit und frühstückte mit Ben im Garten.

»Also gut«, meinte Ben nach seinem letzten Schluck Kaffee. »Hier muss was passieren!«

Sie sah ihn verständnislos an.

»Du glotzt gerade wie eine Kuh, wenn es donnert. Ich rede von deiner feudalen Bleibe. Welche Wand soll ich zuerst streichen?«

»Du willst mir helfen?«

Ben nickte. Sophie war ihm unendlich dankbar. Es musste wirklich mal vorangehen mit ihrer Wohnung. Sie kam zu gar nichts mehr.

»Die Küche. Ich versuche seit Tagen, endlich diese Wand rot zu streichen.«

Sie erklärte ihm, in welchem der unzähligen Farbeimer das schicke Ochsenblutrot wartete, auf die frisch verputze Wand gestrichen zu werden. Dann räumte sie den Tisch im Garten ab. Ronja döste im Schatten. Eigentlich musste sie sich dringend auf das Interview mit Marcello Mari vorbereiten. Im Besonderen natürlich auf das, was er nicht einfach so preisgeben würde, seine ›Leiche im Keller‹. Sophie war sich sicher, dass es eine geben musste. Auch wenn Sascha Richter ein hoffnungsloser Fall war, glaubte sie nicht, dass er sich eine Geschichte aus den Fingern sog. Richter wusste was. Als Erstes würde sie aber dem Hinweis von Robert nachgehen. Er sprach von einem unschönen Partyende. Sie nahm sich eine Tasse Kaffee mit ins Arbeitszimmer und fing an zu googeln. Sie brauchte nur ein paar Minuten, bis sie fand, wonach sie gesucht hatte: Ein Gruppenfoto der Schauspieler und der gesamten Crew machte den Anfang. Dann folgte die Schlagzeile:

Drama bei Premierenparty

Die Premierenparty des großen neuen Fernsehfilms des Erfolgsproduzenten Victor Rubens endete mit einer Tragödie. Eine Maskenbildnerin wurde tot im Park seines Anwesens aufgefunden. Angeblich mit einer hässlichen Kopfverletzung. Victor Rubens selbst wurde vorläufig festgenommen.

Sophie starrte auf den Text. Dann wanderte ihr Blick zurück zur Fotografie. Alle waren versammelt. Marcello Mari grinste in die Kamera wie ein Gigolo. Laura stand in einem schlichten nachtblauen Kleid da und sah umwerfend aus. Selbst Sascha Richter wirkte wie ein junger Gott. Es war schwer zu glauben, dass dieses Bild erst vor sieben Jahren aufgenommen worden war, wenn man Sascha Richter betrachtete. Er war frisch, braun gebrannt und fast faltenlos. Heute sah er mit seiner grauen Haut und dem leicht aufgedunsenen Gesicht locker 20 Jahre älter aus. Ohne Frage hatte ihm die ganze Sache am übelsten mitgespielt. Sophie versuchte zu begreifen, was ihr dieser Artikel eigentlich sagte. Eine Maskenbildnerin war an besagtem Abend tot und mit einer Kopfverletzung in Victors Park aufgefunden worden. Von wem? Von Rubens selbst? Warum hatte man ihn verhaftet?

»Ben! Komm schnell!«

Ronja stürmte zuerst in ihr Arbeitszimmer. Dann folgte Ben.

»Was ist denn los? Ich bin beinahe von der Leiter gefallen, so hast du gebrüllt!«

»Ben, wir müssen mit Rubens sprechen.«

»Jetzt gleich?«

»Sofort. Ich will wissen, warum er uns das nicht gesagt hat.«

»Was nicht gesagt hat?«

Sophie deutete auf den Computerbildschirm.

Ben las den Artikel und pfiff durch die Zähne. »Ich könnte mir vorstellen, dass er nicht mehr daran erinnert werden will.«

Sophie sprang auf. »Dass er mal verdächtigt wurde, eine Frau erschlagen zu haben?«

»Ruhig Blut, Sophie. Er ist vorläufig festgenommen worden. Mehr steht da nicht. Was immer damals geschehen ist, Rubens hat wohl nichts mit dem Tod der Frau zu tun gehabt. Sonst hätte man ihn verurteilt. Wahrscheinlich war es ein Unfall.«

Sophie war schon fast aus der Tür. »Jetzt komm! Rubens soll uns das selbst erzählen.«

*

Tina legte den kleinen Finn in die Strandmuschel und deckte ihn mit einem Handtuch zu. Der kleine Kerl war von der Seeluft und dem Laufen im Sand so k.o., dass er sich freiwillig zu einem Mittagsschläfchen entschlossen hatte. Sie waren gleich nach dem Frühstück zum Strand bei Flügge an der Westküste aufgebrochen. Die Kinder liebten es dort. Antonia und Paul bauten seit Stunden Burgen und Kanäle. Tina lächelte. Sie selbst hatte früher mit ihren Eltern oft an diesem Strand gespielt. Und später, als junge Frau, waren die ersten Septemberwochenenden seit 1995 reserviert. Tausende kamen dann auf die Wiese bei Flügge und feierten das Jimi Hendrix Revival Festival, ein Open-

Air-Konzert, dem toten Musiker zu Ehren. Sogar ein Gedenkstein erinnerte an Hendrix, der 1970 auf der Ostseeinsel sein letztes Konzert gab. Stefan und sie gingen jedes Jahr hin. Nur ganz so wild wie früher feierten sie nicht mehr, seit sie Kinder hatten. Und natürlich verbot sie es sich, als Frau eines Kommissars auch nur an einen Joint zu denken. Tina musterte Stefan. Er gab vor, zu lesen. Da er aber selten eine Seite umblätterte, ging Tina stark davon aus, dass er einfach nur vor sich hin grübelte. Sie wusste, dass der Krone-Fall ihm zu schaffen machte.

»Schatz?«

Keine Reaktion.

»Kommissar Sperber!«

Jetzt blickte er auf.

»Meine Güte, Stefan. Es ist Sonntag. Familientag. Kannst du jetzt vielleicht mal für ein paar Stunden deine Arbeit vergessen?«

Stefan sah sie schuldbewusst an.

»Würde ich gerne, meine Schöne. Komm her.«

Sie kuschelte sich an ihren Mann. Gemeinsam beobachteten sie ihre spielenden Kinder.

»Was ist los?«

Stefan knurrte leise. »Diese Crown-Sache. Wir kommen da nicht wirklich weiter. Schölzel hat sich gestern noch einmal diesen Maskenbildner vorgenommen. Der hat zugegeben, zusammen mit der Krone gekokst zu haben. Sonst hatte er nichts Neues. Feller hat herausgefunden, dass Victor Rubens schon einmal vorläufig festgenommen wurde.«

Tina sah ihn überrascht an. »Warum denn das?«

»Bei einer Premierenparty in seiner Villa war eine Frau verunglückt. Rubens hat sich damals wohl merkwürdig verhalten. Keine Ahnung. Er wurde schnell wieder entlassen. Die Kollegen kümmern sich um diese alte Geschichte. Der ganze Fall ist einfach merkwürdig. Ohne die Briefe, die wir von Sophie haben, würden wir uns gar nicht mehr mit der Sache beschäftigen. Die Spuren laufen alle ins Leere.«

Sophie! Gutes Stichwort. Tina beschloss, sie sofort anzurufen. Vielleicht hatte Sophie etwas herausgefunden. Sie schnappte ihr Telefon. »Ich geh mal ein paar Schritte.«

Stefan nickte und versprach, die Kinder im Auge zu behalten.

Tina lief den weitläufigen Strand entlang und wählte Sophies Nummer. Sie meldete sich sofort.

»Tina. Wie geht es euch?«

»Uns geht es super. Wir sind am Strand und genießen das herrliche Wetter. Bist du im Auto unterwegs?«

»Ich? Ja. Ben und ich …«

Tina wartete, dass Sophie weitersprechen würde.

»… wir machen einen Ausflug.«

»Wie schön. Wo seid ihr denn?«

»Tina, bitte frage nicht weiter. Ich will dich nicht anlügen, aber ich kann dir auch nicht die Wahrheit sagen. Noch nicht. Ich ruf dich an, sobald ich mehr weiß. Sei mir nicht böse. Ich hab dich lieb.«

Das Gespräch war beendet. Tina lief es eiskalt den

Rücken runter. Sophie war anscheinend noch an der Sache dran. Mehr noch. Während Stefan planlos am Strand saß, hatte sie die Fährte bereits aufgenommen. Was hatte sie vor?

*

Ben parkte den BMW vor Rubens' Villa. Er hatte darauf bestanden, selbst zu fahren. Bei Sophies Fahrstil wurde ihm angst und bange und heute war sie viel zu aufgeregt, um fast zwei Stunden hinter dem Lenkrad zu sitzen und sich auf den Verkehr zu konzentrieren. Sophie sprang bereits aus dem Wagen, bevor er den Schlüssel abgezogen hatte. Ben beschloss, Ronja im Auto zu lassen. Dieser Produzent würde sicher nicht begeistert sein, von ihr wild angesprungen zu werden. Dann folgte er Sophie zum Eingangstor. Sie hatte bereits geklingelt.

»Und?«

Sophie zuckte mit den Schultern. »Da tut sich nichts.«

Ben fühlte sich bestätigt. Er hatte Sophie ein paarmal vorgeschlagen, sich telefonisch anzumelden, doch Sophie war dagegen gewesen. Sie wollte ihn überraschen, hatte sie gemeint. Ihre Fragen sollten ihn unvorbereitet treffen. Das hatten sie jetzt davon.

»Wahrscheinlich ist niemand da.« Eigentlich war er erleichtert. So konnte Sophie sich zumindest keinen Ärger mit der Polizei einhandeln. Es war nur schade, dass sie bei dem herrlichen Wetter so lange Zeit im Auto verbrachten.

»Lass uns wieder fahren«, schlug Ben vor.

»Vielleicht schläft er nur.«

»Wenn dem so sein sollte, ist er sicher nicht begeistert, mit Sturmgeklingel aus seinem Mittagsschläfchen geweckt zu werden. Keine gute Voraussetzung, um ihn auf den Mordverdacht anzuquatschen.«

Sophie stöhnte. »Da hast du wahrscheinlich recht. Ach, verdammt. Ich hätte zu gern gewusst, wie er uns die Sache zu erklären versucht hätte.«

Mit hängenden Schultern lief sie zurück in Richtung Wagen. Ben tat sie fast ein bisschen leid. Er überlegte gerade, an welchen schönen Fleck sie denn fahren könnten, wenn sie schon in dieser herrlichen Gegend waren, als Sophie sich plötzlich aufgeregt umdrehte.

»Das Bootshaus!«

»Was?«

»Er hatte doch sein Bootshaus erwähnt. Er nannte es sein Angelhaus. Es kann nur ein paar Schritte entfernt sein. Vielleicht sitzt er am Wasser und fischt.«

»Sein Grundstück ist eingezäunt und wahrscheinlich mit einer Alarmanlage gesichert. Wie willst du denn dahin kommen?«

Sophie folgte bereits einem schmalen Trampelpfad, der durch ein kleines Wäldchen auf den See zu führen schien.

»Der Zaun endet am See. Wir waten einfach durch das Wasser. Das kann doch nicht so schwierig sein.«

Ben wusste, dass es keinen Sinn hatte, sie von der Idee abzubringen. Er latschte genervt hinter ihr her. Sie erreichten die Uferlinie.

»Das da muss es sein«, rief Sophie und zeigte auf ein Holzhäuschen, das keine 50 Meter weit entfernt auf Rubens' Grundstück lag. »Das ist sein Angelhaus.«

Sie war bereits dabei, sich die Schuhe auszuziehen.

»Und wenn er mit einem Boot rausgefahren ist? Schwimmen wir dann hinterher, oder was hast du für diesen Fall geplant?«, fragte Ben gereizt.

»Ich verstehe, dass du genervt bist. Ich verspreche dir, dass wir zurück nach Hamburg fahren, wenn wir Rubens hier nicht antreffen. Ich muss mein Interview mit Mari machen. Und jetzt komm bitte.«

Sophie krempelte sich die leichte Sommerhose bis zu den Knien hoch und stieg in den See. Langsam lief sie durch das flache Wasser, bis sie auf Rubens' Grundstück war. Ben fluchte leise. Dann riss er sich ebenfalls Schuhe und Socken von den Füßen und folgte ihr.

»Victor? Sind Sie da?«, rief Sophie, als sie um das Holzhaus herumgingen. »Wir sind's, Sophie Sturm und Ben Lorenz.«

»Da sitzt er ja.« Ben deutete auf einen bequemen Anglerstuhl. Von hinten blickte er auf Victors Kopf, auf dem ein uriger Schlapphut thronte.

»Vielleicht ist er eingenickt.«

Sophie stapfte auf den Stuhl zu. »Victor, wir würden

gern ...« Ben sah sie vor Victor stehen. Eine Hand presste sie über Mund und Nase, mit der anderen versuchte sie, die Fliegen zu verscheuchen. Dann schrie sie. »Oh mein Gott, Ben! Ben, komm her!«

*

Marcello Mari betrachtete sich im Spiegel. Er grinste. Was er sah, gefiel ihm. Er hatte sich für einen cremefarbenen Pulli entschieden. Dazu trug er Jeans und braune Slipper von Tods. Der helle Pulli ließ seinen südländischen Teint noch besser zur Geltung kommen und sein Kreuz wirkte breit und männlich. Marcello sprühte sich etwas von dem teuren Duft auf und nickte seinem Spiegelbild zu. Perfekt. Er wollte, dass Sophie Sturm vom ersten Augenblick an merkte, dass er einfach ein absoluter Traummann war. Sie sollte sich am besten gleich selbst in ihn verlieben. Das Interview würde dann kein Problem mehr sein. Nur er und Sophie. Sophie wäre wirklich mal eine Frau, mit der er sich messen könnte. Sie war schön und schlau. So ein Kaliber traf man schließlich nicht jeden Tag. Monika kam ihm wieder in den Sinn. Sie hatte bereits mehrmals angerufen. Und schon wieder klingelte das Telefon. Monika.

»Was willst du?«, fragte er mit einem bedrohlichen Unterton.

»Ich wollte mich nur entschuldigen. Ach, Marcello, ich hätte dich nicht so provozieren dürfen. Es tut mir leid. Bitte ...«

»Du hast mich sehr enttäuscht.«

»Ich weiß. Aber ich liebe dich und ich will auch das andere. Ich will es. Ich habe verstanden, dass es für dich dazugehört. Bitte, Marcello. Mach mit mir, was du willst. Ruf mich an und nenn mir die Adresse. Ich werde da sein und ich werde dich nicht enttäuschen. Ich schwöre.«

Mari erwiderte nichts. Er legte einfach auf. Das war nun mal seine Art. Es war doch immer wieder erstaunlich. Er behandelte Frauen gerne wie Dreck, wenn sie ihm auf die Nerven gingen. Und eigentlich gingen ihm alle Frauen früher oder später auf die Nerven. So bekam er am Ende immer sein devotes Opfer. Bis auf Laura. Laura hatte er, soweit er sich erinnern konnte, auch nie geschlagen. Monika hatte er schon öfter eine runtergehauen. Trotzdem bildete sich die dumme Kuh ein, er würde sie lieben. Und nun war sie so weit. Willig. Am Ende würde sie doch nur ein Opfer sein. Marcello leckte seinen Mittelfinger und strich seine Augenbrauen in Form. Er sah verdammt gut aus. Sophie Sturm würde schnell kapieren, dass eine Story mit ihm längst überfällig war. Vielleicht könnte er sie ja sogar tatsächlich noch persönlich begeistern. Soviel er wusste, war sie nach ihrer Affäre mit Felix van Haagen Single. Sophie würde sich sicher nicht einfach schlagen lassen. Sie war eine toughe Frau. Marcello merkte, dass er sich auf das Interview mit ihr freute. Es würde auf jeden Fall eine interessante Begegnung werden. Wenn er Glück hatte, würde er sofort merken, wie die hübsche Blondine so tickt. Immerhin war er ein guter

Schauspieler. Und dann würde es kein Problem mehr geben, sie dementsprechend zu begeistern. Am Ende würde sie mit ihm ins Bett gehen, da war er sich sicher. Und dann würde er sie langsam auf das vorbereiten, was ihn in Wirklichkeit anturnte. Vorher musste er nur noch einen kleinen Abstecher nach Barmbek machen. Sascha Richter musste endlich kapieren, dass er, Marcello Mari, sich nicht erpressen lassen würde!

*

Ben rannte so schnell wie möglich zu Sophie. Als sie ihn eben gerufen hatte, hatte ihre Stimme entsetzlich panisch geklungen. Sophie haute so leicht nichts um. Ben war klar, dass sie eine grauenhafte Entdeckung gemacht haben musste.

Sein Herz klopfte und seine Beine zitterten, als er es selbst sah. Victor Rubens saß in seinem Stuhl. Seine rechte Gesichtshälfte fehlte. Gehirnmasse klebte am Rückenteil des Nylonstuhls. Seine Hand umschloss noch den Revolver. Ben wich würgend ein paar Meter nach hinten aus.

»Oh, mein Gott. Warum hat er das getan?«

Sophie schüttelte schweigend den Kopf. Sie wirkte blass und mitgenommen.

»Was jetzt? Den Krankenwagen müssen wir wohl nicht mehr rufen. Die Polizei …«

»Was hat er da in der Hand?«, unterbrach Sophie ihn leise.

»Eine Pistole!«

»Das ist nicht zu übersehen. Ich meine in der anderen.«

Ben sah auf Rubens Linke, die nach unten hing. Tatsächlich. Die Finger umklammerten ein zusammengeknülltes Stück Papier.

»Das ist doch bestimmt ein Brief.« Sophie machte bereits Anstalten, auf den toten Victor Rubens zuzugehen. Ben hielt sie zurück.

»Bist du wahnsinnig? Du kannst das doch nicht allen Ernstes lesen! Du darfst hier nichts anfassen. Das muss ich dir doch nicht erklären. Wir müssen sofort die Polizei verständigen. Ruf Stefan an.«

»Stimmt. Warten wir doch auf Stefan. Den fragen wir dann, ob er uns den Inhalt des Briefes als E-Mail schickt«, zischte sie wütend. In ihr Gesicht war die Farbe zurückgekehrt.

»Warum musst du unbedingt wissen, was da steht? Herrgott noch mal, Sophie. Jetzt reicht es! Rubens hat sich ganz offensichtlich eine Kugel in den Kopf gejagt.«

»Eben. Laura ist tot. Victor Rubens stand vor sieben Jahren unter dem Verdacht, eine Frau erschlagen zu haben. Und jetzt hat er sich umgebracht. Ich würde wirklich gerne wissen, wie das zusammenhängt. Und ich bin mir sicher, dass in dem Brief eine Erklärung steht.«

Ben wollte nur noch weg. Die Fliegen machten ihn irre. Es war ihm ein Rätsel, wie Sophie das aushalten konnte.

»Man wird deine Fingerabdrücke finden.«

»Eben nicht. Als ich die Drohbriefe kopiert habe, habe ich das Paar Gummihandschuhe aus dem Verbandskasten benutzt. Ich habe sie später ins Handschuhfach gestopft. Und da sind sie immer noch.«

Sie würde die Handschuhe sowieso holen.

»Okay. Ich laufe zum Wagen und bringe dir die verdammten Dinger. Aber danach rufen wir Stefan an.«

Ben war froh, den Schauplatz für einen Moment verlassen zu können und richtig durchzuatmen. Trotzdem beeilte er sich. Er würde sich erst wieder besser fühlen, wenn die Polizei vor Ort war.

Wenige Minuten später streifte sich Sophie die Handschuhe über und löste vorsichtig den zerknüllten Brief aus Victor Rubens' steifer Faust. Die Fliegen schwirrten wie verrückt um ihren Kopf herum.

»Die Totenstarre hat bereits eingesetzt.«

»Bitte, Sophie, erspare mir die Details. Mir ist schon schlecht.«

»Ist ja schon gut. Immerhin wissen wir jetzt, dass der Todeszeitpunkt bereits einige Stunden zurückliegt. Wahrscheinlich hat er sich in der Nacht oder in den frühen Morgenstunden erschossen.«

»Und nun gammelt er hier in der Mittagshitze herum.« Ben hätte am liebsten gebrüllt, dass ihm der Todeszeitpunkt persönlich vollkommen egal war und dass es unwichtig war, ob sie nun davon wussten oder nicht. »Die Polizei muss sich jetzt um die Sache kümmern. Nicht wir. Also, was ist jetzt mit dem Brief?«

»Es ist ein Abschiedsbrief.«

»Wieso habe ich damit gerechnet? Verdammt, Sophie. Lies vor. Ich halte es hier keine Sekunde länger aus.«

Abschiedsbrief

Es tut mir sehr leid, dass ich viele Menschen mit diesem Abtritt enttäusche, aber ich kann nicht anders.

Besonders Dich, liebe Marlene, bitte ich um Verzeihung.

Auf mir lastet zu viel Schuld. Mit meinem Hass auf Laura, die mich mehr verletzt hat als jeder andere Mensch in meinem langen Leben, ist meine Geschichte hier zu Ende.

Ich habe Laura Crown umgebracht. Ich habe sie nur aus diesem Grund mit einem Rollenangebot wieder in mein Umfeld gelockt. Ich hätte sie schon damals erschlagen. Leider traf meine Wut eine Unschuldige. Ich bereue das zutiefst. Krista starb nicht durch einen tragischen Unfall. Ich habe sie für Laura gehalten und mit voller Absicht gegen den Tisch gestoßen. Wollte ich Laura schon damals töten? Ja! Ich habe sie gehasst, weil sie mich als einziger Mensch behandelte wie eine Küchenschabe. Sie verachtete mich. Und ich habe sie so geliebt. Krista starb durch meine Hand, weil ich blind war vor Hass. Jetzt hat Laura, was sie schon seit Jahren verdient. Laura war ein schlechter Mensch und ich bin es auch.

Sophie knüllte den Brief wieder zusammen und steckte ihn vorsichtig zurück zwischen Rubens' steife Finger. Angeekelt streifte sie sich die Handschuhe ab und stopfte sie in eine leere Zigarettenschachtel, die sie glücklicherweise in ihrer Handtasche gefunden hatte. Zusammen mit Ben entfernte sie sich vom Angler-häuschen und atmete tief durch. Erst jetzt spürte sie, wie der seltsame Geruch und die Fliegen ihr zugesetzt hatten. Ben zündete zwei Zigaretten an und reichte ihr kommentarlos eine. Dankbar griff sie zu und zog gierig. Sie fühlte sich furchtbar. Das Bild von Rubens' halbem Gesicht und von seinem grauen Hirn hatte sich in ihren Kopf gebrannt. Ben schien es ähnlich zu gehen.

»Du hast nicht zufällig einen Schnaps im Wagen?«

»Leider nicht. Eigentlich sollte so was in den Ver-bandskasten gehören, oder?«

»Wir müssen die Polizei anrufen. Sofort. Das ist dir doch hoffentlich klar?«

Sophie nickte und drückte die Zigarette aus. »Das weiß ich. Ich rufe Stefan an.«

Mit leicht zittrigen Fingern rief sie seine Nummer im Mobiltelefon auf. Sie war darauf gefasst, dass Stefan sie nicht gerade freundlich begrüßen würde. Und sie behielt recht.

»Sophie, geh mir nicht auf den Keks!«, blaffte Ste-fan.

Bevor er einfach auflegen konnte, zischte sie knapp: »Männliche Leiche gefunden!«

Am anderen Ende der Leitung herrschte Stille.

»Ich sagte gerade, dass ich eine Leiche gefunden habe.«

»Das habe ich gehört. Wo?«

»Wo? Am Kellersee vor einem Bootshaus.«

»Am Kellersee? Ich brauche eine genaue Weg-
beschreibung. Da gibt es jede Menge Bootshäuser.«

»Willst du denn gar nicht wissen, wen ich gefunden
habe?«

»Wen? Du meinst, du kennst den Toten?«

»Wir kennen ihn alle!« Sophie wartete ein paar
Sekunden, bevor sie weitersprach. »Victor Rubens.
Wie es aussieht, hat er sich selbst das Hirn aus dem
Kopf gefeuert.«

*

Stefan warf das Mobiltelefon auf sein Badelaken und
starrte ein paar Sekunden aufs Meer. Er musste diese
Neuigkeit erst einmal verdauen. Victor Rubens war
wahrscheinlich tot. Sophie hatte von Selbstmord
gesprochen. ›Das Hirn aus dem Kopf gefeuert‹, das
waren ihre Worte gewesen. Ausgerechnet Rubens.
Gerade hatte er sich mit den Kollegen darauf geeinigt,
dem reichen Filmproduzenten mal genauer auf den
Zahn zu fühlen. Vor sieben Jahren hatte man Rubens
nichts nachweisen können. Es gab keine brauchba-
ren Indizien und zudem hatte Rubens ein Heer von
Anwälten angeheuert, die schon im Vorfeld jede Klei-
nigkeit auseinanderpflückten. Es war nie zu einer
Anklage gekommen. In dubio pro reo. Im Zweifel
für den Angeklagten. Trotzdem blieb die Tatsache,
dass Rubens in der besagten Nacht eine ganze Weile
nicht bei seinen Gästen gewesen war. Ein Zeuge hatte

ausgesagt, er habe Rubens in den Garten des Anwesens laufen sehen. Das allein war kein Verbrechen. Bei der Maskenbildnerin konnte ein Unfalltod nicht ausgeschlossen werden. Sie war stark angetrunken gewesen und hätte auch unglücklich gefallen sein können. Das aber hätte die Risse in ihrem Abendkleid nicht erklärt. Damals war Rubens vielleicht beteiligt gewesen und im aktuellen Fall tauchte er wieder auf. Stefan drückte sich müde die Finger auf die Augenlider, um sich besser konzentrieren zu können. Wenn sie es überhaupt mit einem Fall zu tun hatten. Eigenartig war die Sache schon. Erst starb die Gastgeberin und nun war der erste Gast tot. Fast wie bei Agatha Christie. Stefan stöhnte und fuhr sich durch das Haar. Es gab nicht die geringste Veranlassung, ein Mordkomplott zu vermuten. Natürlich gab es diese Drohbriefe, aber kein eindeutiges Anzeichen einer unnatürlichen Todesursache im Fall Laura Krone. Und nun hatte Rubens sich erschossen. Und natürlich war es Sophie, die ihn fand. Stefan riss sich zusammen. Sie mussten möglichst schnell an den Fundort der Leiche. Er nahm sein Handy und wählte Schölzels Nummer.

»Ingo, wir haben eine Leiche. Wahrscheinlich Victor Rubens. Trommel alles zusammen. Spurensicherung, Rechtsmediziner und Fotograf. Ich will die Nummer wasserdicht haben.«

Nachdem er Schölzel die Adresse und alle weiteren Informationen durchgegeben hatte, weckte er Tina, die neben Finn eingenickt war. »Süße? Wir müssen los.«

Tina rieb sich die Augen und nickte. In kürzester

Zeit hatten sie alles zusammengepackt. Antonia und Paul stiegen ohne Murren in den Wagen. Sie freuten sich auf ihr Planschbecken und die versprochene große Portion Eis.

»Tut mir leid«, entschuldigte er sich bei Tina, als er sie zu Hause abgesetzt hatte.

Tina lächelte. »Was genau? Wir hatten es doch schön. Mach dir keine Sorgen. Die Kinder sind müde. Um acht habe ich alle im Bett und dann mach ich mir einen netten Abend. Hat Sophie dich angerufen?«

Stefan schnappte nach Luft.

»Das heißt wohl ›ja‹. Tu ihr nichts! Sie will doch nur helfen.«

Stefan verbot sich jeden weiteren Kommentar und fuhr von der Auffahrt.

Die ganze Sache wurde immer merkwürdiger. Er spürte dieses unbehagliche Kribbeln im Nacken, das ihn neuerdings öfter überfiel, wenn er das Gefühl hatte, dass bedeutend mehr hinter etwas steckte, als es zunächst den Anschein hatte.

25

Sophie hockte neben dem Trampelpfad und rauchte eine Zigarette nach der anderen. Sie musste einfach irgendetwas tun, um sich abzulenken. Immer mehr Fliegen schienen den toten Victor anzusteuern. Der blaue Dunst würde sie hoffentlich von ihr selbst fernhalten. Ihr wurde fast schlecht, als sie sich vorstellte, dass eine dicke Schmeißfliege in ihrem Gesicht landen würde, die vielleicht kurz zuvor noch über Victors Hirnmasse gelaufen war. Natürlich war das übertrieben, aber in dem ganzen Wahnsinn war es ja nicht verwunderlich, dass ihre Gedanken verrücktspielten. Sie wusste, dass die Schmeißfliege das erste Insekt war, das auf eine Leiche aufmerksam wurde. Bei diesem herrlichen Wetter waren die ersten Exemplare wahrscheinlich bereits nach wenigen Minuten aufgetaucht. Sie bevorzugten feuchte Körperstellen, um ihre Eier abzulegen. Körperöffnungen. Augen, Mund und Nase waren beliebte Plätze. Es würden noch andere Insektenarten folgen und irgendwann würden die ersten Maden über die Leiche kriechen. Sophie verfluchte den Tag, an dem sie sich aus reiner Neugier mit diesem Thema ein bisschen genauer auseinandergesetzt und im Internet gegoogelt hatte. Sie versuchte, an etwas anderes zu denken. Aber an was? Das Steak von gestern Abend? An den dicken Brummer, den sie vor ein paar Tagen in ihrer Küche totgeschlagen hatte? Was ihr auch in den Sinn kam, alles hatte in irgendeiner Form mit dem Tod zu tun. Sie bildete sich sogar ein, bereits einen süßlichen Geruch wahrzunehmen. Sophie hoffte inständig, dass Stefan sich beeilen würde. Ben war zurück zu Rubens' Villa gegangen, um dort auf die Polizei zu warten und den Beamten den Weg zu zeigen. Außerdem musste Ronja dringend aus dem überhitzten Wagen. Sie selbst wollte die Leiche im Auge behalten und zufällige Spaziergänger aufhalten, die sich zu einem fröhlichen Picknick an den See aufmachten. Niemand kam vorbei. Sophie lauschte dem Summen der Schmeißfliegen. Es war sehr heiß und sie hatte Durst. Sophie war unendlich erleichtert, als sie entfernt die Wagen kommen hörte. Selbst Stefan konnte die Situation nicht schlimmer machen. Sie musste hier dringend weg. Wenige Minuten später stapften die Beamten den Trampelpfad entlang. Sophie sprang auf. Ben führte den Tross an. Gleich dahinter lief Stefan.

»Warum arbeitest du eigentlich nicht als Leichenspürhund? Das ist doch nicht mehr normal.«

Sophie war zu erschöpft, um auf Stefans gewöhnungsbedürftigen Humor einzugehen.

»Hallo, Stefan. Sieh dir den Rubens doch erst selbst an. Mal sehen, ob du anschließend noch so komisch bist.«

Stefan nickte. »Das mach ich. Und ihr bleibt bitte hier. Wir müssen ein Protokoll aufnehmen.«

Sophie sah sich um. Irgendwie hoffte sie, Robert Feller zu entdecken. Leider erkannte sie nur Schölzel. Die Kommissare und die Beamten kamen nach ein paar Minuten zurück. Man wollte auf die Spurensicherung warten, erklärte Stefan. Sophie stellte fest, dass ihm tatsächlich nicht mehr nach Witzen zumute zu sein schien.

»Gut, dass du mich angerufen hast. Das ist wirklich kein schöner Anblick.«

243

»Ich würde jetzt gerne fahren.«

»Könnt ihr gleich. Sophie, kein Wort zur Presse. Ist das klar?«

Sie nickte nur.

»Was wolltet ihr hier eigentlich? Wieso bist ausgerechnet du mal wieder zur rechten Zeit am Ort des Geschehens?«

»Wir wollten Rubens …« Sophie biss sich auf die Zunge. Sie konnte schlecht Robert Feller verpetzen. »Ich bin im Internet auf diese alte Geschichte gestoßen. Und da …«

»Und da wolltest du mal wieder die Miss Marple raushängen lassen?« Stefan schnappte nach Luft. »Du bist doch irre, Sophie. Wenn du dich langweilst, dann geh doch ins Nagelstudio. Mach irgendetwas, was Frauen deiner Kategorie so machen. Yoga. Botox-Party …«

»Botox-Party? Ich glaube nicht, dass ich so was nötig habe!«

Stefan sah sie merkwürdig an. »Stimmt. Du hast ja vor, jung zu sterben. Auf Fehmarn hätte es vor einem Jahr klappen können. Es war ganz knapp. Muss ich deinem Erinnerungsvermögen auf die Sprünge helfen? Damals war die Situation verdammt ernst. Ein paar Minuten später wärst du tot gewesen. Du hast anscheinend nichts dazugelernt in puncto jung sterben. Aber wem sag ich das? Wer früher stirbt, ist länger tot. Mach so weiter, Sophie. Vielleicht schaffst du es ja diesmal.«

*

Ricky saß in einem Café in Winterhude und gönnte sich ein kleines Gläschen Prosecco. Er hatte gleich einen Job auf Kampnagel. Das Theater buchte ihn oft und er liebte es, die Schauspieler für die Bühne zu schminken. Es war ein ganz anderes Arbeiten als für das Fernsehen. Die Kamera brachte alles nah an den Bildschirm zu Hause. Auf der Bühne musste das Make-up dramatisch sein. Selbst in der letzten Reihe mussten die Zuschauer das noch sehen können. Seine Mutter hatte auch am Theater angefangen. Wenn er heute Bühnen-Make-up machte, fühlte er sich ihr auf wunderbare Weise verbunden. Ricky winkte gerade den Kellner heran, um die Rechnung zu begleichen, als er Marcello Mari aus einem Taxi steigen sah. Ricky fragte sich, was Mari hier zu suchen hatte. Neugierig geworden, fingerte er schnell das Geld aus dem Portemonnaie. Er warf es auf den Tisch und folgte Mari. Marcello ging die Gertigstraße entlang in Richtung Barmbek. Genau seine Richtung. Aber warum ließ sich Mari im Mühlenkamp in Winterhude absetzen, wenn das gar nicht sein eigentliches Ziel war? Ricky beschloss, dem schönen Schauspieler zu folgen. Er bemühte sich, genau den richtigen Abstand zu halten. Mari durfte ihn nicht entdecken und er durfte Mari nicht verlieren. Mari steuerte die Bachstraße an. Ricky wusste, dass Sascha Richter in der Straße wohnte. Was hatte Marcello vor?

26

Stefan sah dabei zu, wie Rubens in einen Leichensack gesteckt und abtransportiert wurde. Lutz Franck, der Rechtsmediziner, hatte den Leichnam bereits untersucht und den Todeszeitpunkt bestimmt. Es würde natürlich noch eine Obduktion geben. Stefan war fest entschlossen, selbst dabei zu sein. Die eigentliche Situation war leider Routine in seinem Job, trotzdem ließ diese ihn nicht ganz kalt. Er hatte den erfolgreichen Rotweinliebhaber selbst erst vor Kurzem gesprochen. Normalerweise waren ihm seine Leichen unbekannt. Sophie und Ben hatte er nach einer kurzen Befragung zurück nach Hamburg fahren lassen. Die beiden hatten genau geschildert, wie sie die Leiche entdeckt hatten. Sophie hatte mit großen Augen von ›Zufall‹ gesprochen. Zufall? Stefan glaubte nicht eine Sekunde daran. Ihre verdammte Neugier hatte sie an den Tatort getrieben. Sie tat ihm fast ein bisschen leid. Selbst für die toughe Sophie muss die Szenerie ein Albtraum gewesen sein. Stefan sah sich um. Die Kollegen der Spurensicherung waren dabei, den Angelstuhl zu verladen. Sie hatten Fotos gemacht und würden noch weitere Spuren sichern, auch wenn alles auf einen Selbstmord hindeutete. Stefan wusste, dass er im Moment nichts mehr tun konnte. Nach diesen entsetzlichen Bildern brauchte er dringend eine Zigarette. Unbemerkt schlich er sich davon. Lutz stand ein paar Meter weiter und rauchte. Stefan ging zu ihm.

»Hast du noch eine Kippe übrig?«

Wortlos reichte Lutz ihm eine.

»Und?«

»Ich weiß nicht.«

»Was weißt du nicht?«

»Keine Ahnung! Es ist nur ein Gefühl, aber für mich wirkt das inszeniert.«

Stefan riss die Augen auf. »Inszeniert?« Das war hier doch kein Theater! »Er hat sich in den Kopf geschossen. Die Jungs von der Spurensicherung haben sein Gehirn vom Nylonstuhl gekratzt.«

Lutz sah ihn müde an. »Wir werden schon rauskriegen, was hier genau passiert ist. Keine Sorge. Aber dazu muss ich ihn erst mal auf meinem Tisch haben.«

»Der Staatsanwalt ist informiert. Du kannst ihn sofort aufschlitzen.«

»Aufschlitzen? Stefan! Ein bisschen mehr Respekt, bitte.«

»Ich habe Respekt und ich werde bei der Obduktion dabei sein!«

»Gleich morgen früh?«

Stefan nickte und trat seine Kippe aus. »Gut. Also bis dann.« Er würde jetzt nach Hause fahren und versuchen, die wenigen verbleibenden Stunden seines Wochenendes nicht mehr an den Fall zu denken. Stefan wusste, dass ihm das nicht gelingen würde. Wahrscheinlich würde er nicht mal im Schlaf Ruhe finden.

*

Sascha Richter war gerade im Begriff, sich noch einen Wodka zu genehmigen, als es klingelte. Er stürzte den Drink herunter und wankte zum Eingang, um durch den Türspion zu blicken. Sein Zustand machte es ihm unmöglich, irgendetwas zu erspähen. Ungeschickt schob er den Riegel zurück und öffnete die Haustür. Jetzt erkannte er den Besucher sofort.

»Du?«, fragte er vollkommen überrascht.

»Hallo, Sascha. Ich war gerade in der Gegend. Und da habe ich mir gedacht, ich schau einfach mal vorbei. Komme ich ungelegen?«

Sascha schüttelte irritiert den Kopf. »Ne, ist schon okay! Komm rein.« Er trat zurück und ließ den Besucher neugierig eintreten.

»Hast du was zu trinken?«

Sascha nickte. »Wodka?«

»Klingt gut.«

Sascha ging voraus in die Küche. Er nahm das letzte saubere Glas aus dem Schrank und schenkte seinem Gast ein.

»Mann. Du solltest mal lüften.«

Sascha öffnete sofort schuldbewusst die Balkontür. Sein Gast nahm den Drink mit auf den kleinen Balkon und sah hinunter auf den Hof.

»Wie gesagt, ich war gerade in der Gegend. Was ist das denn da unten?«

Sascha wusste nicht, was er gemeint haben könnte. Neugierig trat er ebenfalls auf den Balkon und blickte in die Tiefe.

»Wo denn?«

»Na, da!«

Er sah nichts. Er beugte sich weiter über das Geländer. Was sollte denn da auf einmal sein? Da standen doch nur die Müllcontainer. Manchmal schlich eine fette schwarze Katze unten herum. Plötzlich schwankte er. Er war besoffen wie immer, aber dass er sinnbildlich den Boden unter den Füßen verlor? Für den Bruchteil einer Sekunde war er wieder stocknüchtern. Er *verlor* den Boden unter den Füßen. Sein Besucher hatte seine Beine mit den Armen hochgerissen. Vor lauter Panik blieb ihm die Luft weg. Er war nicht einmal in der Lage, um Hilfe zu rufen. Gleich würde er über die Brüstung stürzen.

»Sorry, aber du bist einfach erbärmlich. Und kein Mensch auf diesem Planeten wird dich vermissen!«

Das waren die letzten Worte, die er hörte, bevor er fiel. Er hörte seine eigenen Knochen splittern. Blut quoll ihm aus der Nase und aus dem Mund, als er neben den Mülltonnen noch einmal kurz zu Bewusstsein kam. In diesem Moment wurde ihm klar, dass er gleich sterben würde.

*

Sophie fuhr langsam. Mit 120 Stundenkilometern steuerten sie Hamburg an. Seit 20 Minuten schwiegen sie. Ben schien genau wie sie diese Bilder verarbeiten zu müssen. Rubens, sein halbes Gesicht, die Fliegen und die Hirnmasse. In seinem Abschiedsbrief hatte er den Mord an Laura gestanden. Rubens war der Täter.

Die Geschichte musste jetzt hier enden. Trotzdem wollte sie den vereinbarten Termin mit Marcello Mari wahrnehmen. Das Gespräch sollte sie schließlich für die ›Stars & Style‹ machen. Es ging um ihren Job. Sophie hörte ein leises Schnarchen von der Rückbank. Zumindest Ronja schlief.

»Ben?«, fragte sie leise. »Ich bin spät dran. Ich bin mit Mari im Au Quai verabredet. Das Restaurant liegt direkt an der Elbe in Neumühlen. Soll ich erst nach Hause fahren oder kann ich euch dort rauslassen?«

Ben atmete tief durch. »Ich würde gern noch ein Stück laufen. Der Kleinen da hinten geht es bestimmt ähnlich.«

Sophie nickte. »Willst du reden?«

»Was gibt es da zu reden? Es war ein scheußlicher Tag!«

»Ben, es tut mir leid, dass ich dich da mit reingezogen habe. Ich konnte doch nicht wissen …«

»Ich habe dir auch keinen Vorwurf gemacht. Rubens hat sich erschossen. Er hat Laura umgebracht und sich dann getötet. Gut so, oder? Du kannst endlich aufhören, herumzuschnüffeln. Der Fall ist aufgeklärt.«

»Ja. Zum Glück.«

Sophie parkte den Wagen. Ben verabschiedete sich mit einem flüchtigen Kuss. Er schien nur noch weg zu wollen. Sophie sah ihm und Ronja einen Augenblick nach. Wie gern wäre sie mitgegangen. Ein Spaziergang an der frischen Luft. Der Strand. Fröhliche Menschen, die einen Grill aufgebaut hatten und den Abend genossen. Sophie gab sich einen Ruck und betrat das

Au Quai. Auf der Terrasse wartete Mari bereits auf sie. Er kaute auf einem Zahnstocher. Als er sie sah, sprang er sofort auf.

»Sophie, meine Liebe. Es tut mir leid, aber ich habe bereits gegessen. Haben Sie Hunger? Ich kann das Rinderfilet vom La Morocha empfehlen. Es war schön blutig. Genau so, wie ich es mag.«

27

Die junge Studentin wollte einfach nur schnell den Müll zum Container bringen. Sie musste sich noch umziehen und ein bisschen stylen. Heute fand in der Uni eine Party statt. In Gedanken ging sie ihre Garderobe durch und überlegte, welches Oberteil sie anziehen sollte. Mit dem Müllbeutel im Arm schlenderte sie über den Hof zu den Containern. Was für ein perfekter Tag. Sie freute sich schon seit Wochen auf die Party. Und bei diesem wunderbaren Wetter würde sie mit ihrer Clique sicher die ganze Sommernacht durchfeiern. Ach, scheiße, dachte sie plötzlich, als sie mit ihren Flipflops in eine Pfütze trat. Sie blickte nach unten auf ihre Füße und schrie auf. Blut. Ihr Herz schlug ihr bis zum Hals. Hektisch sah sie sich um. Keine Sekunde später entdeckte sie die Quelle. Der eigenartige Nachbar. Er lag merkwürdig verdreht neben dem Müllcontainer. Das

Blut rann aus seinem Schädel. Sie blieb stocksteif stehen. Ihr wurde übel, wenn sie nur an ihren Fuß dachte, der mit dem Blut dieses Mannes besudelt war. Sie musste Hilfe holen. Hatte sie ihr Handy mitgenommen? Sie ließ den Müllsack zu Boden gleiten und tastete mit zitternden Fingern ihre Hosentaschen ab. Sie hatte kein Telefon dabei. Es musste oben in der Wohnung liegen. Sonst trug sie es immer bei sich. Warum nicht jetzt? Ihre Augen brannten. Sie musste irgendwas tun. Vielleicht lebte der Mann noch. Sie zwang sich, genauer hinzusehen. Wenn er noch am Leben war, musste er sofort in ein Krankenhaus. Erste Hilfe. Sie unterdrückte einen Würgereiz. Nein, sie war dazu nicht in der Lage. Sie konnte sich nicht in das Blut knien und diesen Alkoholiker beatmen. Er war der unangenehmste Nachbar, den sie sich überhaupt vorstellen konnte. Sie war ihm oft im Treppenhaus begegnet. Vormittags war er immer grußlos und grantig. Abends war er schlimmer. Mit lallender Zunge sprach er Komplimente aus und versuchte, sie zu berühren. Außerdem war sie außerstande, den Fuß zu heben. Da würde dieses Blut kleben. Wie würde sie das Blut nur wieder los? Sollte sie einbeinig zurück in ihre Wohnung hüpfen und es in ihrer Dusche abwaschen? Sie zitterte mittlerweile am ganzen Körper. Selten war sie sich so dumm und hilflos vorgekommen. Aber jemand musste etwas tun. Ihr blieb nichts anderes übrig, als um Hilfe zu schreien.

*

Lasse Anderson saß noch immer in seinem Büro am Schreibtisch. Er war überarbeitet und schrecklich müde. Trotzdem verspürte er große Erleichterung. Die Gäste für die nächste Produktion der ›Dinnerparty‹ standen endlich fest. Leider handelte es sich um echte C-Promis. Es war eben schwierig, wieder so eine prominente Runde zusammenzustellen. Die geplante Sendung hätte, wenn man sie hätte ausstrahlen dürfen, einen Zuschauerrekord versprochen. Laura Crown mit Marcello Mari, Sascha Richter und dem großen Rubens an einer Tafel zu beobachten, hätte den Zuschauern gefallen. Aber daraus würde ja nun nichts mehr werden. Lasse beschloss, dass er sich eine Nase Koks verdient hatte. Immerhin arbeitete er wie ein Irrer. Da konnte er sich ab und zu den illegalen Luxus leisten. Wieder ein bisschen wacher, beschloss er, noch einen Blick auf die sterbende Laura zu werfen. Die Szene war so unbeschreiblich cool. Wie die sexy Laura so dasteht und in den darauffolgenden Sekunden plötzlich zusammenbricht. Und dabei reißt sie die Decke vom Tisch und damit das ganze Geschirr. In diesem irren Geklapper von Gläsern und Tellern war sie einfach verendet. Gebannt starrte er auf den Bildschirm. Das Band lief weiter. Die Kamera schwenkte nach rechts und links. Lasse blickte angestrengt auf den Monitor. Der Kameramann musste die Situation richtig eingeschätzt haben. Hier war etwas Schlimmes passiert. Die schöne Laura brauchte Hilfe. Lasse sah sich den unkontrollierten Schwenk noch mal in Zeitlupe an. Man erkannte die unscharfen bestürzten Gesichter. Aber eines der Gesichter? Lasse lief ein kalter

Schauer über den Rücken. Er musste sich geirrt haben. Er spielte die Szene nochmals Bild für Bild ab. Nein, er hatte sich nicht getäuscht. Einer in der Runde konnte sich sein Grinsen kaum noch verkneifen.

*

Marcello Mari ertappte sich selbst dabei, wie er Sophie anstarrte. Mann, war das ein Weib! Sexy. Er winkte den Kellner heran. »Bringen Sie doch bitte noch eine Flasche von diesem wunderbaren Chardonnay.« Dann wandte er sich wieder Sophie zu. »Sie trinken doch Weißwein?«

»Ich bin mit dem Wagen da.«

»Na, ein oder zwei Gläschen dürfen Sie doch.«

Er sah ihr dabei zu, wie sie ihren Planer aus der Tasche nahm und einen teuren Kugelschreiber aufdrehte.

»Bevor wir mit dem Interview beginnen, wollte ich nur noch einmal erklären, wie großartig ich Sie fand. Sie wissen schon, an dem Abend. Sie haben als Einzige etwas getan. Wir Männer haben doch nur hilflos dagesessen.«

Sie lächelte ein bisschen. »Wissen Sie, ich habe mich in der Situation unendlich hilflos gefühlt. Und letztendlich habe ich ja auch nichts mehr für sie tun können«, erklärte sie einfach.

Der Kellner brachte die Flasche Wein und zwei Gläser. Mari roch am Korken und probierte den edlen Tropfen wie ein Mann von Welt.

»Ich glaube, niemand konnte ihr mehr helfen, aber du hast es zumindest versucht.«

Der Kellner schenkte ein. Mari erhob das Glas. »Meine Liebe. Auf dein Wohl!«

Sophie blickte ihn erstaunt an.

»Habe ich Sie jetzt geduzt? Sorry, alte Gewohnheit. Am Filmset duzen wir uns immer alle. Und nach dem, was wir zwei gemeinsam hinter uns haben …«

»Das ist schon in Ordnung.«

Glück gehabt. »Bitte nenn mich Marcello. Darf ich Sophie sagen?«

Sie nickte nur gelangweilt, stellte er unzufrieden fest. Es würde ein hartes Stück Arbeit sein, sie von seinen Qualitäten zu überzeugen. Marcello lehnte sich zurück und lächelte. »Ich finde es im Übrigen wunderbar, dass die ›Stars & Style‹ eine Geschichte mit mir machen will. Wir könnten die Fotos vielleicht auf meinem Segelboot machen.« Er sah sich schon auf den Hochglanzseiten. Braun gebrannt, weißes Hemd, lächelnd und unverschämt gut aussehend.

»Herr Mari, es handelt sich, wie bereits erwähnt, um ein erstes Vorgespräch.«

Vorgespräch? Er war doch kein Hampelmann mit unendlich viel Zeit für Probeinterviews.

»Hatten wir uns nicht gerade auf ein Du geeinigt?«

Sie nickte. »Hatten wir. Sorry, ich bin ein bisschen müde. Ich hatte einen harten Tag.«

Sie nippte nur kurz an ihrem Weinglas und sah dann wieder auf ihre Notizen. »Marcello, welche Projekte stehen denn bei dir an?«

»Nun, in zwei Monaten wird ›Mitsommernacht im Schwarzwald‹ ausgestrahlt. Ich spiele dort den Liebhaber der Hauptdarstellerin.«

»Wie immer.«

Mari überging den Kommentar. »Und schon im nächsten Monat beginnen die Dreharbeiten zu einer TV-Produktion für einen Privatsender. Ich spiele die Hauptrolle. Einen Großwildjäger, der versucht, die letzten wilden Tiere in Kenia zu schützen.«

»Das hört sich doch Erfolg versprechend an.« Zum ersten Mal lächelte sie begeistert. »Großwildjäger in Afrika. Klingt nach einer wirklich tollen Rolle. Ich gratuliere. Das wird unsere Leser natürlich interessieren. Ich habe da aber noch eine andere Frage. Sie ist allerdings etwas persönlich.«

Mari zuckte lässig mit den Schultern. »Kein Problem.«

»Wie verarbeitest du den tragischen Tod von Laura Crown? Sie war schließlich einmal deine Lebensgefährtin.«

Die Frage kam vollkommen überraschend. Eigentlich wollte er gerade von den exotischen Drehorten erzählen. »Lebensgefährtin? Das ist sicher übertrieben.«

Mari gefiel die Richtung nicht, in die dieses Gespräch driftete. Wozu wollte sie das wissen? Äußerlich ruhig, schenkte er Wein nach, um sich zu sammeln. »Weißt du, Sophie, Laura und ich hatten unsere Zeit. Das ist lange her. Sie spielte keine Rolle mehr in meinem Leben.«

»Es gibt aber viele Menschen, die sich an sie erinnern. Vielleicht sollten wir ihren Tod im Interview ansprechen. Denk darüber nach.«

Marcello nickte. Wahrscheinlich hatte sie recht. Er sollte die Situation für sich ausnutzen und eventuell doch ein bisschen aus dem Nähkästchen plaudern.

»Ich werde mir was überlegen«, versprach er einsichtig.

Sophie klappte den Planer zu und lächelte kühl. »Marcello, ich glaube, ich habe alle Informationen, die ich brauche. Wenn der Chefredakteur an der Story Interesse hat, dann setze ich mich wieder mit dir in Verbindung. Ich bin mir sicher, dass wir eine tolle Geschichte machen werden. Eine Sache interessiert mich allerdings noch ganz persönlich. Du musst mir die Frage natürlich nicht beantworten. War es damals sehr schlimm für dich, dass du die schöne Laura nicht ganz haben konntest? Sie hatte ja irgendwann mehr Interesse an Victor Rubens.«

Mari war egal, dass ihm die Gesichtszüge nun vollkommen entgleisten. Diese kleine Schlampe wollte ihn anscheinend zum Narren halten. Wütend griff er über den Tisch und packte ihren Arm. »Was soll das Theater? Hier geht es gar nicht um ein Interview. Willst du wissen, ob ich die Crown auf dem Gewissen habe?«

»Du tust mir weh.«

»Das kann schon sein. Am Ende kriegt jeder genau das, was er verdient!«

Sophie riss sich los und starrte ihn fassungslos an. »Fahr zur Hölle!«, zischte sie, bevor sie aus dem

Restaurant stürmte. Marcello leerte wütend sein Weinglas. Er hatte sich den Abend ganz anders vorgestellt. Er winkte dem Kellner und bat um die Rechnung. Ihm musste dringend etwas einfallen. Wahrscheinlich musste er sich bei Sophie entschuldigen. Immerhin ging es nicht nur um das Hochglanzinterview. Warum war er auch nur so leicht reizbar? Sophie war ein Rohdiamant. Mit ihm würde sie zu einem hellen Stern werden, wenn sie sich vollkommen auf ihn einlassen würde. Sie würde ihn früher oder später verstehen. Eine weitere Niederlage würde er sich nicht antun.

*

Ben war froh, endlich Sophies Wagen in die Auffahrt fahren zu hören. Es war spät, und der Tag war lang und schrecklich gewesen. Er öffnete die Tür. Ronja sauste an ihm vorbei, um Sophie zu begrüßen. Sophie kuschelte kurz mit der jungen Hündin. Dann fiel sie ihm um den Hals und begann zu weinen.

»Hey! Komm erst mal rein.« Er streichelte ihr sanft den Kopf und führte sie in den Wintergarten auf einen Stuhl.

»Möchtest du ein Glas Wein?«

»Brandy!«

Ben nickte und kam nach einer Minute mit zwei Gläsern Cognac zurück. Sophie trank einen großen Schluck, streckte ihre Beine aus und atmete tief durch.

»Scheißtag!«

»Kann ich unterschreiben. Was war mit Mari?«

»Der Typ ist ein aalglattes Arschloch. Schleimig ohne Ende. Wir haben uns über seine aktuellen Projekte unterhalten. Plötzlich ist er aggressiv geworden. Ich glaube, er hat mir sogar gedroht.«

»Gedroht?«

»Ich habe kurz mal was wegen Laura gefragt.«

»Kurz mal eben. Ich verstehe.« Ben hätte am liebsten gebrüllt, dass sie nun endlich einmal zur Vernunft kommen sollte. »Was hat er denn gesagt?«

»Dass jeder am Ende bekommt, was er verdient.«

»Er wird Laura gemeint haben.«

Sophie schüttelte den Kopf. »Er hat dabei meinen Arm festgehalten und mich wütend angestarrt.«

»Du musst dich jetzt echt mal ausruhen. Rubens hat den Mord gestanden. Wir haben den Brief doch gelesen. Der Fall ist erledigt. Er hat sie umgebracht. Er hat sie gehasst, weil sie ihn nicht liebte.«

Sophie sah ihn skeptisch an. »Und dann hat er sich erschossen?« Sie schüttelte den Kopf. »Das ist doch der komplette Wahnsinn! Wenn ich die Person getötet hätte, die ich so hassen würde, dann würde ich das auskosten. Dann hätte ich doch endlich meine Genugtuung. Nach all den Jahren. Warum sollte ich mir dann eine Kugel in den Kopf jagen?«

Ben zuckte mit den Schultern. Er wusste keine Antwort.

28

Montag

Stefan verließ früh am Morgen sein Haus auf Fehmarn. Es hatte ihm gutgetan, mal auszuspannen und ein bisschen Sonne an seine Haut zu lassen. Er hatte richtig Farbe bekommen. Was war das gestern für ein schöner Tag gewesen. Zumindest bis zu Sophies Anruf. Die Tatsache, dass Victor Rubens sich erschossen hatte und der Anblick seiner entstellten Leiche waren auch für ihn als Kommissar nicht einfach nur Routine gewesen. Nachdem Rubens Leiche auf dem Weg ins Rechtsmedizinische Institut gewesen war, hatte er sich entschieden, zurück nach Fehmarn zu fahren. Er wollte den Abend mit seiner Familie verbringen und einfach so tun, als hätte es die dramatische Unterbrechung nicht gegeben. Antonia und Paul waren im Vergleich zum letzten Sommer erstaunlich friedlich. Sie spielten zusammen und stritten sich nur noch gelegentlich. Und selbst Finn war schon so groß. Wo war nur das letzte Jahr geblieben? Der Kleine hatte bereits seinen ersten Geburtstag gefeiert und lief nun tollpatschig umher. Sie hatten am gestrigen Abend noch gegrillt. Finn hatte an seiner ersten Bratwurst herumgeknabbert und darauf bestanden, diese wie seine großen Geschwister in den Ketchup zu stupsen. Am Ende hatte er ausgesehen, als habe er einen schlimmen Unfall gehabt. Nachdem die Kinder friedlich in ihren Bettchen eingeschlafen waren, hatte er sich mit Tina noch eine Flasche Wein auf der Terrasse geteilt. Es war herrlich gewesen. Fast wie Urlaub. Das Blinken seiner Tankanzeige holte Stefan zurück ins Hier und Jetzt. Fluchend steuerte er die nächste Tankstelle an und sah nervös auf die Uhr. Er wollte unbedingt pünktlich zur Obduktion von Rubens in der Rechtsmedizin in Lübeck sein. Schnell ging er an die Kasse, um zu bezahlen. Sein Blick fiel auf die Tageszeitung. Die Schlagzeile haute ihn um.

Sascha Richter! Tod nach Balkonsturz!

*

Lutz Franck warf einen ungeduldigen Blick auf die Uhr, die die Wand des Sektionssaales schmückte. Stefan hätte schon seit einer Viertelstunde da sein sollen. Es sah ihm überhaupt nicht ähnlich, sich unentschuldigt zu verspäten. Lutz streifte die Handschuhe ab und deckte den toten Körper von Victor Rubens mit einem Tuch zu. Er würde in seinem Büro warten und eine Tasse Kaffee trinken. Die äußere Leichenschau hatte er bereits gemacht. Bevor er den Brustkorb öffnete, hatte er noch eine dringende Frage an den Kommissar. Lutz machte sich gerade an der Kaffeemaschine zu schaffen, als es an der Tür klingelte.

»Mahlzeit, Herr Kommissar!«, zog Lutz ihn auf.

»Lass den Scheiß«, blaffte Stefan und betrat das Rechtsmedizinische Institut ohne Gruß.

»Schlechte Laune?«

»Allerdings.« Stefan blickte ihn mürrisch an. »Sascha Richter ist auch tot. Habe ich gerade aus der Zeitung erfahren.«

»Sascha Richter?« Lutz schüttelte verständnislos den Kopf.

»Ja, der dritte Tote aus Lauras Tafelrunde.«

Lutz pfiff durch die Zähne. »Klingt irgendwie nicht gut. Aber jetzt zu Victor Rubens. Da ist einiges fragwürdig. Ich habe dir ja bereits gestern vor Ort gesagt, dass ich ein komisches Gefühl hatte.« Zum ersten Mal erlebte er den Kommissar sprachlos. »Rubens hatte die Pistole in der rechten Hand. War er Rechtshänder?«

»Rechtshänder? Keine Ahnung.«

Lutz wurde ungeduldig.

»Kannst du das vielleicht rausfinden? Ich meine jetzt gleich?«

Stefan sah ihn irritiert an.

»Es wäre extrem wichtig.«

Stefan brummelte irgendetwas Unverständliches und kramte sein Handy aus der Tasche. Lutz wartete gespannt. Stefan bedankte sich bei seinem Gesprächspartner und entschuldigte sich wiederholt für den Anruf. Dann beendete er das Telefonat.

»Und?«

»Linkshänder!«

Lutz starrte ihn an.

»Bist du sicher?«

»Ich habe mit seiner Frau gesprochen. Die wird es ja wohl wissen. Sie ist fix und fertig. Ich hoffe, du hast einen guten Grund, warum ich diese arme Person aus dem Bett klingeln musste.«

»Den habe ich allerdings. Sollen wir anfangen?«

Stefan nickte und folgte ihm in den Sektionssaal.

»Ich habe mir die Schusswunde bereits genauer angesehen«, erklärte Lutz und streifte sich frische Handschuhe über. Dann schlug er das Tuch zurück und deutete auf die tödliche Schussverletzung an der rechten Kopfseite.

»Wenn er Linkshänder war, dann hat er das wahrscheinlich nicht selbst gemacht!«

»Was?«

»Als Linkshänder hätte er sich einfach in die linke Schläfe geschossen. Warum sollte er plötzlich die ungeübte rechte Hand benutzen und das Risiko eingehen, nicht sicher zu treffen?«

Stefan schnappte nach Luft. »Jetzt sag mir nicht, dass ...«

»Er ist erschossen worden.«

»Ist das sicher?«

»Es ist die einzige logische Erklärung! Ich bin mir sicher, dass wir an seiner Hand keine Schmauchspuren finden werden und ich kann dir sogar noch mehr über den Mord erzählen.«

Stefan rieb sich die Stirn und murmelte: »Na, da bin ich aber gespannt.«

Lutz ärgerte sich zum hundertsten Mal über diese Arroganz.

»Er ist von hinten erschossen worden.«

»Die Spurensicherung ...«

»Stefan, ich war am Tatort«, unterbrach Lutz ihn sofort. Er hatte keine Lust, sich jetzt einen Vortrag über Polizeiarbeit und Ermittlungsergebnisse anzuhören. »Wenn der Täter vor ihm gestanden hätte, wäre das Blut nicht so nach vorne verteilt gewesen. Der Täter hätte es in seiner Position abgefangen.«

Stefan schnalzte mit der Zunge. »Klingt nicht unlogisch.«

Lutz freute sich. Mit Lob und Anerkennung war Kommissar Sperber sehr sparsam. »Abschiedsbrief hin oder her, Victor Rubens hat sich nie und nimmer selbst erschossen.« Er sah Stefan ernst an. »Das hat jemand anderes für ihn erledigt.«

29

Sophie fühlte sich noch immer müde und zerschlagen, als sie eine halbe Stunde später als üblich die Augen aufschlug. Sie hatte schlecht geschlafen. Die halbe Nacht hatte sie die Geschehnisse der vergangenen Tage wider Willen Revue passieren lassen. Und auch in ihren Träumen tauchten Laura und der entstellte Victor Rubens auf. Sophie rappelte sich hoch und beschloss, das Joggen ausfallen zu lassen. Auch die auffordernden Augen der kleinen Hundedame motivierten sie nicht. Es war ohnehin zu spät. Mit Ronja im Schlepptau schlich sie in den Wintergarten und öffnete die Tür. Ronja stürmte nach draußen und tobte über den Rasen. Sophie setzte sich auf die Treppe und ließ sich die Sonne ins Gesicht scheinen. Es war schon wieder richtig warm. Sie beschloss, den Morgen mit einem Kaffee und der Tageszeitung auf der Liege im Garten zu starten. Vielleicht sollte sie sogar den ganzen Tag dort verbringen und das schöne Wetter genießen. Etwas Entspannung würde ihr guttun. Ben hatte sicher recht. Lauras Tod setzte ihr mehr zu als vermutet. Gestern waren einfach ihre Nerven mit ihr durchgegangen. Jetzt kam sie sich selbst lächerlich vor, dass sie Maris Verhalten als persönliche Drohung gegen sich empfunden hatte. Natürlich war der Mann sauer. Er war pünktlich zu einem Interview erschienen und bekam fast nur unprofessionelle Fragen zu seinem früheren Privatleben gestellt. Sie war diejenige, die sich eigentlich entschuldigen musste. Sophie schlurfte im Pyjama aus der Haustür zum Briefkasten, der an der Pforte am Ende der Einfahrt angebracht war. Sie griff sich das Hamburger Abendblatt und blickte gähnend auf die Titelseite.

Sascha Richter! Tödlicher Balkonsturz!

*

Robert Feller hatte seine Joggingrunde beendet. Unentschlossen spazierte er am Elbstrand entlang. Er hatte gehofft, wieder auf Sophie zu treffen, aber sie ließ sich leider nicht blicken. Eigentlich musste er sich beeilen. Spätestens in einer halben Stunde sollte er im Wagen sitzen und auf dem Weg ins Präsidium sein. Robert beschloss, noch fünf Minuten zu warten. Vielleicht hatte sie nur verschlafen. Der dumme Alexander blickte jaulend zu ihm hoch. Zumindest hechelte er nicht mehr so furchtbar. Die Kondition des Königspudels besserte sich von Tag zu Tag. Robert stellte überrascht fest, dass er Alexander schon ein bisschen mochte. Vielleicht sollte er den Hund immer zum Joggen mitnehmen, selbst wenn seine Mutter wieder auf dem Damm war. Er könnte dann jeden Morgen mit Sophie und Ronja laufen und sie würden sich besser kennenlernen ... Das Klingeln seines Handys holte ihn zurück in die Realität. Stefan!

»Robert, wo steckst du?«, bellte die Stimme seines Chefs aus dem kleinen Telefon.

»Ich wünsche dir auch einen guten Morgen. Ich bin gleich auf dem Weg. Wie war die Obduktion?«

»Ich bin noch bei Franck. Wir haben noch gar nicht richtig angefangen. Trotzdem gibt es bereits besorgniserregende Neuigkeiten.« Sperber machte eine kurze Pause. »Rubens wurde erschossen.«

»Was? Ich verstehe gerade nicht ...«

»Lutz ist sich sicher und mich hat er mit seinen Argumenten überzeugt. Lutz wird natürlich auch nach Schmauchspuren auf Rubens' Händen suchen, doch es ist leider ziemlich unwahrscheinlich, dass er welche finden wird. Ich erkläre dir alles später.«

»Wow.« Robert versuchte gerade, diese neuen Informationen einzuordnen, als Stefan ihn mit einer weiteren Neuigkeit überraschte.

»Und Sascha Richter ist anscheinend auch tot. Steht schon in der Zeitung.«

»Richter? Tot? Jetzt wird es aber langsam unheimlich.«

Am anderen Ende der Leitung wurde geschwiegen, doch Robert hörte Stefan atmen. Er sah ihn regelrecht vor sich. Wahrscheinlich stand er vor dem Gebäude des Rechtsmedizinischen Instituts und rauchte eine Zigarette. Die Schultern waren hochgezogen und sein Gesicht ein einziger mürrischer Ausdruck. Stefan war ein chronisch schlecht gelaunter Mensch, aber Robert hatte gelernt, dass seine schlechte Laune sich nicht wirklich gegen Kollegen richtete. Stefan nahm seinen Job nur sehr ernst. Und das durfte ja auch gar nicht anders sein. Sie klärten Verbrechen auf und versuchten, die Verantwortlichen zu finden, damit sie vor Gericht gestellt wurden. Es ging Robert nur auf die Nerven, wenn Stefan ihn wie seinen persönlichen Assistenten behandelte.

»Was jetzt?«, fragte er vorsichtig.

»Wir müssen mehr über die Todesumstände im Fall Sascha Richter erfahren. Ich möchte, dass du die nötigen Informationen von den Hamburger Kollegen einholst. Ich will alle Details. Diese Dinnerrunde ist ein einziger Albtraum.«

*

Sophie rannte sich die Lunge aus dem Hals. Hoffentlich war Robert noch am Elbstrand. Sie hatte versucht, ihn anzurufen, doch es war besetzt gewesen. Ronja hatte sie zu Hause gelassen, weil sie ohne Hund schneller war. Da stand er ja. Erleichtert drosselte sie ihr Tempo und lief auf ihn zu. Robert klappte gerade sein Telefon zu und sah sie überrascht an. Alexander begrüßte sie schwanzwedelnd.

»Du bist spät dran. Ich wollte gerade gehen. Guten Morgen.«

Sophie nickte nur. Vollkommen außer Atem stützte sie sich auf die Knie.

»Hast du es schon gehört?«, fragte sie keuchend.

»Die Sache mit Richter? Ja. Stefan hat mich gerade angerufen. Wo hast du Ronja gelassen?«

»Ronja?« Sie sah ihn fassungslos an »Das ist hier kein Frühsport. Ich muss mit dir sprechen. Ich habe versucht, dich anzurufen, aber …«

»Mein Herr und Meister war an der Strippe«, erklärte Robert lächelnd. Sophie nickte und stellte nebenbei wieder fest, wie gut Robert eigentlich aussah. Schnell konzentrierte sie sich auf das Wesentliche.

»Sascha Richter ist tot. Das muss doch sogar euch jetzt mal zu denken geben. Laura hat testamentarisch einen Brief hinterlegt, dass sie glaubt, jemand wolle sie töten. Und sie ist tot. Rubens hat einen Abschiedsbrief geschrieben und sich angeblich erschossen. Richter war auch bei dem Dinner. Selbstmord? Tragischer Unfall? Ich bitte dich! Das ist doch nie im Leben Zufall. Was, wenn ihn jemand vom Balkon gestoßen hat?«

»Wir wissen noch nichts über die genaueren Umstände, die zu Richters Tod geführt haben.«

»Jetzt quatsch nicht so ein Beamtendeutsch daher. Ich bin mir sicher, dass der Mörder unter den Dinnergästen zu finden ist. Upps! Von denen lebt ja nur noch einer. Das macht die Sache eigentlich gar nicht mal so schwierig.« Sie sah ihn auffordernd an. »Ich würde ja mal bei Mari vorbeifahren. Es sei denn, ihr glaubt noch immer, dass Laura an einem Medikamentencocktail gestorben ist, Richter im Suff vom Balkon gepurzelt ist …«

»… und Rubens sich erschossen hat.«

Sophie nickte, dann starrte sie Robert Feller fragend an. »Hat er nicht?«

Robert wischte sich eine Haarsträhne aus der Stirn. Dann blickte er ihr direkt in die Augen. »Wenn ich dir nichts sage, rufst du sowieso Dr. Franck an, oder?«

»Logisch.«

Robert atmete durch. »Stefan ist noch bei der Obduktion, aber Franck ist sich sicher, dass Rubens ermordet wurde.«

30

Stefan hatte bereits Kopfschmerzen und die eigentliche Obduktion lag noch vor ihm. Dieser Fall war unerträglich. Drei von vier Gästen dieser blöden Kochsendung waren tot. Bis jetzt gingen sie im Fall Laura Krone von versehentlicher Selbsttötung aus.

Es hatte aber Drohbriefe gegeben. Und Rubens hatte sich eben nicht selbst erschossen. War Richter einfach nur im Suff vom Balkon gefallen? Auch wenn sie noch nichts Genaueres über die Todesumstände wussten, rechnete Stefan damit, dass auch Richter nicht ohne fremde Hilfe den Löffel abgegeben hatte.

»Lutz, können wir da irgendwas übersehen haben?«

Dr. Frank machte ein überraschtes Gesicht. »Bei Victor Rubens? Ich würde sagen, nein. Aber um dir ein verwertbares Ergebnis zu nennen, muss ich ihn erst einmal öffnen. Und nun lass mich meine Arbeit machen.«

Lutz war im Begriff, das Skalpell anzusetzen.

»Jetzt warte mal kurz. Ich meine bei Laura Krone. Mir gefällt die ganze Sache nicht. Vor ein paar Tagen saßen sie noch alle an einem Tisch. Rubens wurde erschossen. Was mit Sascha Richter genau passiert ist, wissen wir noch nicht. Fakt ist: Nun sind drei von ihnen tot.«

Lutz nickte nachdenklich. »Keine Frage, das ist mehr als merkwürdig.«

»Und wenn man sie doch vergiftet hat? Hast du alles gecheckt?«

»Willst du mir doof kommen?« Lutz knallte das Skalpell zurück auf das Instrumententablett. »Alles gecheckt? Natürlich haben wir alles gecheckt. Sie war vollgepumpt mit Medikamenten und Drogen. Wann genau der Körper dann nicht mehr mitspielt, steht nicht auf der Packungsbeilage. Gekokst hat sie auch, und das schon seit geraumer Zeit. Ihre Nasenscheidewand war hinüber. Die Tabletten hat sie auch selbst genommen.«

»Verdammt. Ich weiß einfach nicht weiter. Ein natürlicher Tod passt überhaupt nicht in das Gesamtbild.«

Lutz atmete tief durch. »Also gut. Hier noch mal für Anfänger. Wäre sie vergiftet worden, hätte die Toxikologie das nachweisen können. Ganz davon abgesehen, es ist nicht so leicht, sich Gift zu beschaffen. Du musst es als Normalo stehlen …«

»Okay. Es gibt also kein Gift, das du nicht nachweisen kannst. Es ist ausgeschlossen, dass einer der Gäste ihr irgendwas ins Essen gemischt oder ins Glas gekippt hat.«

Lutz fuhr sich durch das Haar. »So würde ich das nicht sagen. Es gibt schon Stoffe, die besonders in Kombination mit dem Drogencocktail und dem Alkohol tödlich wirken können.«

Stefans Hals wurde plötzlich trocken. Hatte er es doch gewusst. »Ich bin ganz Ohr.« Seine Stimme zitterte vor Aufregung.

»Gammahydroxybuttersäure.«

»Gamma was? Lutz, verdammt. Jetzt rede schon. Was ist das für ein Zeug?«

»GHB, auch bekannt als K.-o.-Tropfen oder Liquid Ecstasy.«

Stefan war sprachlos. Mit dieser teuflischen Vergewaltigungsdroge bekamen sie es immer häufiger zu tun. Und nun hatte damit vielleicht jemand gemordet.

*

Ben sah verwundert auf die Uhr. Normalerweise war Sophie nach ihrer Joggingrunde um diese Zeit längst wieder zu Hause. Er beschloss, erst einmal zu duschen. Wenn Sophie dann noch immer nicht da wäre, würde er sie auf ihrem Mobiltelefon anrufen.

Auch nach seiner Dusche war Sophie nicht zurück. Wahrscheinlich war sie direkt in die Redaktion gefahren, um diese Mari-Story zu besprechen. Das würde auch erklären, warum sie Ronja nicht mitgenommen hatte. Ben griff sein Handy. Mit dem Telefon am Ohr ging er in Richtung Küche, als er es aus Sophies Schlafzimmer klingeln hörte. Sie hatte ihr Telefon gar nicht mitgenommen. Auch ihr Notebook lag am Fußende ihres Bettes. Ohne diese Dinge würde sie nie und nimmer in die Redaktion fahren. Ben lief beunruhigt in den Flur. Ihre Turnschuhe waren nicht da. Vielleicht war sie einfach nur zu einem längeren Lauf aufgebrochen. Zusammen mit diesem Feller. Ben schüttelte den Kopf und hob die unordentliche Zeitung vom Boden auf.

»Hast du wieder Pipi auf den Boden gemacht? Ronja, also so langsam solltest du es gelernt haben. Pipi heißt Garten! Ich will nicht, dass Sophie hinter dir herwischen muss. Kapiert?«

Ronja sah ihn empört an. Ben musste über ihren Blick lachen. Er wollte gerade die Zeitung in einen Müllbeutel werfen, als sein Blick auf das Datum fiel. Die Zeitung war von heute. Und sie war auch nicht nass. Ronja schien wirklich unschuldig zu sein. Ben klappte sie auf und atmete hörbar aus, als er die Schlagzeile las. In einem Film hätte er die dramatische Entwicklung des Falles spannend gefunden. Nur das hier war echt. Und er hatte keine Ahnung, wo Sophie steckte. Er musste plötzlich an dieses Kinderlied denken. Die Version von den Toten Hosen gefiel ihm besser. Zehn kleine Jägermeister.

Leise sang er den Refrain.

Einer für alle, alle für einen,
Wenn einer fort ist,
wer wird denn gleich weinen?
Einmal trifft's jeden, ärger dich nicht,
So geht's im Leben, du oder ich.

Ben schluckte. War das der Schlüssel? Er summte die Melodie.

Drei prominente Dinnergäste
kamen zum Essen vorbei
Die Gastgeberin brach tot zusammen,
da waren sie nur noch drei ...

*

Robert Feller griff zum Hörer, sobald er daheim war, und rief die Hamburger Kollegen an. Schnell wurde er zu Kommissar Funke durchgestellt.

»Kommissar Feller. Was kann ich für Sie tun?«

»Guten Morgen. Ich hoffe, Sie können uns weiterhelfen. Wir ermitteln in einem, nein, zwei oder auch drei Mordfällen. Die Opfer waren Gäste einer Koch-Show, die für das Fernsehen aufgezeichnet wurde.«

»Aha! Sie müssen entschuldigen, aber das klingt gerade etwas wirr.«

»Das stimmt wahrscheinlich. Nun, Sascha Richter war auch einer der Gäste«, erklärte Robert Feller. »Zwei andere sind ebenfalls tot.«

»Ich verstehe. Zufälle gibt es! Was soll ich Ihnen sagen? Die Obduktion steht noch bevor. Wir werden unter diesen Umständen natürlich genauer hin-schauen. Allerdings war ich selbst vor Ort. Eine Nachbarin hat die Leiche gefunden. Richter ist vom Balkon gefallen, daran besteht kein Zweifel. Er war wahrscheinlich betrunken. Wir haben neben der Leiche Glasscherben gefunden. Natürlich wissen wir das alles erst nach der Obduktion genauer, aber es ist ziemlich sicher, dass er erst nach dem Aufprall am Boden gestorben ist. Schädelbruch. Er lag in einer Pfütze Blut. Er muss noch eine kurze Weile gelebt haben. Wahrscheinlich war er aber ohne Bewusst-sein.«

»Gibt es in seiner Wohnung Zeichen eines Kampfes?«, fragte Robert und streifte sich nebenbei die Turnschuhe von den Füßen.

»Die Kollegen von der Spurensicherung sind noch vor Ort. Ich habe vorhin mit einem gesprochen. Die Wohnung ist wohl sehr verwahrlost. Einen Kampf scheint es aber nicht gegeben zu haben. Es wurden ein paar Scherben im Müll gefunden und ein umgekippter Blumentopf mit einer ausgetrockneten Zimmerpflanze.

Der liegt da aber wohl schon länger. Die Nachbarn haben auch nichts gehört.«

Robert war fast ein bisschen enttäuscht. Dann war Richter in seinem Suff einfach nur vom Balkon gefallen?

»Okay. Herr Funke, ich bedanke mich für die Informationen. Könnten Sie uns einen Bericht zufaxen, wenn das Ergebnis der Obduktion feststeht?«

»Immer langsam. Klar faxen wir den Bericht. Aber eine Kuriosität habe ich doch noch für Sie.«

Robert war ganz Ohr.

»Die Kollegen von der Spurensicherung haben im Eisfach eine tote Katze gefunden!«

*

Sophie war die ganze Strecke zurück nach Hause gerannt. Ihre Gedanken fuhren Karussell. Die neuesten Ereignisse waren mehr als besorgniserregend. Sie konnte es gar nicht erwarten, Ben davon zu erzählen. Sophie hatte gerade den Schlüssel ins Schloss gesteckt, als die Tür aufflog.

»Ich warte die ganze Zeit auf dich. Wo warst du denn?«, rief Ben aufgeregt.

»Wo ich war? Bist du verrückt geworden?«

Er blieb in der Tür stehen und sah sie verwirrt an.

»Dürfte ich vielleicht in meine Wohnung?«

Endlich machte Ben Platz. Sophie ging kopfschüttelnd an ihm vorbei.

»Ich habe mich mit Rob getroffen, weil …«

275

»Rob?«

»Robert Feller.«

Ben hob amüsiert die Augenbrauen. »Seit wann nennst du ihn denn Rob?«

»Das kann dir doch eigentlich egal sein, oder? Hör mir einfach zu, okay? Sascha …«

»… Richter ist tot. Ich habe die Zeitung gefunden.«

»Jetzt fall mir doch nicht ständig ins Wort«, fuhr sie ihn an.

»Was ist mit Richter passiert? Konnte dir Feller da was sagen?«

»Nein. Er muss erst mit den Hamburger Kollegen sprechen.«

»Schön. Ich werde dann mal die nächste Wand streichen.«

»Was ist los mit dir?«

Ben zuckte mürrisch mit den Schultern.

»Jetzt sei nicht bockig und komm mit mir in die Küche. Ich habe nämlich noch eine Knallerneuigkeit. Ich brauche nur erst einen Orangensaft.«

Sophie lehnte sich an den Kühlschrank und trank das Glas leer.

»Und? Was ist das für ein Knaller?«

Tat Ben ganz gut, mal für einen Moment zu warten. Er benahm sich an diesem Morgen wirklich idiotisch.

»Rubens.«

»Rubens? Aha. Und was ist nun mit Rubens?«

Sophie stellte behutsam das Glas auf den Küchentisch, bevor sie die Bombe platzen ließ. »Der ist ermordet worden!«

*

Lasse hatte beschlossen, dass das Grinsen der Person auf dem Video wahrscheinlich gar nichts zu bedeuten hatte. Viele Menschen reagierten mit einer Art Verlegenheitslachen auf unangenehme Lebenssituationen. Er hatte auch viel zu viel zu tun, als dass er sich erlauben konnte, darüber weiter nachzugrübeln oder sich stundenlang der Polizei zu erklären. Er hatte ein bisschen zu lange geschlafen an diesem Morgen. Zu seinem Pech hatte sich seine Assistentin ausgerechnet heute krankgemeldet. Die Liste der E-Mails, die er beantworten musste, war lang. Plötzlich kam ihm eine Idee. Vielleicht sollte er Sophie von der grinsenden Person erzählen. Wäre doch eine gute Ausrede, sie endlich mal wieder zu Gesicht zu bekommen. Erst mal würde er eine große Kanne Kaffee kochen und sich der täglichen Arbeit widmen. Lasse kam gerade wieder aus der Küche, als es an der Tür klingelte. Besuch konnte er jetzt wirklich nicht gebrauchen. Sein Herz begann zu klopfen. Hoffentlich standen die Bullen nicht vor der Tür. Er rechnete damit, dass sie noch einmal mit ihm reden wollten. Nervös sah er auf den Monitor der Gegensprechanlage. Ricky! Erleichtert drückte er auf den Summer, um ihn einzulassen. Ricky schwenkte fröhlich eine Tüte.

»Na? Bock auf frische Croissants? Du siehst so aus, als könntest du eine Stärkung gebrauchen.«

Lasse merkte plötzlich, wie hungrig er war. »Dich schickt der Himmel. Der Kaffee ist gleich durch.«

»Hast du heiße Milch? Mir ist so nach französischem Milchkaffee. Zum Croissant-Reintunken.«

Lasse grinste. »Ich werde mal sehen, was sich da machen lässt.« Schnell lief er zurück in die Küche. Er machte eine Kanne H-Milch in der Mikrowelle heiß und schenkte sie dann zusammen mit dem Kaffee in zwei große Müslischalen.

»Voilà! Café au Lait!«

Sie setzten sich auf den Balkon und genossen die Sonne.

»Bist du nur gekommen, um mit mir zu frühstücken?«

Ricky lachte. »Nein. Ich dachte, ich verführ dich endlich mal.«

»Sorry, da muss ich dich enttäuschen. Ich bin noch immer hetero.«

»Ich kann warten«, versprach Ricky kokett, bevor er auf den eigentlichen Anlass seines Besuchs kam. »Ich wollte dich nur fragen, ob du schon die nächsten Termine für die Aufzeichnungen der ›Dinnerparty‹ hast. Ich muss gleich weiter zu einem Job. Ich kann jetzt ziemlich viel für die Studios am Rothenbaum machen. Aber dort will man natürlich wissen, an welchen Tagen ich zur Verfügung stehen kann. Ich wollte das vorher mit dir absprechen.«

Lasse nickte. »Leider kann ich dir nur ein paar Termine nennen. Es ist gerade nicht so einfach, Gäste zu finden. Ich könnte dir aber drei Sachen für August und September sagen. Nett, dass du zuerst an mich denkst.«

»Macht mir einfach am meisten Spaß.«

»Ist ja auch unheimlich lustig zwischendurch«, entgegnete Lasse trocken.

Ricky riss den Mund auf. »Hast du es eigentlich schon gehört?«

»Dass Rubens sich erschossen hat? Ja. Ich kann das allerdings nicht begreifen. Krank, der Typ. Der hatte doch alles, was man sich nur wünschen kann. Wieso bringt sich so ein gestopfter Mensch einfach um?«

»Das meine ich nicht. Sascha Richter ist auch tot. Ist wohl vom Balkon gefallen.«

Lasse riss die Augen auf. »Wow. Das ist ja unglaublich.« Um den Richter war es nicht wirklich schade. Er hoffte nur, dass die ›Dinnerparty‹ von diesen Neuigkeiten eher profitierte und Zuschauer gewann, statt potenzielle Gäste abzuschrecken. Alles konnte unterm Strich sehr gut für ihn ausgehen. Es konnte ihn aber auch seinen Kopf kosten.

31

Sophie saß frisch geduscht im Garten auf einer Liege. In der linken Hand balancierte sie ihren Milchkaffee, mit der rechten Hand kontrollierte sie die verpassten Anrufe und SMS auf ihrem Handy. Mit den Füßen

kraulte sie Ronja, die ausgestreckt ihre Streichelein-
heiten genoss.

»Was passiert als Nächstes?«

»Eigentlich wollte ich den Tag im Garten verbringen,
aber ich fürchte, ich muss mich in der Redaktion
blicken lassen. Was hast du vor?«

»Ich werde ein paar Stunden kiten. Das macht meinen
Kopf wieder klar. Ich werde nach Brasilien fahren.«

Sophie sah Ben erstaunt an. »Brasilien? Ich komm
da gerade nicht mit.«

Ben lachte. »Nicht Brasilien in Südamerika. So heißt
ein Ort am Schönbergerstrand an der Ostsee. Liegt im
Übrigen gleich neben Kalifornien.«

»Im Ernst?«

Ben nickte.

»Wer hat sich das denn ausgedacht? Klingt nach
Promotion.«

»Das hat sich niemand ausgedacht. Der Ort heißt
seit 1873 so. Und die Legende ist noch älter. Ein
Fischer vom Selenter See hat angeblich Mitte des
18. Jahrhunderts eine Hütte am Strand gebaut. Über
seine Tür soll er sich die Planke mit dem Namen eines
gestrandeten spanischen Schiffes genagelt haben.
Das Schiff hieß California. Sein Bruder hat sich dann
›Brasilien‹ an die Tür geschrieben.

Sophie sah ihn ungläubig an. »Kein Witz?«

»Nein.«

»Na, dann wünsche ich dir viel Spaß in Brasilien.
Wie wäre es, wenn wir heute Abend brasilianisch essen
gehen?«

Sophies Handy piepte, bevor Ben antworten konnte.

»Oh, eine SMS von Lasse.«

»Was schreibt er?«

Sophie las sich die Kurzmitteilung durch.

Es gibt noch ein Tape! Solltest du dir unbedingt ansehen! Bin im Stress! 19.00 Uhr im Cox!

»Er will sich mit mir treffen. Im Cox.«

32

Stefan war froh, endlich wieder in seinem Büro im Polizeipräsidium zu sitzen. Auch wenn sein Schreibtisch unordentlich, die Luft schlecht und der Ficus Benjamini seit Wochen tot war, fühlte er sich bedeutend wohler als im Sektionssaal des Rechtsmedizinischen Instituts. Wie hielt Lutz es da nur aus? Sein Blick fiel auf das neueste Foto, das auf dem Schreibtisch stand. Tina lächelte braun gebrannt in die Kamera. Antonia grinste frech und ließ ihre erste Zahnlücke blitzen. Paul guckte mürrisch. Sein Haar war zu lang und unordentlich. Und der kleine Finn strahlte begeistert. Stefan rieb sich die Augen. Er musste sich an die Arbeit machen. Konzentriert wühlte er sich durch die Unterlagen. Da waren diese drei Fälle, die nichts miteinander zu tun haben konnten, weil sie so verschieden waren. Und trotzdem waren sie enger miteinander verwoben als es zunächst den Anschein machte. Das Telefon klingelte. Stefan sah auf das Display. Robert. Endlich!

»Was sagt Hamburg?«

»Richter war asozial. Seine Bude ist grauenvoll. Er hatte eine tote Katze im Eiswürfelfach!«

Stefan sprang aus dem Stuhl. »Er hatte was?«

»Du hast schon richtig verstanden.«

»Das ist ja krank. Also gut. Immer schön der Reihe nach. Was sagen die Hamburger Kollegen zu den Umständen seines Todes?«

Er konnte hören, wie Robert in seinem Notizbuch blätterte.

»Sascha Richter starb an schweren Schädelverletzungen. Er war nach dem Aufprall auf den Boden nicht sofort tot.«

Stefan ließ sich wieder in seinen Schreibtischstuhl sinken. Das war wirklich grauenhaft. Wie lange hatte Richter noch gelebt? War er bei Bewusstsein gewesen? Er durfte jetzt nicht darüber nachdenken. Er musste seinen Job machen.

»War es ein Unfall? Oder hat da jemand nachgeholfen?«

»Das ist das Problem. Es gibt keine Kampfspuren. Die Spurensicherung ist noch vor Ort, um nach Fingerabdrücken zu suchen. Richter war ziemlich voll. Vielleicht ist er unglücklich gestürzt. Es hätte dem Anschein nach aber auch nicht besonders großer Anstrengung bedurft, ihn über das Geländer zu stoßen.«

Stefan seufzte. »Mit anderen Worten, entweder Richter hat nicht nur mal wieder zu tief ins Glas geschaut, sondern auch von der Balkonbrüstung, oder es ist jemandem ein perfekter Mord gelungen.«

»Ja, es könnte Mord gewesen sein. Victor Rubens hat sich auch nicht selbst erschossen.« Roberts Stimme hatte einen feindseligen Unterton angenommen. »Es gibt in deinem Umfeld im Übrigen Menschen, besser eine Frau, die von Anfang an davon überzeugt war, dass Laura Crown ermordet worden ist. Du scheinst aber ja noch immer an Zufälle zu glauben.«

Nein, selbst Stefan glaubte nicht an diesen Zufall. Was war mit Mari? Hielt sich der gelackte Schönling für so schlau, dass er nacheinander alle Dinnergäste umbringen konnte und man ihm nicht auf die Schliche kam?

»Robert, bleib in Hamburg. Bleib an der Sache mit Richter dran. Wenn es was Neues gibt, dann ruf mich sofort an. Und fahr zu Mari.«

»Soll ich ihm mal ein bisschen auf den Zahn fühlen?«

Stefan überlegte kurz. Robert hatte sich darüber beklagt, dass er sich wie ein Handlanger vorkam. Mit Recht. Jetzt hatte er die Gelegenheit, Robert die Sache in Hamburg in die Hand zu geben. Ihm blieb auch gar nichts anderes übrig.

»Ja, mach das. Mal sehen, ob der mittlerweile nervös geworden ist. Bis später!«

Stefan legte auf. Plötzlich kam ihm ein neuer Gedanke: Was, wenn Mari gar nicht der Täter war? Dann war er möglicherweise das nächste Opfer.

*

Sophie saß an ihrem Schreibtisch in der Redaktion und tippte ihre Notizen vom Mari-Interview in den Computer, um sie später ihrem Chefredakteur vorlegen zu können. In dem Großraumbüro war es stickig und viel zu heiß. Irgendetwas stimmte heute mit der Klimaanlage nicht. Sophie schenkte sich den Rest Mineralwasser ein und beschloss, sich gleich eine neue Flasche aus der Küche zu holen. Evi, eine Kollegin aus dem Ressort ›Beauty und Wellness‹, stand an der Küchenzeile und löffelte einen geschmacksneutralen Magermilchjoghurt.

»Hallo, Evi. Wie geht's?«, grüßte Sophie freundlich und öffnete den Kühlschrank.

»Man schlägt sich so durch. Und selbst?« Evi sah sie neugierig an. »Wie war denn dein Gespräch mit Marcello Mari?«

Ihr Chefredakteur hatte anscheinend recht. Alle Frauen flogen auf Marcello Mari. Selbst die hübsche Evi. Und sie selbst hatte ihn ja bis gestern auch richtig sexy gefunden, gestand sie sich ein. Was sollte sie sagen?

»Tja …«

»Der Typ ist doch irre, oder?« Evi wirkte plötzlich ernst.

»Irre?«

»Ich meine, total durchknallt. Macht einen auf Traummann. So schön, so stark, so sinnlich.« Evi feuerte ihren Joghurtbecher in die Mülltonne. »Und in Wahrheit ist er total krank im Kopf.«

Sophie starrte sie an.

»Was meinst du genau?«

»Eine Freundin von mir hatte mal was mit Marcello. Sie war überglücklich, sich einen TV-Star an Land gezogen zu haben. Anfangs war er wohl auch sehr charmant ...«

»Evi, komm auf den Punkt!«

»Er hat eine geheime Kellerwohnung in St. Georg.«

»Er hat was?« Sophie bekam eine Gänsehaut. Das konnte wichtig sein. »Weißt du die Adresse?« Die Frage war viel zu heftig gekommen.

»Was ist denn?«, fragte Evi erschrocken.

»Die Adresse!«

»Gurlittstraße. Die Hausnummer weiß ich nicht, aber im Nachbarhaus ist ein kleines Café. Fahr da bloß nicht hin. Der hat wohl ziemlich eigenartiges Spielzeug da. Du weißt schon, Handschellen, Peitschen, krankes Zeug eben. Meine Freundin ist da schreiend raus.«

33

Robert Feller kämpfte sich durch den Hamburger Feierabendverkehr von einer roten Ampel zur nächsten. Genervt trommelte er auf dem Sportlenkrad herum. Sein schneller Wagen nützte ihm im Moment wenig. Robert war auf dem Weg zu Maris Wohnung in Uhlenhorst, obwohl er sich sicher war, den Schauspieler dort nicht anzutreffen. Er hatte wiederholt bei ihm angerufen. Sowohl mobil als auch auf dem Festnetz. Vielleicht konnte einer der Nachbarn ihm einen Tipp geben, wo er Mari finden konnte. Dieser Fall war eigenartig. Sie kamen nicht weiter, weil sich ständig alles in eine neue Richtung kehrte: Überdosis, Selbstmord, Mord, Unfall? Da konnte einem wirklich schwindelig werden. Das einzig Gute an dem Fall war, dass er Sophie näher kennengelernt hatte und dass er heute nicht nach Lübeck fahren musste. Er wollte gerade noch einmal versuchen, Mari zu erreichen, als sein Handy klingelte. Stefan. Was war denn nun schon wieder? Robert stöhnte und nahm das Gespräch an.

»Was ist denn jetzt schon wieder?«

»Fahr zu Mari …«

»Das hatten wir doch schon besprochen. Ich bin gerade auf dem Weg! Ich bezweifle aber, dass er zu Hause ist. Ich habe bestimmt schon zwanzigmal angerufen.«

»Robert! Jetzt hör mir mal zu! Was, wenn er das letzte Opfer werden soll?«

Robert pfiff durch die Zähne. »Oder bereits ist? Interessante Variante. Würde zumindest erklären, warum er nicht ans Telefon geht.«

»Ich habe die Hamburger Kollegen bereits informiert. Sie kommen mit einem Durchsuchungsbefehl und dem Schlüsseldienst zu Maris Wohnung. Beeil dich!«

Die Ampel sprang auf Grün. Robert trat das Gaspedal durch und nutzte jede Lücke. Die anderen Verkehrsteilnehmer kommentierten seinen Fahrstil mit wildem Gehupe. Wahrscheinlich würde er sich eine Anzeige einfangen. Doch das war jetzt Nebensache. Wenn Mari tatsächlich in Gefahr war oder bereits tot, blieb eine entscheidende Frage offen: Wer zum Teufel war dann der Täter?

34

Sophie sah auf die Uhr und fluchte. Sie hatte nicht so lange arbeiten wollen. Ihr Chefredakteur hatte sie zu sich gerufen und wissen wollen, wie das Vorgespräch mit Marcello Mari gelaufen war. Er hatte die Story interessant gefunden und wollte nun unbedingt dieses Porträt in einer der nächsten Ausgaben haben. Sophie hatte den ganzen Tag im Internet recherchiert, um sich ein Bild von dem Schauspieler zu machen. Marcello Mari würde der Star im November sein. Was hätte sie denn machen sollen? Sagen, dass Mari wahrscheinlich ein perverses Schwein war? Dass er vielleicht sogar ein Mörder war? Sie hatte keine Beweise. Es blieb ihr nichts anderes übrig, als ihren Job zu machen und das Interview genauso gründlich vorzubereiten, wie sie es immer tat. Die Frage war, ob Mari überhaupt jemals wieder mit ihr sprechen würde. Sie war ziemlich unhöflich gewesen. Sie hatte ihn regelrecht ins Verhör genommen. Vielleicht sollte sie sich bei ihm entschuldigen, nur um die Story zu retten. Sie könnte ihm eine E-Mail schicken. Auf der anderen Seite war es vielleicht besser, die Angelegenheit nicht künstlich aufzublasen. Schließlich hatte Mari seinen Teil zu dem unschönen Ende des Gesprächs beigetragen. Sie würde einfach warten, bis sie ihn persönlich wiedersah. Und dann würde sie freundlich und professionell sein. Schnell packte sie ihre Sachen zusammen und verlies die Redaktion. Sie musste sich beeilen, noch pünktlich im Cox anzukommen. Eigentlich wäre sie gern noch nach Hause gefahren, um sich eine Dusche zu gönnen und sich umzuziehen. Der Tag in dem überhitzten Büro hatte ihr zugesetzt und nun fühlte sie sich verschwitzt und matt. Leider blieb ihr jetzt nicht mal mehr die Zeit, sich auf der Toilette ein bisschen frisch zu machen. Sophie sprang in ihren Wagen und fuhr los. Den Zettel, auf dem sie die Anschrift von Maris geheimem Liebeskerker notiert hatte, warf sie auf den Beifahrersitz. Es war viel Verkehr und sie hatte fast das Gefühl, dass die Fußgänger sie überholten. Es dauerte eine weitere halbe Stunde, bis sie in St. Georg einen Parkplatz bekam. Um 19.20 Uhr traf sie endlich im Cox ein. Von Lasse fehlte jede Spur.

*

Ben fuhr zurück nach Hamburg. Das Kiten hatte ihm gutgetan. Er hatte seinen Kopf frei bekommen und über Verschiedenes nachgedacht. Es hatte ihn selbst überrascht, wie sehr er Ibiza vermisste. Was machte er eigentlich in Hamburg, außer über Leichen zu stolpern? So sehr er Sophie auch mochte, sie waren Kumpels. Ohne diese Morde hätten sie sicher jede Menge Spaß haben können. Sie hätten die Stadt unsicher gemacht. Von Hamburg hatte Ben unter den gegebenen Umständen nicht viel gesehen. Bis jetzt. Ben beschloss, an die ›Perle‹ zu fahren und sich dort ein Bier und ein paar Bratwürste zu gönnen. Er hatte Hunger wie ein Wolf. Die Alsterperle, ein ehemaliges Klohäuschen aus rotem Backstein, direkt an der Außenalster gelegen, war seit einigen Jahren ein schicker Imbiss und zählte seitdem zu seinen Lieblingsplätzen in Hamburg. Von dort hatte man den besten Ausblick auf die Stadt. Außerdem gab es fantastische Frikadellen und deftige Eintöpfe und in den Sommermonaten einen großen Grill. Sophie war sowieso mit Lasse verabredet. Er hatte keine Lust, den Abend allein in der Villa zu verbringen. Ben parkte den Wagen in einer Nebenstraße und lief mit Ronja zur Alsterperle. Es war jede Menge los. Die Hamburger genossen ihren Feierabend im Sonnenschein. Er nahm sein Bier und sah sich nach einem freien Platz am Alsterufer um. Plötzlich traute er seinen Augen nicht. Hastig drängelte er sich durch die Gästeschar.

»Lasse?«

»Hey! Wie geht's?«, rief Lasse und prostete ihm gut gelaunt zu.

»›Wie geht's?‹ Spinnst du? Wo ist Sophie?«

»Sophie?« Lasse sah ihn fragend an. »Woher soll ich das wissen?«

»Du bist doch mit ihr verabredet!«

Lasse schüttelte nachdrücklich den Kopf. »Ich? Ne.«

Ben versuchte, sich zusammenzureißen. In seinem Kopf rauschte es und sein Herz hämmerte. Lasse war an dem besagten Abend auch vor Ort gewesen. Er hatte die Dinnerrunde zusammengestellt. Er war bei Laura in der Maske gewesen.

»Was hast du mit ihr gemacht?«, zischte Ben und packte Lasse am T-Shirt. Der riss sich wütend los.

»Was willst du eigentlich, du Spinner? Jetzt komm mal wieder runter!«

Ben atmete tief durch und rieb sich das Gesicht. Er durfte jetzt nicht durchdrehen. Irgendetwas stimmte gerade gar nicht.

»Lasse, Sophie hat heute eine SMS von dir bekommen.« Mit zitternden Fingern zündete er sich eine Zigarette an.

Lasse blickte verwundert auf. »Von mir? Das kann nicht sein. Ich habe ihr keine geschrieben.«

»Wer dann?«

»Wer dann? Meine Güte, sie kennt doch Gott und die Welt!«

Ben nickte und drückte die Kippe nervös aus.

»Sie wollte sich aber mit dir treffen!«

»Das hat sie gesagt?«

»Lasse«, Ben bemühte sich, ganz ruhig zu bleiben. »Drei Menschen aus deiner Koch-Show sind wahrscheinlich ermordet worden. Und jetzt ist Sophie weg. Sie war der Meinung, dass sie mit dir verabredet ist. Die SMS kam von deinem Handy!«

Lasse wirkte bestürzt. »Mein Handy? Ich weiß nicht mal, wo mein Handy ist. Seit heute Morgen suche ich das kleine Mistding. Ich muss es verlegt haben.«

35

Sophie sah sich auch im hinteren Teil des Restaurants Cox um. Lasse war nicht da. War er schon gegangen? Sie war gerade mal 20 Minuten zu spät. Warum hatte er sie nicht angerufen? Sie beschloss, an der Theke nach Lasse zu fragen. Der Maître warf einen Blick in das Reservierungsbuch und schüttelte den Kopf. Höflich teilte er ihr mit, dass auf den Namen Anderson kein Tisch vorbestellt war.

»Ich bin ein bisschen zu spät«, erklärte Sophie. »Vielleicht war er schon hier.«

»Wie sieht er denn aus?«

Sophie beschrieb Lasse, so gut sie konnte. Der Maître zuckte mit den Schultern. »Es tut mir leid, aber ich bin mir ziemlich sicher, dass niemand hier war, auf den die Beschreibung passt. Wollen Sie noch warten?«

Sophie nickte. Der Maître führte sie an einen freien Tisch im hinteren Bereich des Restaurants.

»Vorne ist alles reserviert. Darf ich Ihnen schon etwas zu trinken bringen?«

Sophie fühlte sich matt und erschöpft. »Bringen Sie mir doch ein Glas Champagner, bitte!«

Während sie den Champagner in gierigen kleinen Schlucken trank, wählte sie wieder und wieder Lasses Nummer. Es sprang nur seine Mailbox an, auf der sie schon einige Nachrichten hinterlassen hatte. Ihr Telefon piepte plötzlich. Der Akku war leer. Sophie hoffte, dass Lasse in den nächsten Minuten wirklich noch auftauchen würde und sie nicht sinnlos ihre Zeit verplemperte. Sie platzte beinahe vor Neugier. Lasse hatte von einem weiteren Tape geschrieben, und das wollte sie unbedingt sehen. Er musste irgendeine wichtige Entdeckung gemacht haben.

*

Ben zündete sich nervös die nächste Zigarette an, um sich zu beruhigen. Wo steckte Sophie? Es war in den letzten Tagen einfach zu viel passiert. Und sie hatte sich wieder zu sehr in die ganze Sache eingemischt. Warum sollte der Mörder nach drei Taten Skrupel haben, eine vierte folgen zu lassen? Ben merkte, dass einige Gäste der Alsterperle Lasse und ihn bereits neugierig anstarrten.

»Komm mal mit.«

Lasse schien nicht zu wissen, was er von Bens seltsamem Benehmen halten sollte, folgte ihm aber sofort ein paar Meter weiter auf die Grünfläche.

»Das hier ist kein Witz«, erklärte Ben eindringlich.

»Das habe ich begriffen! Auch wenn ich sonst keine Ahnung habe, was hier eigentlich abgeht. Ich war nicht mit Sophie verabredet. Ich habe ihr auch keine SMS geschrieben. Ich habe niemandem eine SMS geschrieben. Es kann also auch versehentlich keine Nachricht auf Sophies Handy gelandet sein.«

Ben nickte unglücklich. Er glaubte Lasse. »Wann hast du dein Telefon das letzte Mal benutzt?«

»Keine Ahnung.« Lasse überlegte. »Gestern. Ich habe lange gearbeitet. Wahrscheinlich habe ich es in die falsche Jacke gesteckt. Ich habe erst heute gemerkt, dass ich es nicht bei mir habe. Aber warum rufst du sie nicht einfach an?«

»Was?«

»Verdammt! Ruf Sophie an.«

Ben ärgerte sich, dass er nicht selbst darauf gekommen war. Hastig rief er ihre Nummer auf und wählte.

»Mailbox!«, erklärte er knapp.

»Mari wohnt nicht weit von hier! Ich kenne seine Adresse.«

»Mari?«

Lasse sah ihn ernst an.

»Marcello ist der letzte überlebende Gast der Dinnerrunde. Wenn er die anderen wirklich auf dem Gewissen hat, dann …«

Ben lief es eiskalt den Rücken hinunter.

36

Er betrat das Cox und sah sich nach Sophie um. Da saß sie ja und wartete brav. Hübsch wie immer.

»Sophie?«, fragte er, angenehm überrascht.

Sophie sah ihn verwirrt an, fing sich aber sofort und setzte ihr Model-Gesicht auf. »Hallo. Das ist ja ein Zufall.«

»Hamburg scheint manchmal ein Dorf zu sein. Was macht eine schöne Frau wie du denn hier so allein? Du bist doch hoffentlich nicht versetzt worden?«

Sie lächelte und zuckte mit den Schultern.

»Um ehrlich zu sein, sieht es tatsächlich so aus. Lasse Anderson wollte sich eigentlich mit mir treffen. Ich habe ihn schon mehrmals angerufen, aber es geht nur seine verflixte Mailbox ran. Mein Akku ist jetzt sowieso leer.«

»Lasse? Wundert mich, dass Anderson nicht absagt, wenn ihm was dazwischenkommt.«

Sophie nickte.

»Ich verstehe das auch nicht. Na, vielleicht taucht er ja noch auf. Und was machst du hier? Essen?«

»Nein, ich habe schon gegessen. Ich wollte nur eine Flasche Wein kaufen. Die haben hier diesen köstlichen Luddite, ein Rotwein aus Südafrika. Den bekommt man sonst kaum. Ein wundervoller Tropfen. Den trink ich aber lieber zu Hause. Hier darf man ja nicht mal mehr rauchen.«

»Prinzipiell finde ich das Rauchverbot auch richtig, aber im Moment geht es mir gehörig auf die Nerven.«

Das lief doch viel besser, als er es sich hätte ausmalen können. »Warum kommst du nicht auf ein Glas Wein mit? Bei mir ist das Rauchen noch erlaubt. Versteh mich nicht falsch, aber ich wohne gleich um die Ecke. Das ist doch ein Motorola?«, fragte er und deutete auf ihr Telefon, das auf dem Tisch lag.

Sophie nickte.

»Ich habe ein ähnliches. Wahrscheinlich passt das Ladegerät. Wenn Lasse die Verabredung wieder einfällt, ruft er dich garantiert an. Wie gesagt, es ist gleich um die Ecke. Ansonsten wünsche ich dir einen netten Abend.«

Sie schien zu überlegen. »Warum nicht«, meinte sie schließlich. »Ich wollte sowieso noch einmal mit dir reden.«

»Na, dann los!« Er grinste. In Wahrheit wäre er vor lauter Freude am liebsten in die Luft gesprungen. Nun hatte er sie gleich genau da, wo er sie haben wollte.

37

Robert stellte den Wagen einfach auf der Straße vor Maris Wohnung in Uhlenhorst ab. Es war unwahrscheinlich, dass er um diese Zeit einen legalen Parkplatz finden würde. Von den Hamburger Kollegen war noch niemand zu sehen. Er klingelte ohne viel Hoffnung. Niemand öffnete. Robert war nicht überrascht. Er hatte Mari den ganzen Tag telefonisch nicht erreichen können. Er drückte den Klingelknopf neben dem von Mari. Ein Summen. Die Haustür ließ sich öffnen. Robert schob die Fußmatte auf die Schwelle, um den Eingang für die Kollegen offen zu halten. Dann stieg er die Treppe des gepflegten Jugendstilhauses nach oben. Mari wohnte im ersten Stockwerk, in der sogenannten Beletage. An der gegenüberliegenden Tür wartete ein drahtiger älterer Mann. Sein noch immer dichtes graues Haar war kurz gehalten und er trug einen teuren Trainingsanzug.

»Wollen Sie zu mir?«

Robert schüttelte den Kopf. »Nein, ich will zu Herrn Mari. Habe ich mich etwa in der Klingel vertan? Das tut mir leid.«

Am liebsten hätte Robert sofort das Schloss aufgebrochen, um sich die Wohnung mal genauer anzusehen. Die Kollegen würden sicher gleich kommen. Wenn Marcello Mari tot in seiner Bude lag, würde er das sehr bald wissen.

»Der Mari ist nicht da.«

»Ach, haben Sie ihn weggehen sehen?«

Der Mann grinste. »Das nicht. Aber wenn er da ist, höre ich ihn. Entweder lernt er seine Texte oder er spricht mit seiner Freundin. Der weiß, wie man Frauen behandelt.«

Robert merkte, wie der Kerl ihn musterte. Wie ein Scanner machte er sich sein Bild von ihm.

»Sind Sie auch in dieser Branche?«

»Nein. Ich bin von der Kripo und ich möchte, dass Sie jetzt wieder zurück in Ihre Wohnung gehen und die Tür schließen.«

»Ich war lange beim Militär, mein Junge.«

Endlich hörte er Schritte. »Das sind die Kollegen. Bitte gehen Sie zurück in Ihre Wohnung.« Robert drehte sich zur Treppe, um die Beamten zu begrüßen. Verwirrt starrte er die Männer an, die eben die Treppe heraufkamen. Es überraschte ihn, sowohl Ben als auch diesen Lasse hier anzutreffen.

»Was wollt ihr denn hier?«

Die beiden waren außer Atem. Sie mussten gerannt sein. Robert schlug das Herz bis zum Hals. Eine böse Vorahnung beschlich ihn. Er wusste die Antwort bereits, bevor Ben sie ihm gegeben hatte.

»Wir suchen Sophie. Da stimmt was nicht.«

*

Ben hatte nicht erwartet, dass Kommissar Feller derart besorgt reagieren würde.

»Sophie?«, fragte er ächzend. Er war schlagartig blass geworden.

»Lasse und ich fürchten, dass sie in eine Falle gelockt wurde.«

»Von Mari?«

»Seine Freundin heißt aber Monika. Er schreit immer ›Monika‹, wenn er sie …, na, Sie wissen schon.«

Robert drehte sich wütend um. »Wenn Sie jetzt

nicht endlich in ihrer Wohnung verschwinden, verhafte ich Sie auf der Stelle wegen Behinderung der Ermittlungen!«

»Wenn Sie wüssten!« Mit diesen Worten schloss der Typ seine Wohnungstür.

Schnell erzählte Ben von der mysteriösen SMS und dem angeblichen Treffen im Cox.

»Ich habe die Nachricht jedenfalls nicht geschrieben«, setzte Lasse hinzu.

Kommissar Feller nickte. »Und warum habt ihr Sophie nicht angerufen?«

»Haben wir«, erklärte Ben schluckend. Ihm war fast schlecht vor Sorge. »Sie geht nicht ans Telefon. Nur die Mailbox.«

Robert nickte. »Scheiße!«

»Was jetzt?«

Feller riss sich das Jackett vom Körper.

»Jetzt trete ich die Tür ein. Gefahr in Verzug.«

Es krachte einen Moment später, und die Tür fiel aus den Angeln. Ben schob anerkennend die Unterlippe vor. Rob schien gar nicht so soft zu sein, wie er es vermutet hatte.

»Ihr bleibt bitte draußen. Ich bringe mich schon genug in Schwierigkeiten.«

Ben stand an der Tür, hielt sich aber an den Befehl. Lasse saß auf einer Treppenstufe und kaute an seinem Daumennagel.

Nach kurzer Zeit kam Robert zurück.

»Hier ist niemand.«

»Was jetzt?«, fragte Lasse.

»Ich werde hier jedenfalls nicht herumsitzen!«, rief Ben. Seine Stimme zitterte.

»Niemand wird hier rumsitzen«, machte Robert Feller klar. »Die Polizei wird jeden Moment eintreffen. Die sollen die Wohnung bewachen.«

»Toll. Das wird Sophie natürlich helfen.«

»Verdammt, Ben. Ich muss warten, bis die Kollegen da sind. Dann fahr ich ins Cox und frage die Leute da.«

»Gute Idee. Endlich kommst du mal aus dem Quark! Ich fahre nach St. Georg und suche ihren Wagen. Sophie ist doch ein schlaues Mädchen! Vielleicht hat sie eine Nachricht hinterlassen.«

Ben schluckte. Sophie hatte ein schlechtes Gewissen wegen Mari gehabt. Eine gute Voraussetzung für ihn, sie in eine Falle zu locken.

*

Sophie setzte sich auf die bequeme Couch und zündete sich die lang ersehnte Zigarette an. Sie konnte hören, wie er in der Küche nebenan die Weinflasche entkorkte. Kurze Zeit später kam er mit zwei eingeschenkten Gläsern und der offenen Flasche zurück.

»Zum Wohl, meine Liebe. Schön, dass der Zufall uns noch mal zusammengebracht hat und wir einfach so, ohne Stress, diesen guten Tropfen genießen können!«

Sie nahm ihr Glas.

»Prost!«

Sophie trank einen Schluck und fragte sich, was an dem Wein so besonders sein sollte. Er schmeckte eher merkwürdig. Ein bisschen seifig oder salzig. Wahrscheinlich war das Glas nicht ordentlich gespült worden. Tapfer trank sie es trotzdem, während er über das tolle Wetter sprach.

»Und? Was sagst du zu dem Wein?«, fragte er neugierig, nachdem sie das Glas fast geleert hatte.

»Ich bin mir nicht ganz sicher«, gab sie ehrlich zu. »Hattest du das Glas in der Spülmaschine?«

»Spülmaschine? Nein.«

Ihr wurde wieder nachgeschenkt. Sophie hoffte, dass der salzige Nachgeschmack nun weg war. Tapfer probierte sie noch mal. Ja, nun war es besser.

»Doch, sehr lecker.«

»Es ist eine Shiraz-Traube.«

»Wo ist denn das Ladegerät? Ich würde mein Telefon wirklich gerne wieder funktionstüchtig machen.«

»Dein Telefon?« Er sah sie erstaunt an. »Das brauchst du doch gar nicht mehr.«

Sophie lachte kurz. »Natürlich brauche ich es. Wahrscheinlich ist Lasse die Verabredung inzwischen wieder eingefallen. Er versucht sicher, mich zu erreichen.« Sophie wurde langsam ungeduldig. »Und es wäre wirklich wichtig für mich, ihn heute noch zu treffen.«

Sein Blick wurde plötzlich weich. Er sah sie mitleidig an und lächelte. »Lasse? Der weiß doch gar nichts von eurer Verabredung.«

»Was soll das?«

Nun kicherte er, als habe er soeben einen köstlichen Witz gerissen. »Ich habe doch die SMS geschrieben.« Er hielt ein Handy hoch. »Hier, das ist Lasses Telefon.«

Sophie wurde plötzlich kalt. Trotzdem spürte sie einen Schweißfilm auf ihrer Stirn. Ihre Knie wurden weich. Ganz langsam stieg Panik in ihr auf. Sie fragte sich, warum sie nicht schrie. Warum sprang sie nicht auf? Weil es sowieso zu spät war? Sie war wie gelähmt.

»Warum?« Ihre Stimme war nicht mehr als ein heiseres Flüstern. In ihrem Kopf hallte die Stimme laut. Warum bist du eine so verdammt naive Kuh? Du hast dich in die Falle locken lassen!

*

Mit knappen Worten berichtete Robert Feller den Hamburger Kollegen, warum er die Tür hatte aufbrechen müssen. Er beneidete Ben, der einfach hatte losstürmen können, um nach Sophie zu suchen. Offiziell durfte das natürlich nicht in seinem Sinne sein. Es war Sache der Polizei, sich um die Angelegenheit zu kümmern. Unter den gegebenen Umständen war er aber froh, dass Ben sich nicht aufhalten ließ. Vielleicht gelang es ihm, Sophie zu finden. Lasse war zusammen mit Ben gegangen. Robert trat ungeduldig von einem Bein auf das andere. Es störte ihn zum ersten Mal, dass er sich an die Regeln der Polizei zu halten hatte. Wenn Mari

Sophie etwas angetan hatte, während er hier herumstand – nicht auszudenken!

»Ich werde Ihnen Rede und Antwort stehen, aber nicht jetzt«, erklärte er abschließend. »Wir suchen weiter nach Marcello Mari und Sophie Sturm.«

»Wir werden eine Fahndung rausgeben.«

Robert bedankte sich bei den Hamburger Kollegen und lief zu seinem Wagen. Lasse stand dort und hatte einen Hund an der Leine. Ronja. Die Hündin begrüßte ihn stürmisch.

»Hey, wie geht es dir?« Er klopfte ihren Rücken.

»Ihr kennt euch?«, fragte Lasse erstaunt.

Unter anderen Umständen hätte Robert über diese Formulierung gelacht. »Ja, wir kennen uns. Und was machst du hier noch? Warum ist Ronja hier?«

»Ben hat mir einfach die Leine in die Hand gedrückt. Er ist ohne sie schneller, hat er gemeint.«

»Ich verstehe.«

»Ich habe schon mal im Cox angerufen!«

»Verdammt, Lasse, das ist Arbeit der Polizei!«

»Sophie war da!« Lasse sah ihn eindringlich an.

»Wann?«

»Gegen halb acht. Sie hat nach mir gefragt und was getrunken. Sie hat gleich bezahlt, darum hat keiner der Kellner weiter auf sie geachtet.«

Robert stieg bereits in den Wagen und startete den Motor.

»Ich fahr hin.«

»Kann ich mitfahren?«

»Mitfahren?«

»Ich wohn doch in St. Georg. Und ich will Ronja jetzt nicht mehr durch die Gegend zerren. Sie gähnt die ganze Zeit. Ich kenn mich mit Hunden nicht so aus, aber ich glaube, sie ist k.o. Ben war mit ihr den ganzen Tag an der Ostsee.«

Robert nickte. Was mit Lasse war, war ihm ziemlich egal. Lasse hatte Glück, dass ihm Ronja anvertraut worden war. An der kleinen Hündin hing Sophies Herz, das hatte er gespürt. Und sein eigenes Herz schien für Sophie zu schlagen. »Dann los. Lasse, steig ein.«

38

Es machte ihm großen Spaß, Sophie zu beobachten. Sie hatte wirklich Angst. Was für ein Gefühl. Jemand hatte echte Angst vor ihm. Diese Macht. Er genoss sie. Er war derjenige, der zwischen Leben und Tod entschied. Zum vierten Mal in Folge. Natürlich hatte er längst entschieden. Die arme Sophie. Eigentlich hatte er gar nichts gegen sie. Im Gegenteil. Er legte Lasses Telefon zurück auf den Tisch. Was hatte sie gerade gefragt? ›Warum?‹

»Warum? Ach, Sophie, nimm es bitte nicht persönlich. Ich mag dich wirklich. Aber trotzdem … Wie soll ich das erklären? Tja, eigentlich bist du selbst schuld. Du hättest eben nicht herumschnüffeln sollen.«

»Ich verstehe nicht …«

»Dabei ist es doch so einfach!«, fiel er ihr ins Wort und freute sich plötzlich wie ein Kind. »Ich habe Laura umgebracht. Ich war das. Wenn du nicht herumgeschnüffelt hättest, wäre bestimmt nie herausgekommen, dass sie nicht an ihrem eigenen Drogencocktail gestorben ist. Rubens habe ich genauso gehasst. Ich war mir nicht sicher, ob ich es schaffen würde, ihm in den Kopf zu schießen. Es war auch wirklich ekelhaft. Aber nachdem er brav den ihm diktierten Brief geschrieben hatte, musste ich doch mein Ziel weiterverfolgen, oder? Sascha Richter ist mir einfach nur auf die Nerven gegangen. Ein widerlicher Typ.«

Sophie schüttelte ihr hübsches Köpfchen.

»Na ja«, er räusperte sich und konzentrierte sich wieder auf das Wesentliche. »Laura Crown und Victor Rubens haben nur bekommen, was sie verdient haben. Beide sind schuld im Sinne meiner Anklage. Schuld am Tod meiner Mutter.«

Sie schien zu begreifen, dass er es ernst meinte. Ihre Augen zeigten blankes Entsetzen.

»Was hast du mir gegeben?« Ihre Stimme klang schwach.

»Das Gleiche wie Laura.«

»Ruf einen Krankenwagen. Du kommst aus der Nummer nicht mehr raus. Was willst du denn mit meiner Leiche machen? Willst du mich durch St. Georg schleppen? Jemand wird dich sehen.«

Er kicherte.

»Klar! Alle werden uns sehen. Wir gehen gleich in die Bar Hamburg. Da ist es schön voll.«

»Und wenn ich mich weigere?« Sie klang bereits kraftlos.

Er grinste nur. Natürlich konnte sie keine Ahnung haben, wie genial sein Plan war.

»Süße, die Droge macht willenlos. GHB, K.-o.-Tropfen. Wird gern bei Vergewaltigungen eingesetzt, weil das Opfer alles mitmacht, sich aber später an nichts erinnern kann. Du wirst mitkommen. Und du wirst einen Kurzen nach dem anderen kippen. Und dann wirst du tot vom Barhocker plumpsen. Und weißt du, was das Beste ist? Alle werden sich peinlich berührt abwenden. Alle werden denken, wie kann sich diese schöne Frau nur so ins Koma saufen. Bis irgendjemand tatsächlich begriffen hat, was mit dir los ist, bin ich weg und du mit Sicherheit tot.«

*

Sophie spürte die Wirkung der Droge bereits. Sie hatte Mühe, sich zu konzentrieren, und ihr war so schwindelig, als wäre sie bereits ziemlich betrunken. Sie musste jetzt irgendetwas tun! In ein paar Minuten war sie vielleicht zu nichts mehr in der Lage. Aber was? An Flucht war nicht zu denken. Wahrscheinlich würde ihr schwindelig werden, wenn sie aufstand. Ohne das Gift in ihrem Körper hätte sie zumindest versuchen können zu kämpfen. Es musste doch irgendeinen Ausweg geben. Die Vorstellung, in einer überfüllten Bar zu sitzen, umringt von gut gelaunten Menschen, die nichts von dem Mord an ihr mitbekommen würden, war ein Albtraum. Man würde ihr auch nicht helfen. Die anderen Gäste würden nur den Kopf schütteln. Plötzlich hatte sie eine Idee. Auch wenn die Chance, dass sie damit Erfolg haben würde, sehr gering war, musste sie es versuchen. Was hatte sie schon zu verlieren?

»Ich muss kotzen.«

Er sah sie entsetzt an. Sophie fing an zu würgen. »Nicht auf meine Designercouch!«

Er sprang auf und rannte los. Sophie nahm an, dass er einen Eimer holen würde. Jetzt oder nie. Sie musste schnell handeln. Eine zweite Chance würde sie sicher nicht bekommen. Sophie zog mit zitternden Fingern die Visitenkarte von Robert aus der Tasche und griff das Handy von Lasse. Vor Jahren hatte der ihr einmal verraten, dass er sich Zahlen schlecht merken könne, und deshalb sein Geburtsdatum als PIN nutzte. Sophie schaltete das Mobiltelefon ein und betete, dass Lasse den Zahlencode nicht geändert hatte.

*

Ben rannte die Lange Reihe entlang. Keine Spur von Sophies BMW. Er beschloss, sich die Nebenstraßen vorzunehmen. Und tatsächlich. In der Gurlittstraße stand ihr Auto. Ben keuchte erschöpft. Die Türen des Wagens waren natürlich verschlossen. Ben sah sich um. Die Baustelle. Er lief hinüber und griff sich den erstbesten Stein. Er überlegte nicht lange. Die Seitenscheibe zersprang in tausend Stücke. Die Alarmanlage machte einen entsetzlichen Lärm. Ben öffnete die Tür und sah sich um. Auf dem Beifahrersitz lag ein Zettel. Maris Kerker. Das war Sophies Handschrift. Maris Kerker? Ben schnappte sich die Notiz und rannte los, bevor die Polizei ihn schnappen würde und er erklären musste, warum er die Scheibe des Wagens seiner Freundin eingeschlagen hatte. Gurlittstraße. Er war schon an dem sogenannten Kerker vorbeigelaufen. Ben rannte zurück. Die Haustür war verschlossen. Auf Sophies Notiz stand ›Kellerwohnung‹. Ben drückte einen Klingelknopf für die oberste Etage.

»Ja«, meldete sich eine Stimme.

»Lieferung für …« Bens Blick flog hastig über die Klingelschilder. »… Akin.«

Es summte, und die Eingangstür ließ sich öffnen. Ben ging ins Haus und sah sich um. Rechts stand ein Name an der Tür. Er konnte Leute reden hören. Sie sprachen Türkisch. Da war die Kellertreppe. Ben atmete durch und eilte die Stufen nach unten. Die Tür und das Schloss waren alt. Wenn die Tür nur zugezogen worden war, konnte er sie vielleicht mit seiner Kreditkarte öffnen. Er steckte die Karte in den Spalt. Die Tür gab nach. Ben schlich hinein. Es war dunkel, aber er hörte ein Keuchen. Es kam aus einem der hinteren Zimmer. Hier war jemand. Eine Frau schrie plötzlich auf. Sophie? Ben lief es kalt den Rücken herunter. Er folgte den spitzen Schreien. Hinter dieser Tür geschah etwas Furchtbares. Sollte er die Polizei rufen? Viel zu spät. Das hätte ihm früher einfallen müssen. Leise drückte er die Klinke hinunter und öffnete die Tür. Am liebsten hätte er die Augen geschlossen. Die langen blonden Haare, die Handschellen, der Knebel. Mari kniete vor der gefesselten Frau.

»Mari! Du Arschloch!«

Mari sah sich hektisch um.

»Ich ruf die Bullen! Du bist ja krank!« Trotz der Abartigkeit der Szenerie war Ben unendlich erleichtert. Wer auch immer die arme Frau war, sie war nicht Sophie.

39

Robert parkte den Wagen in zweiter Reihe gegenüber dem Cox. Er hatte gerade den Motor abgeschaltet, als sein Handy klingelte. Ungläubig starrte er auf das Display. »Jetzt wird es ganz verrückt.«

Lasse sah ihn verwirrt an.

»Der Anruf ist von dir!«

»Was?«

»Von deinem Handy.«

Lasse schüttelte den Kopf.

»Mein Telefon ist seit gestern weg.«

Robert schaltete die Freisprechanlage ein.

»Feller.«

»Rob?«

Die Stimme war so leise, aber er erkannte sie sofort.

»Sophie?«

»Hilfe. Er wird mich töten. Er hat mir irgendwas gegeben …«

Robert Feller wurde vor Angst übel.

»Mit wem sprichst du da?« Eine schrille Männerstimme war plötzlich zu hören. »Gib mir das verdammte Telefon!«

»Nein! Rob!«

Ein Schrei.

»Du bist ein ziemlich böses Mädchen!«

Dann brach die Verbindung ab. Robert keuchte. Er hatte das Gefühl, eine kalte Hand würde sein Herz packen. Sophie würde sterben. Und er wusste nicht mal, wo er nach ihrer Leiche suchen sollte.

Lasse schrie ihn plötzlich an: »Ich habe die Stimme erkannt!«

»Du hast was?« Robert versuchte, Ruhe zu bewahren.

»Das war Ricky. Der Maskenbildner!«

*

Sophie war wie gelähmt. Die Szenerie war ein Albtraum. Entsetzt starrte sie Ricky an. Er trug ein Abendkleid. Sein Haar war toupiert und hochgesteckt. Er sah entsetzlich irre aus.

»Ricky? Was …?«

Sophie versuchte, sich zu konzentrieren. Sie hatte dieses Kleid schon einmal gesehen. Auf einem Foto. Laura hatte das Kleid getragen. Auf der Premierenfeier von der ›Mexikanischen Nanny‹ bei Rubens vor sieben Jahren.

Ricky machte ein ernstes Gesicht.

»Das ist das Kleid, in dem meine Mutter gestorben ist. Hier! Siehst du das?« Jetzt flüsterte er. »Das ist das Blut, das ihr aus dem Schädel gelaufen ist, nachdem Rubens ihren Kopf auf die Kante eines Marmortisches gestoßen hatte.«

Das war der Schlüssel. Alles hatte mit dieser Party vor sieben Jahren zu tun. Sophie wusste, dass sie versuchen musste, wach zu bleiben. Sie musste Ricky dazu bringen, ihr seine Geschichte zu erzählen. Ihr war nur so furchtbar übel.

»Ich verstehe nicht.«

Ricky setzte sich, schlug die Beine über und zündete sich eine Zigarette an.

»Ach, Sophie, eigentlich ist es ganz einfach«, erklärte er gereizt. »Aber noch kurz zu Sascha Richter. Wahrscheinlich wäre er sogar noch am Leben, wenn ich nicht zufällig Marcello Mari in Winterhude gesehen hätte. Ich bin ihm gefolgt. Er hat Richter besucht, warum auch immer. Ich hatte eine tote Katze dabei, die ich entsorgen wollte. Da kam ich auf die Idee, den Richter auch gleich zu entsorgen. Die Welt ist ohne ihn schöner.« Er kicherte böse. »Und das Kätzchen habe ich in sein Eiswürfelfach gesteckt. Das ist doch ein schönes Rätsel für die Polizei, oder?«

Sophie schluckte. »Warum?«

»Warum? Ich habe meine Mutter vergöttert. Sie war wunderbar. Sie war herzlich. Sie hat mir jeden Wunsch von den Augen abgelesen. Auf der anderen Seite konnte sie auch niemandem einen Wunsch abschlagen. Sie hat damals mit Laura das Kleid getauscht, weil Laura es so wollte. Laura hatte keinen Bock mehr auf den Rubens. Der alte Sack hatte seine Schuldigkeit getan. Der Film war im Kasten. Rubens lauerte Laura an diesem Abend ständig auf. Laura hat aber wohl einfach nur weg gewollt. Sie hat meine Mutter überredet, die Kleider zu tauschen.«

»Woher willst du das wissen?«, fragte sie müde.

»Ich war dabei, Sophie. Ich war bei vielen Jobs meiner Mutter dabei. Ich mochte die Atmosphäre in der Maske. Die Schminke, die Tricks, ein müdes Gesicht in ein strahlendes zu verwandeln. Es war wie Zauberei. Wie gesagt, ich war auch an dem tragischen Abend dabei und ich habe die Szene noch genau vor Augen. Meine Mutter hat gezögert. Sie fand es nicht richtig. Laura ist dann in Tränen ausgebrochen. Sie war so ein berechnendes Miststück. Mutter hat also in dem Kleid am besagten Treffpunkt im Park auf Rubens gewartet, damit Laura ungefickt entschwinden konnte. Als Rubens den Schwindel bemerkt hatte, muss er vor Wut außer sich gewesen sein. Vielleicht hatte er in diesem Moment Laura töten wollen. Aber es traf meine Mutter.« Seine Stimme brach. Er räusperte sich und trank einen Schluck. »Ich war gerade 13 und meine Mama war alles für mich. Mein Leben ging dann drei Jahre lang in Heimen und Pflegefamilien weiter. Es war die Hölle! Ich habe mir damals geschworen, mich zu rächen. Und das habe ich getan. Ich bin sehr stolz auf mich und ich bin mir ganz sicher, meine Mama ist es auch.«

*

Robert startete den Motor. Er hatte sich immer ein bisschen mehr Action in seinem Leben gewünscht. Aber so? Im Moment ging er durch die Hölle.

»Wo wohnt der?«, schrie er in Richtung Beifahrersitz.

»Keine 500 Meter von hier! Gleich bei der Kirche«, antwortete Lasse. Blass streichelte er Ronjas Kopf. »Wie willst du denn unbemerkt ins Haus kommen?«

Robert zuckte mit den Schultern und drückte das Gaspedal durch. Gleichzeitig funkte er die Hamburger Kollegen an, um Verstärkung anzufordern. Mit einer Vollbremsung stoppten sie nach wenigen Minuten vor dem Haus, in dem Ricky wohnte. Robert sprang aus dem Wagen. Er hörte, dass Lasse ihm folgte. An der Eingangstür drehte er sich zu ihm um und legte die Finger an die Lippen. »Wir müssen leise sein. Nicht, dass er Sophie in Panik tötet.«

Lasse nickte und flüsterte: »Ricky wohnt im dritten Stock. Der Flur ist ziemlich lang. Das Wohnzimmer ist weiter hinten.«

Robert war dankbar für diese Information. Falls Ricky Sophie im Wohnzimmer festhielt, hatte er immerhin die Chance, sich unbemerkt bis vor die Wohnungstür zu schleichen. Und dann?

»Lasse, ich geh da jetzt rein. Du bleibst bitte hier.«

»Ach, jetzt hör doch auf. Sei froh, dass du noch zwei Augen mehr hast!«

Robert überflog hastig die Namensschilder an den Klingelknöpfen im Eingangsbereich, als sich plötzlich die Haustür öffnete und ein junger Mann mit zwei kleinen Hunden herauskam. Schnell schlüpfte er ins Gebäude und drehte sich zu Lasse um. »Du bleibst schön hinter mir«, mahnte er. Dann schlich er mit klopfendem Herzen die Stufen in den dritten Stock hoch. Er hatte keine Ahnung, was ihn da oben erwarten würde. Ricky war zwar nicht besonders kräftig, aber er war gefährlich. Er hatte drei Menschen auf dem Gewissen. Vielleicht sogar vier. Robert war fast schlecht vor Angst.

Was würde ihn hinter der Tür erwarten?

*

Sophie massierte sich die Schläfen und krallte sich die Fingernägel in den Arm. Sie musste wach bleiben! Ricky war ein Psychopath. Ihr war klar, dass er sie töten würde. Sie hatte nur die Chance, es herauszuzögern und auf Hilfe zu hoffen.

»Glaubst du wirklich, Victor Rubens hat deine Mutter töten wollen? Ich glaube, es war ein Unfall. Vielleicht gab es ein Handgemenge?«, fragte sie mit schleppender Stimme, um Ricky weitererzählen zu lassen.

»Ein Handgemenge?« Ricky wirkte entsetzt. »Er hat sie gegen diesen Tisch gestoßen. So sehr, dass sie an ihrer Schädelverletzung starb.«

Sophie versuchte, ihn verständnisvoll anzusehen. »Und darum hast du ihn erschossen?«

»Ja und nein.« Ricky lachte plötzlich und strich das Kleid glatt. »Ich hatte nicht geplant, auch Rubens zu töten, aber nachdem du dafür gesorgt hattest, dass die Polizei ermittelte, war es doch egal, oder? Mein ursprünglicher Plan ging nicht mehr auf. Und es gab plötzlich eine Möglichkeit, dem zweiten Schuldigen auch noch das zu geben, was er verdient hatte. Danke dafür. Ich habe sie letztlich alle für schuldig befunden. Richter wird sowieso kein Mensch vermissen. Und jetzt zu dir. Um dich ist es echt schade, aber ich kann auch kein Risiko mehr eingehen. Du hast den Stein doch erst ins Rollen gebracht.«

Sophie spürte, wie sie mehr und mehr die Kontrolle über sich verlor. Ihr Hals war trocken. Sie hatte nicht mal mehr die Kraft zu schreien. Als sie das Messer aufblitzen sah, war ihr klar, dass Ricky seine Pläne geändert hatte. Sie würden gleich in keine Bar mehr gehen. Ihr Anruf hatte die Sache abgekürzt. Ricky packte ihre Hand und drehte die Innenfläche nach oben. Sophie versuchte, ihn mit dem freien Arm wegzustoßen, doch sie hatte keine Kraft. Sie konnte sich nicht mehr selbst helfen. Resigniert schloss sie die Augen. Erst spürte sie einen spitzen Schmerz. Dann fühlte sie eine angenehme Wärme an ihrem Unterarm. Es kostete sie viel Überwindung, die müden Augen zu öffnen, um zu sehen, was da so wehtat und gleichzeitig so angenehm warm war. Es war das Blut, das in einem dünnen Strahl aus ihrer aufgeschnittenen Pulsader spritzte. Ricky lachte hysterisch. Dann fluchte er.

»Mein Kleid! Verdammt, Sophie, dein Blut saut das Kleid ein!«

Wütend griff er sich auch ihren zweiten Arm.

40

Robert gab Lasse ein Zeichen, sich ein paar Meter zu entfernen. Dann spannte er seine Muskeln an und konzentrierte sich. Mit einem gezielten Tritt öffnete er die Tür.

»Polizei!«, rief er und betrat die Wohnung.

Ein schrilles Lachen kam aus einem der hinteren Räume. »Ihr seid zu spät! Und mich kriegt ihr auch nicht«, kreischte Ricky.

Robert rannte den Flur entlang. Als er in das Wohnzimmer blickte, ließ ihn der Anblick innerlich erzittern. Sophie saß auf dem Boden und starrte auf ihre Arme. Um sie herum war nichts als Blut.

Aus ihren Handgelenken floss es über ihre Unterarme, ihre Kleidung. Ricky stand in einem mitternachtsblauen Kleid neben ihr. In seiner Hand hielt er ein Sushimesser. Er hatte sich ebenfalls eine Pulsader aufgeschnitten. Im selben Moment hörte Robert die Sirenen der Kollegen.

»Verdammt, Ricky. Legen Sie das Messer weg!«

»Ich geh nicht in den Knast.« Böse grinsend hob er das Sushimesser und ließ es durch die Luft fahren. Mit einer schnellen Bewegung schnitt er sich fast die Hand ab. Robert glaubte zu hören, wie die Klinge an den Knochen kratzte. Ricky starrte fasziniert auf das Ergebnis. Er hatte die Sehnen durchtrennt. Dann sackte er ohnmächtig zusammen.

»Lasse, ruf einen Krankenwagen!«

Er hatte keine Zeit, sich um Ricky zu kümmern. Schnell zog er sich sein Boss-Hemd vom Körper und riss es auseinander.

»Was ist denn hier los?«, rief einer der Hamburger Kollegen.

»Das ist Richard Kramer. Wahrscheinlich der gesuchte Mörder. Der Krankenwagen wird gleich hier sein«, erklärte Robert schnell. Er musste sich jetzt um Sophie kümmern. Sophie sah schlimm aus. Ihr Gesicht war blutverschmiert.

»Sophie? Kannst du mich hören?«

Ihre Augen hatten einen seltsamen Ausdruck. Sie musste einen Schock haben.

»Ich bin's, Rob. Der Kaschmir-Cop. Bitte! Jetzt bleib stark.« Schnell verband er ihre Handgelenke mit seinem zerrissenen Hemd. Die Verletzungen waren nicht so dramatisch, wie er zuerst befürchtet hatte.

Sie musste sich gewehrt haben. Ricky hatte die Pulsader nicht exakt getroffen. Sie hatte auch keine Wunde am Kopf. Das Blut stammte von den Verletzungen an den Armen. Sie hatte sich wohl nur ins Gesicht gefasst. Robert machte sich viel mehr Sorgen um ihren Schockzustand.

»Sophie. Alles wird gut. Du bist in Sicherheit.«

Sie nickte matt. »Er hat mir was in den Drink gemischt. Das Gleiche wie Laura.«

»Der Notarzt wird sofort hier sein. Ich werde ihn über eine mögliche GHB-Vergiftung informieren.«

Robert streichelte ihr schönes Gesicht und war unendlich erleichtert. Er hatte es gerade noch geschafft.

»Ist Ricky tot?«, fragte sie leise.

»Nein, er ist nur umgekippt.«

Sie nickte. Ihr Gesicht bekam wieder etwas Farbe. Jetzt lächelte sie sogar ein bisschen.

»Hast du mir gerade das Leben gerettet?«

Robert zuckte nur mit den Schultern. Ja, vielleicht hatte er das tatsächlich. Doch er fühlte sich nicht wie ein Held. Im Moment kam er sich eher vor wie ein Idiot. Die Hamburger Kollegen würden ihn sicher noch lange in Erinnerung behalten. Kommissar Feller aus Lübeck. Der Mann im Feinrippunterhemd.

Epilog

Ben schaute in die Küche. Sophie hatte ihn die ochsenblutrote Wand überstreichen lassen. Nun strahlte die Küche in einem hellen Apfelgrün. Sophie hatte die Farbe von Blut, egal ob Ochse oder Mensch, nicht mehr sehen wollen. Und er konnte das gut nachvollziehen. Ihm wurde immer noch schlecht, wenn er daran dachte, wie knapp alles gewesen war. Ricky war ein Psychopath. Sein weiteres Leben würde er nun in einer geschlossenen Anstalt verbringen, da war Ben sich sicher. Auch ohne seinen dramatischen Selbstmordversuch hätte man ihn in die Psychiatrie und nicht in den Knast gebracht. Ricky war krank. Sophie verdankte es mehreren Zufällen, dass sie noch am Leben war. Und natürlich war sie im Grunde genommen wieder selbst schuld. Lernte diese schöne und eigentlich auch intelligente Frau nichts dazu? Kommissar Feller hatte sie am Ende gefunden. Ben war dem Schnösel unendlich dankbar.

»Schön, dass das mit dem Essen noch klappt«, sagte er fröhlich und ging zum Kühlschrank, um sich ein Bier zu holen. »Was gibt es denn? Es riecht wirklich sehr lecker.«

Sophie grinste. Sie trug noch immer Verbände um die Handgelenke, doch die Wunden heilten gut. Sophie wirkte glücklich. Sie kämpfte mit diversen Töpfen und Pfannen.

»Das ist Lauras letztes Dinner. Das Menü, das sie

in der Kochsendung gekocht hat oder, besser gesagt, kochen wollte. Ich koche es gerade nach.«

»Ist das nicht ziemlich makaber?«

Sophie lachte ihn frech an. »Ich glaube, Laura hätte das gefallen.«

»Schöne Blumen.« Ben deutete auf den üppigen langstieligen weißen Rosenstrauß.

»Von Rob«, erklärte Sophie beiläufig.

Ben beobachtete amüsiert, dass sie errötete.

»Diesem Dressman-Kommissar?«

»Der ist gar nicht mal so schlimm.«

Ben trank einen Schluck Bier und grinste dann breit.

»Ui. Und dein Leben hat er auch noch gerettet. Nachtigall, ich hör dir trapsen.«

Sophie verdrehte die Augen. »Nerv doch nicht.«

Ben lachte.

»Ich will doch gar nicht nerven. Ich bin ehrlich gesagt sehr gespannt, wie die Geschichte mit euch weitergeht. Halt mich bitte auf dem Laufenden, denn ich werde nicht weiter live dabei sein können. Ich muss in ein paar Tagen wieder nach Hause.«

»Nach Ibiza?«

»Ja. Aber ich werde erst noch einen Abstecher nach Fehmarn machen und meine Eltern besuchen. Und ich will noch einen Abend mit Olli verbringen. Olli, ich und 'ne Kiste Bier. Männerabend, wenn du verstehst, was ich meine.«

Sie lachte. »Das hast du dir wirklich verdient!«

»Kann ich Ronja bei dir lassen?«

Sophie sah ihn kopfschüttelnd an. »Warum nimmst du sie nicht mit?«

»Ich habe da so meine Gründe.«

»Sie hätte sicher jede Menge Spaß auf der Insel. Außerdem weiß ich nicht, ob ich sie wieder hergeben kann, wenn wir uns hier noch weiter anfreunden. Ich habe diese kleine Hundedame richtig lieb gewonnen.«

Ben grinste. »Genau das war der Plan!«

Sophie knallte die Pfanne auf die Herdplatte.

»Was für ein Plan?«

Ben lächelte breit. Dann nahm er Sophie in den Arm und hielt sie ganz fest. »Ich hatte eine Mission zu erfüllen. Ein Podenco Ibicenco ist dir sehr ähnlich. Neugierig, mutig, gutmütig, Teamplayer, Beschützer, zudem schlank und langbeinig.« Dann sah er Sophie ernst an. »Diese Hunderasse hat alles, was einen guten Detektiv, Seelentröster und Sportpartner ausmacht.«

Er hatte Sophie selten so dumm aus der Wäsche gucken sehen.

»Ben, was willst du mir eigentlich genau sagen?«

Ben strahlte sie an. Er hatte sich viele Kilometer und eine lange Zeit auf diesen Moment gefreut. Endlich war es so weit. »Sophie, die Sache ist doch ganz einfach. Ronja gehört zu dir.«

ENDE

LAURAS HOLLYWOOD DINNER
CREATED BY TIM MÄLZER

Alle Rezepte sind für 4 Personen ausgelegt

<u>Vorspeise:</u>

THUNFISCH-CEVICHE

300 g sehr frisches Thunfischfilet
6 El Limettensaft
300 g Tomaten
2 Tl Honig
4 El Olivenöl
½ Chilischote ohne Kerne
Salz
Pfeffer
200 g Staudensellerie
2 kleine reife Avocados
10 Stiele Koriandergrün
2 Baguettes

Thunfisch in 1/2 cm große Würfel schneiden und in eine kleine Schüssel geben. Mit ein wenig Limettensaft beträufeln.

Tomaten raspeln und mit dem Rest des Limettensaftes, Honig, Olivenöl, Salz und Pfeffer verrühren. Staudensellerie fein würfeln. Avocado schälen, halbieren, den Stein entfernen und das Fruchtfleisch klein würfeln. Korianderblättchen von 8 Stielen zupfen und fein schneiden. Chilischote in feine Würfel schneiden.

Staudensellerie, Chiliwürfel, Avocado und Koriander mit dem Fisch vorsichtig mischen und in Gläser geben. Die Tomatensauce darüber geben.

Salat 30 Minuten kalt stellen und anschließend mit einigen Korianderblättchen und geröstetem Brot servieren.

Hauptspeise

SURF AND TURF VOM RINDERFILET

4 Rinderfilet-Medaillons (á 140g)
3 Knoblauchzehen
Salz
Pfeffer
4 El Öl

Die Medaillons mit Salz und Pfeffer würzen, den Knoblauch schälen und in grobe Scheiben schneiden.

In einer heißen Pfanne mit Öl das Fleisch mit dem Knoblauch je 3 Minuten auf beiden Seiten kräftig anbraten und herausnehmen. Anschließend das Fleisch in Alufolie einpacken und im vorgeheizten

Ofen bei 120°C (Umluft 100°C) 5 Minuten ruhen lassen.

Die Medaillons aus dem Ofen nehmen und die Folie entfernen.

1 kg grüner Spargel (2 Bund)
Salz
Pfeffer
Zitronensaft
2 El Olivenöl

Vom grünen Spargel die holzigen Enden abbrechen und in reichlich kochendem Salzwasser 2 Minuten bissfest garen. Herausnehmen, auf ein Küchenpapier legen, mit Zitronensaft und Olivenöl beträufeln und mit Salz und Pfeffer würzen.

Die Spargelstangen auf den Grill oder in eine Grillpfanne legen, 4-5 Minuten grillen und dabei mehrmals wenden.

1 kg Garnelen mit Kopf und Schale (8-12)
100 ml Olivenöl
1 Knoblauchzehe
½ Chilischoten
1 Rosmarinzweig
Fleur de sel

Von den Garnelen die Schwanzsegmente vorsichtig entfernen. Mit einem Sägemesser am Rücken entlang dünn einschneiden und den Darm ziehen.

Anschließend in einer Pfanne das Olivenöl mit Knoblauch, Chili und Rosmarin erwärmen. Die Garnelen in die heiße Pfanne legen und kräftig anbraten. Salzen. 2-3 Minuten von jeder Seite anbraten und anschließend auf ein Küchenpapier legen.

1 kg vollreife Strauchtomaten (ca. 10 Stück)
1-2 El Zucker
5 El Olivenöl
2 Sternanis ganz
½ Tl Zitronenabrieb
1 El Thymian (gehackt)
1 El Basilikum (gehackt)
Salz
Pfeffer

Die Tomaten quer halbieren und keilförmig den Stielansatz herausschneiden. Danach mit der Schnittseite nach unten in eine mit Zucker bestreute Auflaufform oder ein Backblech legen.

Im vorgeheizten Ofen die Tomaten 4-5 Minuten auf Grillstufe grillen. Anschließend herausnehmen, den Ofen auf 180°C (Umluft 160°C) stellen und die Haut der Tomaten einzeln abziehen. Mit Salz, Pfeffer, Zitronenabrieb, den gehackten Kräutern, Sternanis, Olivenöl mischen und weitere 10 Minuten im Ofen schmoren lassen.

Die Tomatenhälften in eine Schüssel geben und noch heiß mit einer Gabel grob zerdrücken.

100 g geriebener Parmesan
½ Tl Mehl
4 El Olivenöl

Den Parmesan mit dem Mehl mischen.

Den geriebenen Parmesan in eine nicht zu heiße Pfanne, nicht zu dick einrieseln lassen und mit Olivenöl dünn übergießen.

Wenn der Käse goldgelb verlaufen (wabenförmig) ist, mit einer Palette herausnehmen und auf einem Teller auskühlen lassen.

Nach dem Erkalten in 4 gefällige Stücke brechen.

Anrichten:

Die Spargelstangen heiß in die Tellermitte legen.

Das Rinderfilet auf den Spargel legen und den gebratenen Scampi darauflegen.

Die Parmesanhippe an das Rinderfilet lehnen und die Tomatensoße darum verteilen.

Nachspeise

HALBFLÜSSIGES SCHOKOKÜCHLEIN

100 g Edelbitterschokolade (70% Kakaoanteil)
100 g Butter
3 Eier
150 g Zucker
Salz
1 Msp. Nelkenpulver
Mark einer Vanilleschote
40 g Mehl
Butter und Zucker für die Formen
Puderzucker zum Bestäuben

4 kleine Kokotten mit flüssiger Butter auspinseln und mit reichlich Zucker ausstreuen.

Die Butter und die Schokolade, die zuvor kleingehackt wurde, über einem Wasserbad oder in der Mikrowelle schmelzen.

Die Eier mit den restlichen Zutaten vermengen und glattrühren, danach das geschmolzene Butter-Schokoladengemisch unterrühren.

Die Masse auf die Kokotten verteilen, sodass sie ¾ gefüllt sind.

Die Kokotten in den auf 210°C vorgeheizten Ofen geben und ca. 12 Minuten backen.(Umluftöfen sind leider nicht geeignet für dieses Rezept).

Die Förmchen vorsichtig aus dem Ofen nehmen, mit Puderzucker bestreuen und zügig servieren.

Weitere Krimis finden Sie auf den folgenden Seiten und im Internet: www.gmeiner-verlag.de

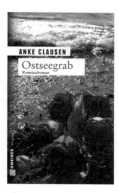

ANKE CLAUSEN
Ostseegrab
....
370 Seiten, Paperback.
ISBN 978-3-89977-739-0.

Gefährliche Brandung Sophie Sturm, Klatschreporterin eines Hamburger Hochglanzmagazins, macht Urlaub auf Fehmarn. Statt jedoch die gewünschte Erholung zu finden, entdeckt sie am Strand eine tote Frau im Neoprenanzug. Schon die zweite ertrunkene Kitesportlerin innerhalb einer Woche.

Entgegen der Polizei glaubt Sophie nicht an einen Zufall. Sie macht einen Kitekurs und schnüffelt in der Szene herum. Doch sie schenkt dem Falschen ihr Vertrauen und bringt sich damit selbst in tödliche Gefahr.

SIGRID HUNOLD-REIME
Schattenmorellen
....
277 Seiten, Paperback.
ISBN 978-3-8392-1021-5.

GEFÄHRLICHE NÄHE Die 71-jährige Martha will frühmorgens die reifen Schattenmorellen in ihrem Garten im Cuxhavener Stadtteil Stickenbüttel ernten. Sie wird von einem Gewitter überrascht und fällt vom Baum. Mit einem gebrochenen Arm und einer Gehirnerschütterung wird Martha ins Krankenhaus eingeliefert. An den Unfall kann sie sich nicht mehr erinnern. Dafür umso besser an eine schicksalhafte Sommernacht vor 54 Jahren. Damals wütete auch ein Gewitter und es gab unter der Schattenmorelle einen Toten.

Im Krankenhaus trifft sie die 48-jährige Eva, die als junges Mädchen ihre Nachbarin war. Für beide Frauen wird der Krankenhausaufenthalt eine harte Auseinandersetzung mit der Vergangenheit. Dabei übersehen sie fast die tödlichen Gefahren der Gegenwart ...

Wir machen's spannend

Das neue KrimiJournal ist da!

**2 x jährlich das Neueste
aus der Gmeiner-Krimi-Bibliothek**

In jeder Ausgabe:

- Vorstellung der Neuerscheinungen
- Hintergrundinfos zu den Themen der Krimis
- Interviews mit den Autoren und Porträts
- Allgemeine Krimi-Infos
- Großes Gewinnspiel mit ›spannenden‹ Buchpreisen

*ISBN 978-3-89977-950-9
kostenlos erhältlich in jeder Buchhandlung*

KrimiNewsletter
Neues aus der Welt des Krimis

Haben Sie schon unseren KrimiNewsletter abonniert?
Alle zwei Monate erhalten Sie per E-Mail aktuelle Informationen aus der Welt des Krimis: Buchtipps, Berichte über Krimiautoren und ihre Arbeit, Veranstaltungshinweise, neue Krimiseiten im Internet, interessante Neuigkeiten zum Krimi im Allgemeinen.
Die Anmeldung zum KrimiNewsletter ist ganz einfach. Direkt auf der Homepage des Gmeiner-Verlags (www.gmeiner-verlag.de) finden Sie das entsprechende Anmeldeformular.

Ihre Meinung ist gefragt!
Mitmachen und gewinnen

Wir möchten Ihnen mit unseren Krimis immer beste Unterhaltung bieten. Sie können uns dabei unterstützen, indem Sie uns Ihre Meinung zu den Gmeiner-Krimis sagen! Senden Sie eine E-Mail an gewinnspiel@gmeiner-verlag.de und teilen Sie uns mit, welches Buch Sie gelesen haben und wie es Ihnen gefallen hat. Alle Einsendungen nehmen automatisch am großen Jahresgewinnspiel mit ›spannenden‹ Buchpreisen teil.

Wir machen's spannend

Alle Gmeiner-Autoren und ihre Krimis auf einen Blick

ANTHOLOGIEN: Tödliche Wasser • Gefährliche Nachbarn • Mords-Sachsen 3 • Tatort Ammersee (2009) • Campusmord (2008) • Mords-Sachsen 2 (2008) • Tod am Bodensee • Mords-Sachsen (2007) • Grenzfälle (2005) • Spekulatius (2003) **ARTMEIER, HILDEGUND:** Feuerross (2006) • Katzenhöhle (2005) • Drachenfrau (2004) **BAUER, HERMANN:** Karambolage (2009) • Fernwehträume (2008) **BAUM, BEATE:** Ruchlos (2009) • Häuserkampf (2008) **BECK, SINJE:** Totenklang (2008) • Duftspur (2006) • Einzelkämpfer (2005) **BECKMANN, HERBERT:** Die indiskreten Briefe des Giacomo Casanova (2009) **BLATTER, ULRIKE:** Vogelfrau (2008) **BODE-HOFFMANN, GRIT / HOFFMANN, MATTHIAS:** Infantizid (2007) **BOMM, MANFRED:** Glasklar (2009) • Notbremse (2008) • Schattennetz • Beweislast (2007) • Schusslinie (2006) • Mordloch • Trugschluss (2005) • Irrflug • Himmelsfelsen (2004) **BONN, SUSANNE:** Der Jahrmarkt zu Jakobi (2008) **BOSETZKY, HORST [-KY]:** Unterm Kirschbaum (2009) **BUTTLER, MONIKA:** Dunkelzeit (2006) • Abendfrieden (2005) • Herzraub (2004) **BÜRKL, ANNI:** Schwarztee (2009) **CLAUSEN, ANKE:** Dinnerparty (2009) • Ostseegrab (2007) **DANZ, ELLA:** Kochwut (2009) • Nebelschleier (2008) • Steilufer (2007) • Osterfeuer (2006) **DETERING, MONIKA:** Puppenmann • Herzfrauen (2007) **DÜNSCHEDE, SANDRA:** Friesenrache (2009) • Solomord (2008) • Nordmord (2007) • Deichgrab (2006) **EMME, PIERRE:** Pasta Mortale • Schneenockerleklat (2009) • Florentinerpakt • Ballsaison (2008) • Tortenkomplott • Killerspiele (2007) • Würstelmassaker • Heurigenpassion (2006) • Schnitzelfarce • Pastetenlust (2005) **ENDERLE, MANFRED:** Nachtwanderer (2006) **ERFMEYER, KLAUS:** Geldmarie (2008) • Todeserklärung (2007) • Karrieresprung (2006) **ERWIN, BIRGIT / BUCHHORN, ULRICH:** Die Herren von Buchhorn (2008) **FOHL, DAGMAR:** Das Mädchen und sein Henker (2009) **FRANZINGER, BERND:** Leidenstour (2009) • Kindspech (2008) • Jammerhalde (2007) • Bombenstimmung (2006) • Wolfsfalle • Dinotod (2005) • Ohnmacht • Goldrausch (2004) • Pilzsaison (2003) **GARDEIN, UWE:** Die Stunde des Königs (2009) • Die letzte Hexe – Maria Anna Schwegelin (2008) **GARDENER, EVA B.:** Lebenshunger (2005) **GIBERT, MATTHIAS P.:** Eiszeit • Zirkusluft (2009) • Kammerflimmern (2008) • Nervenflattern (2007) **GRAF, EDI:** Leopardenjagd (2008) • Elefantengold (2006) • Löwenriss • Nashornfieber (2005) **GUDE, CHRISTIAN:** Homunculus (2009) • Binärcode (2008) • Mosquito (2007) **HAENNI, STEFAN:** Narrentod (2009) **HAUG, GUNTER:** Gössenjagd (2004) • Hüttenzauber (2003) • Tauberschwarz (2002) • Höllenfahrt (2001) • Sturmwarnung (2000) • Riffhaie (1999) • Tiefenrausch (1998) **HEIM, UTA-MARIA:** Wespennest (2009) • Das Rattenprinzip (2008) • Totschweigen (2007) • Dreckskind (2006) **HUNOLD-REIME, SIGRID:** Schattenmorellen (2009) • Frühstückspension (2008) **IMBSWEILER, MARCUS:** Altstadtfest (2009) • Schlussakt (2008) • Bergfriedhof (2007) **KARNANI, FRITJOF:** Notlandung (2008) • Turnaround (2007) • Takeover (2006) **KEISER, GABRIELE:** Gartenschläfer (2008) • Apollofalter (2006) **KEISER, GABRIELE / POLIFKA, WOLFGANG:** Puppenjäger (2006) **KLAUSNER, UWE:**

Wir machen's spannend

Alle Gmeiner-Autoren und ihre Krimis auf einen Blick

Pilger des Zorns • Walhalla-Code (2009) • Die Kiliansverschwörung (2008) • Die Pforten der Hölle (2007) **KLEWE, SABINE:** Die schwarzseidene Dame (2009) • Blutsonne (2008) • Wintermärchen (2007) • Kinderspiel (2005) • Schattenriss (2004) **KLÖSEL, MATTHIAS:** Tourneekoller (2008) **KLUGMANN, NORBERT:** Die Adler von Lübeck (2009) • Die Nacht des Narren (2008) • Die Tochter des Salzhändlers (2007) • Kabinettstück (2006) • Schlüsselgewalt (2004) • Rebenblut (2003) **KOHL, ERWIN:** Willenlos (2008) • Flatline (2007) • Grabtanz • Zugzwang (2006) **KÖHLER, MANFRED:** Tiefpunkt • Schreckensgletscher (2007) **KOPPITZ, RAINER C.:** Machtrausch (2005) **KRAMER, VERONIKA:** Todesgeheimnis (2006) • Rachesommer (2005) **KRONENBERG, SUSANNE:** Rheingrund (2009) • Weinrache (2007) • Kultopfer (2006) • Flammenpferd (2005) **KURELLA, FRANK:** Der Kodex des Bösen (2009) • Das Pergament des Todes (2007) **LASCAUX, PAUL:** Feuerwasser (2009) • Wursthimmel • Salztränen (2008) **LEBEK, HANS:** Karteileichen (2006) • Todesschläger (2005) **LEHMKUHL, KURT:** Nürburghölle (2009) • Raffgier (2008) **LEIX, BERND:** Fächertraum (2009) • Waldstadt (2007) • Hackschnitzel (2006) • Zuckerblut • Bucheckern (2005) **LOIBELSBERGER, GERHARD:** Die Naschmarkt-Morde (2009) **MADER, RAIMUND A.:** Glasberg (2008) **MAINKA, MARTINA:** Satanszeichen (2005) **MISKO, MONA:** Winzertochter • Kindsblut (2005) **MORF, ISABEL:** Schrottreif (2009) **MOTHWURF, ONO:** Taubendreck (2009) **OTT, PAUL:** Bodensee-Blues (2007) **PELTE, REINHARD:** Inselkoller (2009) **PUHLFÜRST, CLAUDIA:** Rachegöttin (2007) • Dunkelhaft (2006) • Eiseskälte • Leichenstarre (2005) **PUNDT, HARDY:** Deichbruch (2008) **PUSCHMANN, DOROTHEA:** Zwickmühle (2009) **SCHAEWEN, OLIVER VON:** Schillerhöhe (2009) **SCHMITZ, INGRID:** Mordsdeal (2007) • Sündenfälle (2006) **SCHMÖE, FRIEDERIKE:** Fliehganzleis • Schweigfeinstill (2009) • Spinnefeind • Pfeilgift (2008) • Januskopf • Schockstarre (2007) • Käfersterben • Fratzenmond (2006) • Kirchweihmord • Maskenspiel (2005) **SCHNEIDER, HARALD:** Erfindergeist • Schwarzkittel (2009) • Ernteopfer (2008) **SCHRÖDER, ANGELIKA:** Mordsgier (2006) • Mordswut (2005) • Mordsliebe (2004) **SCHUKER, KLAUS:** Brudernacht (2007) • Wasserpilz (2006) **SCHULZE, GINA:** Sintflut (2007) **SCHÜTZ, ERICH:** Judengold (2009) **SCHWAB, ELKE:** Angstfalle (2006) • Großeinsatz (2005) **SCHWARZ, MAREN:** Zwiespalt (2007) • Maienfrost • Dämonenspiel (2005) • Grabeskälte (2004) **SENF, JOCHEN:** Knochenspiel (2008) • Nichtwisser (2007) **SEYERLE, GUIDO:** Schweinekrieg (2007) **SPATZ, WILLIBALD:** Alpendöner (2009) **STEINHAUER, FRANZISKA:** Wortlos (2009) • Menschenfänger (2008) • Narrenspiel (2007) • Seelenqual • Racheakt (2006) **SZRAMA, BETTINA:** Die Giftmischerin (2009) **THÖMMES, GÜNTHER:** Das Erbe des Bierzauberers (2009) • Der Bierzauberer (2008) **THADEWALDT, ASTRID / BAUER, CARSTEN:** Blutblume (2007) • Kreuzkönig (2006) **VALDORF, LEO:** Großstadtsumpf (2006) **VERTACNIK, HANS-PETER:** Ultimo (2008) •Abfangjäger (2007) **WARK, PETER:** Epizentrum (2006) • Ballonglühen (2003) • Albtraum (2001) **WILKENLOH, WIMMER:** Poppenspäl (2009) • Feuermal (2006) • Hätschelkind (2005) **WYSS, VERENA:** Todesformel (2008) **ZANDER, WOLFGANG:** Hundeleben (2008)

GMEINER

Wir machen's spannend